Robert Salzer

Beiträge zu einer Biographie Ottheinrichs

Robert Salzer

Beiträge zu einer Biographie Ottheinrichs

ISBN/EAN: 9783743677395

Hergestellt in Europa, USA, Kanada, Australien, Japan

Cover: Foto ©Raphael Reischuk / pixelio.de

Weitere Bücher finden Sie auf **www.hansebooks.com**

Beiträge zu einer Biographie
OTTHEINRICHS

von

R. Salzer, Direktor der Realschule.

FESTSCHRIFT

der

Realschule in Heidelberg

zur

Fünfhundertjährigen Jubelfeier der Universität.

Beilage zum Jahresbericht der Realschule 1885/86.

Heidelberg.
Buchdruckerei von G. J. Schott, vorm. G. Mohr.
1886.

Im Namen der Realschule in Heidelberg, zugleich in pietätvoller Erinnerung an die von Herbst 1849 bis 1852 in Heidelberg verlebte Studienzeit bringt der Verfasser zur fünfhundertjährigen Jubelfeier der Ruperto-Carola nachfolgenden Beitrag zu einer Biographie Ottheinrichs, des grossen Reformators der Universität, des Förderers aller wissenschaftlichen und künstlerischen Bestrebungen seiner Zeit, des charaktervollen und überzeugten protestantischen Fürsten, als ein schwaches Zeichen seines Dankes dar.

Vorwort.

Als der Verfasser vor 6 Jahren dem Thema einer Geschichte Ottheinrichs näher trat, ahnte er nicht den Umfang und die Schwierigkeit des Unternehmens, das fast ausschliesslich auf archivalische Studien gegründet werden musste. Bei der grossen Entfernung des Wohnorts des Verfassers von den hauptsächlich in Betracht kommenden Archiven in München und der kurz zugemessenen Zeit des praktischen Schulmanns, konnte die Arbeit nur langsam vorrücken und als das Jubiläum der Universität herannahte, musste ein vorläufiger Abschluss gesucht und auch noch nicht ganz abgeschlossene Studien gegeben werden, in der Hoffnung auf spätere Ergänzung. So wird denn einstweilen dargeboten, was bis zum Verzicht Ottheinrichs auf die Regierung seines ererbten Fürstentums und bis auf seine Übersiedlung nach Heidelberg, das ihm bald zum Exil wurde, hat ermittelt werden können. Wenn Kraft und Gesundheit ausreichen, soll das Fehlende später ergänzt werden.

Benutzt wurden die Archive in Karlsruhe, Speyer, Marburg, Amberg, Neuburg und München. Auf sie wird in den Noten und dem Anhang mit den Anfangsbuchstaben der Archiv-Städte verwiesen, die 3 Münchner Archive sind mit den Buchstaben R. A. für Reichsarchiv, H. A. und St. A. für Geheimes Haus- und Staatsarchiv noch besonders unterschieden. Das von 1522–34 reichende Tagebuch Ottheinrichs wird unter Tb. und die im Reichsarchiv befindlichen Pfalzneuburg'schen Kopialbücher mit der Bandnummer und N. Kb. citiert.

Der letzte männliche Sprössling des Ingolstadt-Landshuter Zweiges der jüngeren Wittelsbacher Linie, Georg der Reiche, war, wie sein Vater Ludwig, mit seinen Vettern in München verfeindet. Er hatte sich darum enge an die ältere Wittelsbacher Linie, welche die Kurpfalz inne hatte, angeschlossen. Seine Schwester war mit Kurfürst Philipp I. vermählt, und da er selbst keinen Sohn hatte, sondern nur 2 Töchter, so gedachte er, einer derselben sein Erbe zuzuwenden und vermählte sie am 10. Februar 1499 mit Kurfürst Philipps drittem Sohn Ruprecht, der schon Administrator von Freising geworden war, aber mit päpstlichem Dispens das Bistum zu Gunsten seines Bruders Philipp aufgab, um die Erbtochter Georg des Reichen zu heiraten, weil er »das Elsslein zue Landshuet viel lieber gehabt, als den St. Corbinian[1]) zu Freising«. Diese Vermählung des am 14. Mai 1481 geborenen Ruprecht, der 5 Jahre jünger war, als Elisabeth, wurde zugleich mit seiner Einsetzung zum Universalerben in einem in Neuenschloss bei Worms am 14. September, 1496 aufgesetzten Testamente angeordnet. Das Geheimnis dieses Testaments wurde nicht bewahrt[2]) und als Albrecht IV. von Baiern-München, dem nach Lehnsrecht Landshut zufallen sollte, davon hörte, wendete er sich (1497) an Kaiser Maximilian, seinen Schwager und erhielt von diesem die ausdrückliche Bestätigung seiner lehnsrechtlichen Ansprüche. Das Ansuchen Georgs des Reichen um Bestätigung seines Testaments durch Maximilian wurde deshalb verweigert. Um jedoch auf alle Fälle sich zu sichern, verbündete sich Albrecht mit Württemberg, Hessen und Brandenburg und trat dem schwäbischen Bunde bei. Georg liess sich durch Maximilians Weigerung nicht abschrecken, vermählte seine Tochter Elisabeth mit Ruprecht und als sein Zustand Besorgnisse für sein Leben erweckte, übertrug er seinem Schwiegersohne in einem Teil seines Herzogtums die Regierungsgewalt. Da dieser Schritt Aufsehen erregte, so berief Maximilian Herzog Georg vor sich und verbot ihm ausdrücklich über sein Land im Widerspruch mit den Reichsgesetzen zu verfügen. Albrecht aber liess den niederbairischen Ständen seine Rechte ausführlich darlegen. Vergeblich bemühte sich Maximilian dem drohenden Konflikt durch Vermittlung eines Vertrags vorzubeugen. Georg wollte nicht nachgeben und am 1. Dezember 1503 starb er.

Vier Tage lang wurde sein Tod geheim gehalten, um Ruprecht die Zeit zu geben, sich in den Besitz des Landes zu setzen.

Sobald Georgs Tod bekannt geworden war, belehnte Maximilian, der sich auf der schwäbischen Bundesversammlung in Ulm befand, am 9. Dezember 1503, Albrecht mit Georgs Ländern Die niederbairischen Stände, welche sich am 11. Dezember versammelt hatten, erklärten sich für neutral, forderten einen Schiedsspruch Maximilians und übergaben die Verwaltung des Landes einem Ausschuss. Widerwillig fügten sich beide Parteien dem Verlangen der Stände im Januar 1504.

---

[1]) St. Corbinian war der Schutzpatron des Bistums Freisingen.
[2]) Der Verrat wurde dem Kanzler Georgs, Graf Wolfgang von Neuenkollberg, schuld gegeben, der von 1502 an erst von Georg in Landshut, dann von Ruprecht in Burkhausen, endlich von Friedrich im Schloss zu Neuburg gefangen gehalten und erst am 19. März 1519 gegen eine Urphede, die ihm Schweigen über Staatsgeheimnisse und Wohnung in Neuburg auferlegte, frei gelassen wurde.

Am 5. Februar wurde in Augsburg vor dem Kaiser der Rechtspunkt erörtert, wobei Ruprecht geltend machte, dass Georg zahlreiche Allodialgüter, die er durch seine Ueberschüsse angekauft hatte, neben seinen Lehen hinterlassen habe. Umsonst bemühte sich Philipp, Administrator von Freisingen, die Vettern zu einem gütlichen Vergleich unter einander zu bewegen. Denn Maximilian unterhandelte in verdächtiger Weise mit beiden Parteien, liess sich von jeder Teile des Erbes zusagen und trat unerwartet am 29. Februar bei den in Aichach versammelten niederbairischen Ständen mit eigenen Ansprüchen auf. Vergebens widerstrebten die Stände der Zerstückelung des Landes. Sie mussten sich Ende März den Ansprüchen Maximilians fügen, der unterdessen mit Herzog Albrecht über seine Forderungen einig geworden war. Als er seine Ansprüche bei den Ständen und Albrecht durchgesetzt hatte, trat er gemeinschaftlich mit dem schwäbischen Bund als Vermittler zwischen den Parteien auf, wobei Ruprecht Land mit einem Ertrag von 20,000 fl. als Abfindung angetragen, Albrecht dagegen Anteil an den Fahrnissen zugestanden wurde. Beide Parteien weigerten sich, auf diese Bedingungen abzuschliessen, Albrecht, weil er durch seine Nachgiebigkeit gegen Maximilian Anspruch auf den Rest zu haben glaubte, Ruprecht, weil er seine Hoffnungen nicht aufgeben mochte. Nachdem im März und April hin und her verhandelt worden war, verlor Ruprecht die Geduld und schritt gegen sein Versprechen zu Thätlichkeiten.

Am 17. April bemächtigte sich Elisabeth vom Schlosse in Landshut aus der Stadt und zwang sie zur Huldigung, nachdem die Stände entflohen waren. Ruprecht gelang dasselbe an andern Orten.

Auf die Nachricht von diesen Vorfällen sprach Maximilian am 23. April das Erbe Georgs dem Herzog Albrecht gerichtlich zu, während Ruprecht fortfuhr, sich der Städte des Landes gewaltsam zu bemächtigen.

Am 4. Mai sprach daher Maximilian über ihn und seinen Anhang die Acht aus und da Kurfürst Philipp seinem Sohn zur Seite trat, entbrannte der Krieg am Rhein wie an der Donau. Während alle Gegner der Pfalz aus der Zeit Friedrichs des Siegreichen auf die Seite des Kaisers und Baierns traten, die auch vom schwäbischen Bund unterstützt wurden, hatten die Pfälzer nur Böhmen für sich. Die Rheinpfalz geriet alsbald in grossen Nachteil. Ruprecht aber behauptete sich trotz der Menge seiner Feinde in Niederbaiern und schlug am 13. Juli einen Angriff auf Landshut zurück. Aber der Krieg führte furchtbare Verheerungen mit sich und in seinem Gefolge wüteten Seuchen, besonders die Ruhr, der Ruprecht, kaum 24 Jahre alt, am 21. Juli 1504 unerwartet erlag, nachdem kurz vorher sein ältester Sohn Georg ein Opfer derselben Krankheit geworden war.

Mit Ruprecht hatte die pfälzische Sache ihre Seele verloren und schon am 12. September siegte Maximilian über die böhmischen Hilfstruppen der Pfälzer entscheidend bei Schloss Schönberg, zwei Stunden von Regensburg. Wenige Tage später, in der Nacht vom 14. auf den 15. September, starb auch Elisabeth plötzlich an der Ruhr, mit Hinterlassung von 2 unmündigen Söhnen. Der ältere derselben ist Otto Heinrich, geb. 10. April 1502, der jüngere Philipp, geb. 12. November 1503.

Der Tod Ruprechts und die Nachteile, in welche die Pfalz durch das Übergewicht ihrer zahlreichen Feinde gekommen war, bewogen Kurfürst Philipp am 10. September 1504 einen Waffenstillstand bis Georgi 1505 einzugehen und sich dem Ausspruch des Kaisers auf einem Reichstag zu unterwerfen. Auch in Niederbaiern, wo sich Maximilian seines an der Grenze von Tyrol gelegenen Anteils von Georgs Erbe bemächtigt hatte, trat im Anfang des Jahres 1505 ein Stillstand ein, dem sich Herzog Albrecht nur widerwillig fügte, da ihm gegenüber der Anhang der jungen Herzoge sich bis jetzt in seinem Besitzstand behauptet hatte.

Kurfürst Philipp hatte nämlich seinen vierten Sohn Friedrich, geb. den 9. Dezember 1485, den Elisabeth vor ihrem Tod zum Vormund ihrer Söhne bestimmt hatte, nach Baiern gesendet, weil er durch dessen Gönner, Herzog Philipp von Burgund, Sohn Maximilians, Einfluss auf die Gestaltung der bairischen Angelegenheiten ausüben zu können hoffte. Denn Friedrich war im Alter von 18 Jahren in Philipps Dienste getreten, wo er seit 3 Jahren durch seine pfälzische Lebhaftigkeit, seinen Frohmut und seine ritterliche Geschicklichkeit die Gunst Philipps und gelegentlich auch des Kaisers gewonnen hatte. In der That bewirkte der Einfluss des Herzogs Philipp im Verein mit der übrigen politischen Lage, dass Maximilian Friedrich als Vormund annehmbar fand, als er am 4. Dezember 1504 in Begleitung seines Bruders Philipp, des Bischofs von Freisingen, sich in Rattenberg seinen Wünschen zu fügen versprach. Die nun folgenden Unterhandlungen mit Maximilian führten dahin, dass dieser schon am 28. Dezember Einstellung aller Feindseligkeiten und Entlassung des Kriegsvolkes befahl, damit auf einem Tage in Freisingen zwischen den Parteien unter seiner und des schwäbischen Bundes Vermittlung abermals eine gütliche Beilegung des Streites vereinbart werde. Schon jetzt erklärte er, Friedrich einstweilen als Vormund anerkennen und zum Huldigungseid als Reichsfürst für seine Mündel zulassen zu wollen und erregte damit den Verdacht der Herzoge Albrecht und Wolfgang von Baiern, dass er sich von ihrer Partei loszulösen im Begriff stehe.

Sie widersetzten sich daher in Freisingen der Anerkennung Friedrichs und seinem Huldigungseid, weil dessen Mündel kein Land besässen seit der Anerkennung der Herzoge von Baiern als Erben seitens des Kaisers. Ihr Widerstand war vergebens und sie mussten am 2. Februar in Freisingen einen Stillstand auf 14 Tage, bis Sonntag Oculi, bewilligen, um der gütlichen Beilegung Raum zu gewähren und anerkannten für diese Zeit Friedrich als Vormund, der kluger Weise auf diese Bedingung einging, unter der Voraussetzung, dass seinen Mündeln der fürstliche Rang vorbehalten bleibe. Da aber die 14 Tage Stillstand ohne Ergebnis abzulaufen drohten, wurde derselbe mit Maximilian auf die Zeit, die er als Vermittler thätig sein würde, mit vierwöchentlicher Kündigung unter Entlassung seines Kriegsvolkes verlängert, mit Baiern aber und dem schwäbischen Bund ein Stillstand bis Ostern verabredet. Obgleich Baiern die Verproviantierung der blokierten gegnerischen Plätze während des Stillstands nicht zugeben wollte, sah er sich endlich doch genötigt, um Maximilian sich nicht ganz zu entfremden, hierüber dessen Schiedsspruch anzunehmen, der für eine Verproviantierung in beschränktem Masse entschied.

Da jedoch die Parteien sich auch jetzt in ihren Anforderungen allzu schroff gegenüberstanden, weil Baiern höchstens Land im Wert von 12—15,000 fl. bot, Friedrich dagegen das ganze Erbe ansprach und Baiern 15—20,000 fl, Ertrag als Abfindung zugestehen wollte, so konnte die während des Waffenstillstandes geführte Unterhandlung als gescheitert gelten. Nun erklärte Friedrich, der den Umschlag in Maximilians Haltung erkannte, dass er die Sache seiner Mündel dem Ausspruch des Kaisers und der Fürsten heimstelle und den Schutz ihrer Rechte von dem Kaiser als oberstem »Gerhaben«[1] erwarte.

Mit dieser Erklärung Friedrichs nötigte Maximilian auch Baiern, sich der Entscheidung von Kaiser und Reich zu unterwerfen, wollte es anders den Kaiser nicht ganz ins Lager der Gegner übergehen sehen.

So konnte Herzog Friedrich vor Ablauf des Stillstands am 14. April von Weissenburg im Elsass durch Maximilian benachrichtigt werden, dass auch Baiern sich der Entscheidung des Reichs gefügt hätte, und es trat vollständige Einstellung der Feindseligkeiten ein.

[1] Gerhabe von Ger = Schoss, der die Kinder auf dem Schoss hält.

Damit hatte Friedrich den Bund des Kaisers mit Baiern gesprengt, der nicht länger in Maximilians Interesse war, seit er seinen Anteil an Niederbaiern in Sicherheit gebracht hatte und sein Vorteil vielmehr zu verlangen schien, es auch mit dem Gegner nicht völlig zu verderben.

Die Heimstellungsurkunde der Herzoge Albrecht und Wolfgang ist von München, Himmelfahrtstag (1. Mai), die Friedrichs vom 21. Juli 1505 aus Köln datiert.

Nachdem Kurfürst Philipp am 27. Juli sein Recht auf die Führung der Vormundschaft an seinen Sohn Friedrich abgetreten hatte, erfolgte am gleichen Tage Friedrichs definitive Anerkennung als Vormund und der Spruch des Kaisers auf dem Reichstag zu Köln am 30. Juli 1505. Dieser teilte den hinterlassenen Söhnen Ruprechts, den Herzogen Ottheinrich und Philipp Land zu im Wert von 20,000 fl. jährlichen Ertrags und weitere 4000 fl., die vorerst dem Vormund zur Nutzniessung überwiesen werden sollten. Ausserdem fiel den jungen Fürsten die ganze Baarschaft Georgs, sein Silbergeschirr und die Kleinode im Schloss zu Landshut und Burghausen zu. Dafür hatten dieselben alle nicht hypotecierten Schulden zu übernehmen, aber auch alle Forderungen Georgs der gleichen Art anzusprechen. Die Vorräte an Getreide und und Kriegsmaterial wurden hälftig mit Baiern geteilt. Herzog Friedrich wurde als Reichsfürst mit den ausgeschiedenen Schlössern und Städten im Wert von 24,000 fl. belehnt und sollte zwischen dem 30. Juli 1505 und 23. April 1506 in Besitz gesetzt werden. Vor dem 23. April sollte die Taxation der vorläufig bezeichneten Gebiete, die eventuell auf den Ertrag von 24,000 fl. ergänzt werden müssen, fertig sein und in der Zwischenzeit erhielt Herzog Friedrich eine Anzahl niederbairischer Ämter als Pfand, darunter Wasserburg, Traunstein, Marquardstein und anderes. Zur Taxation des Ertrags des ausgeschiedenen Gebiets wurden von beiden Seiten je 3 Taxatoren ernannt und von Maximilian ein Obmann, der durch Stimmenmehrheit entscheiden sollte, wenn die Taxatoren sich gütlich nicht einigen könnten. Unklarheiten im königlichen Spruch erläutert Maximilian selbst. Was Maximilian von dem Erbe Herzog Georgs angesprochen und was er aus demselben bereits vergabt hatte, wurde ihm zugeteilt. Der nachgelassenen Tochter Herzog Georgs, Margaretha, welche ins Kloster Alt-Hochenau eingetreten war, blieben ihre Ansprüche vorbehalten. Der ganze Rest von Georgs Land fiel an die Herzoge von Baiern.

Am 16. September 1505 hob Maximilian in einer Urkunde aus Brüssel die Acht über Ruprechts Anhänger und alle Folgen derselben auf und nahm auch die aus dem Gut der Geächteten gemachten Vergabungen zurück, obgleich dieselben im Kölner Spruch vorbehalten worden waren.

Es war vorauszusehen, dass die Auseinandersetzung mit Baiern nicht ohne Streitigkeiten abgehen würde, aber niemand hätte ahnen können, dass dieselben bis ins Jahr 1518 fortdauern würden. Obgleich Herzog Friederich nach dem Reichstag zu Köln, als er sich zu seinen Mündeln begab, in Heidelberg die versöhnlichsten Verhaltungsregeln mitnahm, fand die Ausführung des Kölner Spruchs alsbald Schwierigkeiten, weil die auf Michaelis angesetzte gegenseitige Übergabe der zugewiesenen Gebiete nicht eingehalten werden konnte. Die verschiedene Ausdeutung des Kölner Spruchs machte schon am 18. Januar 1506 eine Deklaration Maximilians aus Ems nötig, welche die Friedrich zu übergebenden Stücke näher bezeichnete und die nachfolgenden 33 für die 20,000 fl. »Nutz und Gelds« aufzählte.

1. Schloss und Stadt Gundelfingen, 2. Schloss und Stadt Lauingen, 3. Schloss und Stadt Höchstädt, 4. Schloss, Herrschaft und Landgericht Graispach, 5. Schloss und Stadt Neuburg, 6. Schloss, Markt und Gericht Reichertshofen, 7. Schloss und Stadt Heideck, 8. Schloss und Stadt Hilpoltstein, 9. die Stadt Weiden mit sammt den 4 Märkten in demselben Gericht gelegen, nämlich: Vohenstrauss, Kolberg, Erbendorf und Kaltenbrunn. 10. Stadt und Gericht Monheim, 11. Schloss, Markt und Gericht Allersperg, 12. Schloss Stauffen, 13. Schloss Konstein, 14. Schloss

Tattenhausen, 15. Schloss und Landgericht Parkstein, 16. Schloss, Markt und Landgericht Floss, 17. Schloss und Markt Bernstein, 18. Stadt Grafenau im Landgericht Bernstein, 19. Schloss und Gericht Eck, 20. Schloss und Gericht Heilsperg, 21. Schloss und Gericht Tiefenstein, 22. Schloss und Gericht Ranfels, 23. Gericht Hilgertsberg, 24. Schloss, Markt und Gericht Laber, 25. Schloss und Stadt Sulzbach mit sammt dem Landgericht, 26. Schloss und Stadt Velburg, 27. Schloss und Stadt Kallmünz, 28. Schloss und Markt Lengfeld mit sammt dem Landgericht, 29. Stadt Hemau, 30. Stadt und Gericht Schwandorf, 31. Markt Schmittmühlen, 32. Schloss, Markt und Gericht Regenstauff, 33. Schloss, Markt und Gericht Hengersperg mit sammt dem Landgericht jenhalb der Donau.

Die Auslieferung und Taxierung dieser 33 Stücke sollte an Georgi (23. April) 1506 geschehen sein und Friedrich das ihm nicht gehörige Gebiet aus Georgs Nachlass, die Unterpfänder ausgenommen, abtreten. In Freisingen sollte vom 25. Februar an die Ausführung im Einzelnen vereinbart werden. Man einigte sich auch über die Reihenfolge der Auslieferung und es ward damit begonnen, aber nach kurzer Zeit geriet alles wieder ins Stocken. Nun übernahm der schwäbische Bund in Augsburg die Vermittlung und brachte am 22. Juni 1506 einen Vertrag zu Stande, nach welchem auf Nicolai (8. Dezember) die gegenseitige Auslieferung und Taxation vollendet sein sollte. Da aber Baiern zum höchst möglichsten Ertrag einzuschätzen suchte, und auch Beinutzungen anschlagen liess, während Friedrich die von Baiern bei der Taxation angewendeten Grundsätze wie den Anschlag der Beinutzungen als mit dem Kölner Spruch unvereinbar erklärte, so gab es Zögerungen und Differenzen, die, als der 6. Dezember herankam, noch nicht beseitigt waren. Nun verklagte Baiern Herzog Friedrich bei dem am 6. Januar 1507 in Augsburg versammelten schwäbischen Bund wegen absichtlicher Störung des Taxationswerks, Friedrich aber schob die Schuld auf den Gegner zurück. Da der Streit sich endlos hinauszog und der Bund Baiern zu begünstigen schien, rief Friedrich die stets vorbehaltene Deklaration oder einen Schiedspruch Maximilians an, Baiern aber verlangte die Hilfe des Bundes gegen Friedrichs Vertragsbruch und rüstete sich, um sich mit Gewalt in Besitz des ihm angeblich unrechtmässig noch immer vorenthaltenen Unterpfandes zu setzen. Denn Friedrich war zwar in Besitz des ihm Zugesprochenen gekommen, behauptete aber, dass es nicht 24,000 fl. »Nutz und Geld« trage und behielt darum das ihm bis zu seiner vollen Befriedigung zugewiesene Unterpfand in Händen. Um der ihm durch Baiern und den Bund drohenden Gefahr zu entgehen, erklärte er sich am 7. Mai 1507 bereit, Maximilian das Unterpfand zur Verfügung zu stellen.

Durch diesen Schachzug erlangte er, dass Maximilian am 15. Mai dem schwäbischen Bund verbot, die auf 30. Mai Baiern zugesagte Hilfe zu leisten, die gewaltsame Vertreibung Friedrichs aus seinem Unterpfand untersagte und die Stadt Wasserburg, eines der Unterpfänder, anwies, Herzog Albrecht nicht einzulassen, sondern Friedrich treu zu bleiben.

Nun musste sich Baiern zur gütlichen Vermittlung des Streites herbeilassen. Da sie aber zu nichts führte trotz aller Nachgiebigkeit Friedrichs, drohte dieser die Vormundschaft niederzulegen und dem König als obersten Vormund den Schutz der Waisen zu überlassen, indem er erklärte: »Wo aber mein übermässiges Nachgeben nicht genügt, so erkenn ich mich als ein nachgesetzter Untervormund und empfehle die Waisen dem König als oberstem Gerhaben und Schirmherrn, Richter und Spruchherrn, hoffend, dass mir der Kgl. Spruch aufrecht werde vollzogen werden. Doch klag' ich noch wegen so gewaltsamen Führnehmens König und Ständen und rufe den Schutz derselben gegen das Unrecht an, das man meinen jungen Vettern anthun will.« Dem Eindruck dieser Erklärung gegenüber konnte Albrecht sich nicht länger der rechtlichen Entscheidung des Streites durch den König entziehen.

Maximilian erliess am 2. Juli 1507 zu Konstanz mit dem Rat der Stände des Reichs eine

Deklaration, welche die Entscheidung einer Kommission überliess, zu der die Parteien jede ein Mitglied, der Kaiser aber Kurfürst Friedrich von Sachsen ernannte. Ihr wurde die Prüfung der bisherigen Taxation aufgetragen mit der Weisung, »es nach gewöhnlichem Anschlag« zu thun, wie Friedrich stets verlangt hatte, und die Taxation zu vollenden. Das bisher von Friedrich behauptete Unterpfand gab dieser heraus, Albrecht aber lieferte in die Hand der Kommission eine Anzahl nördlich der Donau vor dem Wald gelegene Orte aus, die eventuell zur Ergänzung des Ertrags der 33 ausgelieferten Stücke auf 24,000 fl. dienen und 4000 fl. tragen sollten. Je nach dem Ergebnis der Taxierung sollte von dem Pfand an Baiern zurückgegeben oder weiteres Gebiet verlangt werden. Alle vorgekommenen Differenzen erhielt die Kommission nach Stimmenmehr endgültig zu entscheiden und jede Partei stellte durch 3 Kurfürsten oder Fürsten Bürgschaft für den Vollzug des Ausspruchs der Kommission.

Trotz aller aufgewendeten Mühe zog sich die Entscheidung auch jetzt noch über 2 Jahre hinaus und erst als am 18. März 1508 Albrecht gestorben war, trat eine versöhnlichere Stimmung ein. Auf dem Reichstag in Worms 1509 wurde eine gütliche Vermittlung über die noch streitigen Punkte eingeleitet, als Herzog Friedrich schon gerichtlich auf Auslieferung der ihm durch die Kommission zugewiesenen Orte Bernstein, Ranfels, Tiefenstein, Hilkersberg, Eck und Altaich, die zu den ihm überwiesenen 24,000 fl. Nutz und Geld gehörten, gedrungen hatte.

Es wurde nämlich in Heidelberg am 20. Juni 1509 unter Vermittlung Kurfürst Ludwigs ein Präliminarvertrag geschlossen, nach welchem 4 schiedliche Räte in Ingolstadt am 29. Juli unter kurpfälzischem Vorsitze die letzten Streitpunkte vergleichen sollten. Dies führte am 13. August 1509 zu dem ersten sog. Ingolstädtischen Vertrag. Da Baiern Bernstein, Ranfels u. s. w. behalten wollte, die als Tauschobjekte angebotenen Orte aber von Friedrich nicht angenommen wurden, so ergriff man den Ausweg gegen gute Pfandschaft jährlich 4250 fl. Gült mit 85,000 fl. ablösbar statt des Landes Herzog Friedrich zuzuweisen. Wemdingen, das noch in den Händen der Grafen von Öttingen war, aber zur jungen Pfalz geschlagen werden sollte, wurde einstweilen Herzog Friedrich mit 100,000 fl. gegen 5000 fl. Zins verpfändet, bis es von Baiern bei Öttingen ausgelöst wäre, blieb aber streitig bis ins Jahr 1518. Baiern behielt es, nachdem es von ihm eingelöst worden, trotz aller Reklamationen Friedrichs. Endlich verzichtete er durch den Vertrag vom 10. September 1518 darauf und erhielt 20,000 fl. Entschädigungsgeld.

Es blieb also bei dem 1509 provisorisch ausgemachten Zustand, nach welchem Baiern Herzog Friedrich ein Kapital von 100,000 fl. für Wemdingen und ein Kapital von 85,000 fl. für die der Reichskommission als Pfand für die Ergänzung bis zum Ertrag von 24,000 fl. übergebenen nördlich von der Donau vor dem Walde gelegenen Gebiete auf gute Pfandschaft verschrieb. Da aber bei der Abrechnung über die vor dem Ausgleich aus den innegehabten Gebieten bezogenen Einkünfte Herzog Friedrich 5000 fl. hätte an Baiern herausbezahlen sollen, so wurde das obige Kapital auf 180,000 fl. herabgesetzt. Im Jahr 1517 machte Baiern von dem ihm vorbehaltenen Rechte, in Posten von 40,000 fl. dieses Kapital abzulösen Gebrauch und zahlte 40,000 fl. heim. Dadurch verminderte sich die Forderung auf 140,000 fl. mit 7000 fl. Zins, der in 4 Zielen je auf den Quatember fällig war, daher kurzweg Quatembergeld genannt wurde und bis ins Jahr 1542 eine wichtige Einnahme des Fürstentums geblieben ist.

Obgleich erst im Jahr 1518 auf dem Reichstag in Augsburg gleichzeitig mit der Beilegung des Streites über Wemdingen die Konfirmation des Ingolstädter Vertrags vom Jahr 1509 durch den Kaiser als Abschluss der aus dem bairischen Krieg hervorgegangenen Streitigkeiten erfolgte, so war doch schon seit 1509 im wesentlichen die Konstituirung des neuen Fürstentums Neuburg oder der jungen Pfalz vollendet und es konnte an die innere Ordnung und die Heilung der durch den Krieg geschlagenen Wunden gedacht werden. Die Nachwehen des verderblichen

Kriegs sind bis in die Mitte der dreissiger Jahre noch bemerkbar[1] besonders auch in den Nachrichten über Wiederbesetzung von seit dem Krieg öd liegenden Mühlen, Hammerwerken und Gehöften.

Von dem von Georg hinterlassenen Barschatz von angeblich einer Million Gulden war nach dem Krieg nichts mehr vorhanden, vielmehr waren noch bedeutende Schulden gemacht und andere Verbindlichkeiten unerledigt. Am meisten drückten die Soldrückstände, die nicht bezahlten Dienstgelder, Ansprüche für Pferdeschaden und Forderungen von Beamten, die um ihre verbrieften Nutzungen gekommen waren. Die pfalzneuburgischen Kopialbücher zeigen, welche Lasten das junge Fürstentum auf sich zu nehmen genötigt war. So musste z. B. der oberste Feldhauptmann im bairischen Krieg Jörg von Wispeck für seine verschiedenen Ansprüche mit der Herrschaft Schloss und Stadt Velburg abgefunden werden, die er am 13. Mai 1507 als erbliches Lehn erhielt, einzig mit Wahrung des Vorkaufsrechts des Lehnsherrn. Die in Folge des Krieges von dem Fürstentum zu bezahlenden Werbegelder, Soldrückstände, Dienstgelder, die Lösegelder für Befreiung von Gefangenen betrugen über 120,000 fl. Sie wurden aufgebracht durch Versatz von Kleinodien und Silbergeschirr, die später nicht mehr eingelöst werden konnten, durch Anleihen und Verkäufe und durch Übertragung von Ämtern an solche, die Geld darauf liehen, so dass der Zinsfuss von 5 % sich durch die Höhe des Dienstgeldes auf das doppelte und mehr steigerte. Von Anlehen sind namentlich zwei grössere zu erwähnen. Gegen Verpfändung der Ämter Haideck, Hilpoltstein und Allersperg lieh Ludwig von Hutten 44,000 fl. zu 5 %, die erst am 22. Februar 1512 heimbezahlt werden konnten, wobei der Vorteil der Rückerwerbung der Ämter durch eine Reihe von zweifelhaften Finanzoperationen bedeutend geschmälert wurde.

Andere aus dem Krieg herrührende unaufschiebliche Schulden wurden durch eine grosse Anzahl kleiner Anlehen bezahlt, zu deren Aufnahme bis zum Betrag von 50,000 fl. Maximilian als oberster Vormund schon am 4. Mai 1506 Erlaubnis gegeben hatte, ehe noch Friedrich als Vormund bestätigt worden war. Die ganze Summe konnte nicht auf einmal aufgebracht werden und noch in den Jahren 1509 und 1510 wurden dringende Schulden aus diesen mühsam nach und nach aufgebrachten Anlehen bezahlt. Lästiger noch war die schon oben erwähnte Art, Geld gegen einen Dienstvertrag aufzunehmen, weil auf diese Weise nicht sowohl die Brauchbarkeit des Dieners, als dessen Bereitwilligkeit sein Kapital vorzustrecken in Betracht kam. In solcher Weise erhielt das Land Richter, Pfleger, Landvögte, die zum Schaden der Untertanen ihre Stellung möglichst auszunützen geneigt waren. Am teuersten kamen die als Diener von Haus aus mit einem Wartegeld als Bezahlung aufgenommenen, da häufig das Dienstgeld dem Zins gleich kam, welchen die Diener für ihr Darlehen erhielten, und dadurch steigerte sich der Zinsfuss, ohne dass die Dienstleistung von Wert war, weil sie nur in ausserordentlichen Fällen mit einer nach dem Dienstgeld bemessenen Zahl von wohlgerüsteten Pferden verlangt wurde und man dann doch noch für Unterhalt und Pferdeschaden aufkommen musste.

Die Reinerträgnisse des Fürstentums wurden durch diese Verhältnisse in hohem Grade beinträchtigt. Noch mehr aber drückte die Schädigung des Landes durch Brand und Plünderung im Krieg, in Folge dessen eine Reihe von Bauerngütern, Höfen, Mühlen, Hammerwerken Bergwerken und andern Anlagen ausser Betrieb gesetzt waren und öd lagen. Wenn nun auch die Zeit hier heilend eintrat, so dauerte es bis 1516, ehe die Mehrzahl der öden Stellen wieder

---

[1] Noch am 27. April 1530 werden von Herzog Friedrich zu Amberg dem Hans Doberloss Herrn von Ramberg Teints und Lissa, welcher im bairischen Krieg als Hauptmann gedient hatte, 550 fl. schiedsrichterlich zugesprochen als Entschädigung

besetzt werden konnte. Da die durch den Krieg beschädigten Anwesen bei der Taxation niedriger angeschlagen worden waren, so bildete das Emporbringen derselben ein Mittel, um den Ertrag des Landes zu erhöhen und es der Überschuldung zu entreissen. Der unmittelbare Verlust an Fahrnissen, besonders an Vieh konnte erst nach einer Reihe von Jahren wieder ersetzt werden.

Die nicht hypothekarisch gesicherten Forderungen aus Herzog Georgs Nachlass, welche den jungen Fürsten zugewiesen worden waren, bildeten für die Finanzverwaltung eine nicht unwichtige Einnahmequelle, die etwa 20,000 fl. einbrachte. Da die Forderungen aber erst nach längeren Verhandlungen flüssig gemacht werden konnten und Teilzahlungen angenommen werden mussten, so dauerte es bis ins Jahr 1522, ehe diese Forderungen flüssig gemacht werden konnten. Sehr schwer und umständlich beizubringende Forderungen wurden für weit geringere Ansprüche hingegeben, da die Geltendmachung derselben ungewiss war.

Endlich half auch der Umstand die finanzielle Not überwinden, dass von dem oben erwähnten Kapital von 180,000 fl. 40,000 fl. abgelöst und als ausserordentliches Mittel zur Schuldentilgung verwendet werden konnte. Dazu kamen dann noch die für die Nichtabtretung von Wemdingen von 1418—21 eingehenden 20,000 fl., die auch zur Bezahlung von Schulden verwendet wurden. Denn ein Hauptziel der Finanzverwaltung ging dahin, die auf Ämterverleihung und Dienstverträgen beruhenden Anleihen zu künden und durch reine Geldschulden gegen Hypotheken zu ersetzen. War auch die Grösse des Landes durch die Annahme von Kapital gegen Land gemindert worden, so gewann es an innerer Festigkeit und zugleich trat Baiern gegenüber nach und nach ein freundlicheres Verhältniss ein, das sich in den gemeinschaftlichen Vorkehrungen gegen das Übel der Zeit, die sog. »Reuterey«, zeigte und mit der Aussöhnung der Pfalz mit Maximilian auf dem Reichstag zu Augsburg 1518 zusammenfällt. Denn erst hier wurde durch die Belehnung Kurfürst Ludwigs, der hiermit die durch den Krieg herbeigeführten Verhältnisse anerkannte, die letzte politisch sich kennzeichnende Spur der verderblichen Landshuter Fehde beseitigt.

Herzog Friedrich hatte schon lange vorher seinen Frieden mit Maximilian gemacht und hielt die Verbindung des pfälzischen Hauses mit den Habsburgern aufrecht. Dies veranlasste seine häufige Abwesenheit von der unmittelbar von ihm regierten Oberpfalz und von dem Fürstentum seiner Mündel, das er durch einen Statthalter verwalten liess. In der Wahl desselben war er glücklich, da Ritter Adam von Törringen, der schon zu Herzog Georgs und Ruprechts Zeiten im Landshuter Dienst in hohem Ansehen gestanden, sein Amt, wie man aus den Akten und der Anerkennung der Landstände sehen kann, mit Gewissenhaftigkeit und Fleiss verwaltete. Herzog Friedrich begleitete, wie sein Biograph Hubertus Thomas Leodius, (Humprecht von Lüttich) erzählt, schon im Jahr 1507 den Kaiser mit einer Reiterschaar auf seinem Zug gegen Venedig. Nach Kurfürst Philipps I. Tod im Jahr 1508 widmete er sich eine Zeit lang der Verwaltung der Oberpfalz und Neuburgs von Neumarkt aus. Aber schon 1513 trieb ihn sein unruhiges Blut und sein Streben im Dienst der Habsburger sein Glück zu machen von Hause fort, als ihn Maximilian zu einem der Erzieher seines Enkels Karl machte, dessen Vater Philipp der Schöne bis an seinen im Jahr 1506 erfolgten Tod Herzog Friedrich begünstigt und nicht wenig zur Schlichtung der Landshuter Fehde durch Friedrichs Auftreten beigetragen hatte. Seines Bleibens in den Niederlanden war nicht lange. Er erregte durch seinen Einfluss auf seinen Zögling Karl die heftigste Eifersucht bei den Niederländern, die sein Liebesverhältnis zu Karls Schwester Eleonore benutzten, um ihn bei Karls Übersiedlung nach Spanien nach dem Tode seines Grossvaters Ferdinand des Katholischen, vom Hofe zu entfernen 1516.

der Heimat zurück. Aber schon 1518 zog ihn der Kaiser wieder herbei, um ihn bei der Wahl seines Enkels Karl zu benutzen. Er konnte dem Zauber des kaiserlichen Hofes nicht widerstehen und stürzte sich in eine fieberhafte Geschäftigkeit zu Gunsten der Habsburger, die ihm so schlecht gedankt hatten. Es war sein Werk, dass sich sein Bruder mit dem Kaiser versöhnte und die schon weitgediehene Verbindung mit Frankreich aufgab.

Die jungen Fürsten blieben in dieser ganzen Zeit in Neuburg unter der Aufsicht des Statthalters und Hofmeisters. Sie hätten jeder weiblichen Pflege entbehren müssen, wenn nicht ihrer Mutter Schwester Margaretha, seit 1507 in das Frauenkloster zu Neuburg übergesiedelt gewesen wäre, nachdem sie sich den bairischen Vettern durch Flucht aus dem Kloster Altenhochenau entzogen hatte. Im Jahr 1509 trat sie in Folge Rücktritts der bisherigen Äbtissin an die Spitze des Klosters, dem sie bis 1521 vorstand, worauf sie das Amt niederlegte. Sie starb aber erst im Januar 1531.

Die verwaisten Fürsten erhielten ihren »Zuchtmeister¹) und Pädagogen« in dem Pfälzer Magister Alexander Wagner aus Bretten, der in Heidelberg seine Studien gemacht hatte. In seiner Bestallung, laut welcher er 25 fl. und ein Hofkleid jährlich erhielt, heisst es: »Er soll auch darob sein, das gedacht unser Vettern zu rechter Zeit aufsteen und niedergeen, auch mit zuetrinken oder ander ungeschickter weis sich nit überleben.« Und er selbst soll auch »erbarlich« leben und »Leichtvertikait« vermeiden, das unser Vettern und die bei ine sein ain gut exempel von im nemen.«

Aus den letzten Worten, »die bei ine sein«, dürfen wir schliessen, dass die jungen Fürsten mit einigen andern jungen Edelleuten gemeinsam unterrichtet wurden, die wohl in den spätern Begleitern Herzog Philipps auf die Universität und Ottheinrichs nach Palästina wieder zu finden sein möchten.

Wenn wir aus der Studienordnung²) für Herzog Philipp auf der Universität in Freiburg einen Rückschluss auf den gemeinsamen Unterricht der Brüder in Neuburg machen dürfen, so wurden die jungen Herrn im Deutschen und Lateinischen unterrichtet und auch zum Lateinischsprechen angehalten. Bis 1516 unterrichtete M. Wagner die jungen Fürsten gemeinschaftlich, begleitete aber dann Herzog Philipp nach Freiburg mit dem nachmaligen obersten Sekretär Diepold Keis und Georg Krätzer³) als Kaplan. Im Jahr 1517 wurde M. Wagner⁴) beurlaubt, »obgleich er ein gut Zeugniss der Universität und Stadt gehabt.« An seine Stelle trat ein Herr von Adel, Friedrich von Wolmershausen, als Hofmeister, weil im Alter von 14 Jahren die jungen Fürsten dem Pädagogen entwachsen waren. So dürften wir wohl nicht irren, wenn wir annehmen, dass mit dem Abgang Philipps nach Freiburg in Begleitung Wagners auch der vierzehnjährige Ottheinrich als der Schule entwachsen einen Hofmeister erhalten habe, der seine fernere Ausbildung für die Welt leitete, während Herzog Philipp offenbar humanistische und juristische Studien bei Zasius auf der Unversität machen sollte, damit ihm der geistliche Stand offen stünde.⁵)

Leider sind wir über Ottheinrichs weitere Ausbildung seit er, dem Pädagogen Wagner entwachsen, mit Eintritt in sein 15. Jahr (am 10. April 1516) seinen adligen Hofmeister erhalten hatte, nicht unterrichtet. Seine Vorliebe für ritterliche Uebungen in jüngern Jahren deuten auf eifrige Pflege des Rennens und Stechens, worin ihm sein Vormund Friedrich ein leuchtendes

---

¹) S. Anhang 1. — ²) S. Anhang 2.
³) Erhält später die Pfarrei Burghagel und nach Abgabe derselben im Jahr 1535 ein Leibgeding, d. h. eine Pension von 40 fl. jährlich.
⁴) Freyberg IV. 247 nach Archivar Oefelins Angabe. — ⁵) S. Anhang 3 und 4.

Beispiel war. Aber bei der später hervortretenden Vielseitigkeit Ottheinrichs kann sein Interesse damit nicht befriedigt gewesen sein. Eine Andeutung in einem Kopiale, dessen Original Ottheinrich mit Friedrich unterzeichnet hat, weist darauf hin, dass er auch in die Regierungsgeschäfte eingeführt wurde und es scheint auch, dass er Herzog Friedrich auf seinen diplomatischen Reisen in Wahlangelegenheiten begleitet hat. Denn nach einer Notiz in einem Aktenstück, das die Verhandlungen über den Einungsvertrag der beiden Wittelsbacher Linien vom Jahr 1524 einleitet, befand er sich kurz vor dem 21. Januar 1519 mit Herzog Friedrich und dem Bischof Philipp von Freisingen in München, wo wichtige Geschäfte betrieben wurden. So wird er auch auf andern Fahrten mit Friedrich Gelegenheit gehabt haben, das Leben kennen zu lernen und Menschenkenntnis zu sammeln. Sein offenes Auge für Alles, was Menschen verschiedenster Art interessiert, fand dabei reiche Nahrung. Aus demselben Jahr 1519 haben wir noch eine urkundliche Nachricht über Ottheinrich. Nachdem Karl I. von Spanien, nicht zum wenigsten durch die Bemühungen Herzog Friedrichs am 28. Juni 1519 in Frankfurt zum Kaiser gewählt worden war, begab sich Friedrich im Auftrag der Kurfürsten nach Spanien, um Karl die Wahl anzuzeigen. Dieser hatte sich damals wegen einer Seuche von Barcelona nach Molins del Rey, in der Provinz Murcia gelegen, an die Grenze von Arragonien geflüchtet. Es war begreiflich, dass Herzog Friedrichs Verdienste gewürdigt wurden. Er erlangte für sich das übrigens nicht eingehaltene Versprechen, Vicekönig von Neapel zu werden, für Ottheinrich, der 17¼ Jahre alt war und sich vielleicht in dem damals jedenfalls stattlichen Gefolge Herzog Friedrichs befand, der gerne grossartig auftrat und für die Reise mit 24,000 Goldgulden ausgestattet worden war, einen Provisionsbrief[1]) der vom 16. Dezember 1519 datiert ist und Ottheinrich vom 1. Januar 1520 an jährlich 2000 Philippsgulden auswarf. Dafür sollte er zum persönlichen Dienst bei Karl an dessen Hof weilen. Da Herzog Friedrich am Hofe Karls blieb und ihn zur Krönung nach Aachen begleitete, und der Provisionsbrief erst im Dezember ausgebracht wurde, so kann Ottheinrich seine Wanderlust schon im Herbst 1519 teilweise befriedigt haben. Jedenfalls wissen wir, dass er nur kurze Zeit an Karls Hof weilte. Denn aus einem Aktenstück, das von den Bemühungen des Bevollmächtigten Ottheinrichs, des Grafen Conrad von Rechberg, die Pension für das Jahr 1520 ausgezahlt zu erhalten, zeugt, erfahren wir, dass diese verweigert worden war, weil »genannt mein gnädiger Herr das gantz Jar nit bei E. Mt. gewest, sonder von derselben In Hispanien verner In ander Euer Mt. küniegreich und Lande für sich selbs« gezogen war. Man bot damals »schankungsweis« 1000 Philippsgulden an. Nun leugnete Rechberg, der in Worms während des Reichstags, als Ottheinrich bereits nach Palästina unterwegs war, die Sache betrieb, gar nicht, »das sein gnad von Euer kay. Mt. In Hispanien zu besichtung annder Euer Mt. Künigreich und Lande gezogen«. Aber der Kaiser hat »sein gnaden durch meinen gnädigsten Herrn Herzog Friedrichen in Baiern gnedigklich zu Molins de Re zusagen lassen, sein gnad von derselben anseins wegen nit zu rogiren«. »Nu« (nachdem Ottheinrich Spanien und andere Königreiche besichtigt hat) »sein gnad wiederumb zu Euer Mt kommen, ist sy nachmals fürderlich anheims und fürter auf Euer Mt. kunglicher Crönung gen Ach geritten und bis ungeverlich auf den Sonntag Palmarum an Euer Mt. kayserlichem Hof allhie nämlich in Worms, »mit nit wenigen costen bliben«. Da nun das Alles von Ottheinrich mit »Vergonnung« des Kaisers gethan, so bittet Rechberg um Auszahlung der 2000 Philipps-

---

[1]) »So lang das Er der vorgenant Herzog Ottheinrich bei uns sein wendt und er soll uns persönlich dienen auf die Reisen die wir werden thun oder als lang als uns gefallen werdt«. S. Anhang Nr. 5. Rockinger, Zu Aventins Arbeiten in deutsche Sprache, citiert folgenden Passus Aventins im 2. Sammelband: »Ist mit wenig jarn seines alters ins heilige Land gezogen, hat auch Keiser Charollo dem fünften seines Namens lang in Hispanien nach gereist und hat in seinen jungen jarn viel gewandert und besechen.«

gulden. Wenn aber der Kaiser bewillige, Ottheinrich auf den deutschen Staat zu stellen, um was Ottheinrich den Kaiser vor seiner Abreise gebeten habe, so will sich Rechberg mit den angebotenen 1000 fl. begnügen und durch Herzog Friedrich Quittung geben lassen.

Diese wichtige Urkunde bezeugt also klar, dass Ottheinrich in Spanien gereist und auch andere Länder des Kaisers besucht hat, worunter wir doch wohl nur solche in Italien, speziell Neapel und Sicilien verstehen können. Er kam aber vor Karls am 20. Mai von Corunna in die Niederlande erfolgter Abreise, der ein Besuch des Wallfahrtsorts San Jago di Kompostella vorherging, auf kurze Zeit an Karls Hof. Von hier kehrte er nach Neuburg zurück, wohnte der Krönung Karls in Aachen bei und verweilte längere Zeit bei Karl auf dem Reichstag in Worms, wo er zugleich für seinen Bruder mit seinem Fürstentum belehnt[1]) wurde, und dann eine Pilgerfahrt nach Jerusalem antrat. Da er im Dienste des Kaisers war, so bedurfte er dessen Erlaubnis, die ihm unter Befürwortung durch Kurfurst Ludwig, erteilt wurde. Die Reise galt als ein religiöses Werk und war ein grosses Unternehmen, das namentlich für einen Fürsten nicht ohne Gefahr war. Darum wurde Ottheinrichs Ausfahrt auch in allen Ämtern seines Fürstentums verkündet und die Pfarrer aufgefordert von der Kanzel die Untertanen zu ermahnen, Gottes Beistand für den jungen Herrn anzurufen, bei seinem ritterlichen Gott wohlgefälligen Werk.

Von Lauingen aus trat Ottheinrich am 15. April 1521 seine Reise an in Begleitung seines Hofmeisters Reinhard von Neuneck, dreier Edelleute, eines Barbiers und einiger Diener. In Venedig nahm Ottheinrich ausserdem noch einen »Kellerknecht« an, der schon das Jahr zuvor in Palästina gewesen war und »die Sprache konnte«. Der Weg nach Venedig, von wo man zu Schiff nach Joppe fuhr, ging über Rosenheim, Kufstein, Inspruck und den Brenner nach Verona, Vicenza und Padua. Ottheinrich hat über seine Reise ein Tagebuch[2]) hinterlassen, das er später fortführte und das uns bis Ende 1534 erhalten ist, freilich ohne die zahlreichen, höchst wertvollen Beilagen, welche das im Text nur kurz Angedeutete weiter ausführten. Dieses Tagebuch in seiner naiven treuherzigen Weise zeigt, dass Ottheinrich ein offenes Auge, Sinn für religiöse und weltliche Dinge, für Kriegskunst und Kriegswerkzeuge, für Baukunst und kirchliche Kunstwerke, für fremde Sitten und Produkte und naturgeschichtliche Gegenstände hatte. Nirgends ist etwas subjectiv reflektiertes zu finden. Wir hören zwar von der Pracht Venedigs und seinem Reichtum, er spricht aber nicht von den damals in grosser Zahl in Venedig lebenden Malern und deren Werken im besondern. Er zeigt nicht das Interesse des Gelehrten und Kunstkenners, wohl aber hat er den Sinn für das Schöne in Bildern und Palästen in sich entwickelt, wie sein späteres Leben beweist. Bis das Pilgerschiff »Korresti« segelfertig war, besichtigte Ottheinrich auf dem Festland, wie auf den Inseln und in der Stadt selbst die Sehenswürdigkeiten, unter denen das wohlgefüllte Arsenal sein Staunen erregt und ein gewaltiges Krokodil, dessen Grössenverhältnisse er genau aufzeichnet. Auf der Seefahrt sammelt er alle Notizen über die in Sicht kommenden Länder, deren Produkte, Ertrag und Bedeutung. Die Fahrt führt über Korfu und Zante, an der Küste von Morea vorüber nach Cerigo und durch den südlichen Teil des Archipels in Sicht von Candia direkt nach Rhodus, das ganz besondern Eindruck auf Ottheinrich machte. Er bewunderte die Festungswerke, die von 3000 gefangenen Türken beständig verstärkt wurden, sammelte Nachrichten über die ungeheuren Vorräte, die gewaltigen Kriegsschiffe des Ordens, dessen Einkünfte fast zur Hälfte auf Kosten des Feindes aufgebracht werden mussten. Von Rhodus nahm das Schiff

---

[1]) Belehnung Ottheinrichs und Philipps N. Kb. 122. »Ich Ottheinrich Im Namen mein selbs und in die Seele meines lieben Bruders Herzog Philipps schwöre.«

[2]) Das Tagebuch im Geh. Hausarchiv in München. Die Reise nach Palästina, abgedruckt in Röhricht und Meissner

seinen Kurs zwischen der Insel und Kleinasien direkt auf die syrische Küste und kam am 10. Juli 1521 vor Joppe an nach einer Fahrt, die vom 5. Juni ab gerade fünf Wochen gedauert hatte. Der Sicherheit wegen betrat kein Pilger von Stand die Küste unter seinem eigenen Namen, da sonst die Erpressung eines hohen Lösegeldes die unausbleibliche Folge gewesen wäre. Ottheinrich trat als Knecht seines Schiffspatrons Antonio Dandolo auf, was ihm Gelegenheit bot, unbeachtet manches zu sehen, was sonst unmöglich gewesen wäre. In Begleitung des Patrons, machte er auf dem Wege nach Jerusalem einem hohen Beamten des Sultans einen Besuch in dessen Zeltlager und bewunderte die Zahl der Pferde und Esel und vor allem die 400 Kameele, die derselbe mit sich führte. Am 18. Juli kamen die 140 Pilger aus Ottheinrichs Schiff, dem noch 4 andere folgten, in Jerusalem an und besichtigten nun unter der Führung des Guardians des Franziskanerklosters auf Sion jede in der heiligen Geschichte irgend merkwürdige Stelle; denn an alle sind Ablässe geknüpft, die Ottheinrich, sorgfältig verzeichnet, seinem Tagebuch beigelegt hatte, sowie er auch alle heiligen Orte nach Karten des Landes auf einer besonderen Tafel[1]) bemerkt hatte. Besonders interessant war natürlich der Tempel für die Pilger, in dessen Bezirk das hl. Grab mit der Grabeskirche sich befand. Er wird nur gegen Eintrittsgeld geöffnet, worauf die Pilger in der Regel die ganze Nacht dort zubringen. Wie es da zugeht, wird von Ottheinrich nicht berührt, er erwähnt nicht einmal, dass und wie er daselbst, wie jeder Pilger, die Ritterwürde des h. Grabes erlangt hat. Er verfolgte, wie alle Pilger, den Leidensweg Christi, bestieg den Ölberg und besuchte Bethlehem und endlich den Jordan, in welchem die Pilger zu baden pflegten. Am 3. August ritten die Pilger wieder der Küste zu, wo sie am 6. August anlangten, nachdem sie wiederholt schwere Misshandlungen erlitten hatten. Den Patron hielten die Türken gewaltsam zurück, so dass die Heimfahrt erst am 10. August angetreten werden konnte. Von im Orient gemachten Ankäufen von Büchern in orientalischen Sprachen, deren Ottheinrich eine Anzahl von seiner Fahrt nach Jerusalem zurückgebracht haben soll, erwähnt er selbst nichts. Er hätte jedenfalls diese Einkäufe nur durch Andere machen können, um keinen Verdacht zu erregen. Er erwähnt aber auch nicht die Erinnerungszeichen, die er unstreitig, wie andere Pilger, mitgebracht hat. Wie tief der Eindruck haftete und wie genau Ottheinrich Alles merkte, können wir noch heute aus dem grossen gewirkten Teppich erkennen, den er in Lauingen anfertigen liess, und der wohlbehalten im bairischen Nationalmuseum sich befindet. Er zeigt eine Ansicht der Stadt Jerusalem, deren einzelne wichtige Gebäude dargestellt sind. Am Fusse des Teppichs wird durch Zeichen, wie auf Sebastian Münsters Städtebildern, auf die Stellen im Bilde verwiesen, die durch den untenstehenden Text erläutert sind. Es ist gewissermassen eine bildliche Darstellung der Aufzeichnungen Ottheinrichs auf der »Doffel«, die angefertigt hatte. Der Teppich konnte offenbar nur nach den Angaben Ottheinrichs in dieser Art hergestellt werden. So wirkte diese Jugendreise noch auf den Mann lange Jahre nachher befruchtend ein.

Auf der Rückfahrt wurde die reiche Insel Cypern besucht. Der Eindruck, den der Reichtum dieser Insel[2]) auf Ottheinrich machte, übertrifft noch den von Rhodus. Von Antiquitäten, deren er einige zufällig erwähnt, hat er keine Idee; nichts, das er bespricht, geht für ihn über die Urzeit des Christentums hinaus. Die Fahrt von Cypern nach Rhodus dauerte des Gegenwindes wegen über die Massen lange. Als das Pilgerschiff in Rhodus einlief, wurde Ottheinrich, dessen Inkognito nun ein Ende hatte, im Auftrag des Grossmeisters durch die ersten Ordens-

---

[1]) Es heisst darüber in dem Tagebuch: »Item alle helgen stet zum Teil hievor gemelt und andere, die Ich auff dem helgen Land gesehen hab, werden genugsamb mit gnad undt ablass In einer ab Copierten Doffel hierbey gelegt undt aus der mapen des Verheisen gelobten Landts bezaichnet.«

[2]) In summe es ist ein über die mass fruchtbahr lustig reich Insel. Tb.

beamten und alle deutschen Ordensritter mit Pauken und Trompeten empfangen. Auch jetzt wieder benutzt Ottheinrich seinen Aufenthalt, um alles Merkwürdige zu besichtigen. Er erwähnt besonders einen künstlichen Brutofen, in dem auch Strausse ausgebrütet werden und woselbst man ihm herrliche Exemplare von Hühnern und Straussen zeigte, die zur Zucht dienten. Die grossen Kriegsschiffe erregten von Neuem sein Staunen, von denen eines »1500 Fass hielt«, während ein um 500 Fass grösseres Schiff auf der Werft lag. Zur Vergleichung wird erwähnt, dass der »Korresti«, der doch ein gewaltiges Transportschiff war, nur 7—800 Fass hielt. Die Heimfahrt wurde durch eine türkische Flotte von 17 Schiffen, die den Pilgerschiffen auflauerte, unterbrochen. Der Korresti musste in den Hafen zurück, um die Ausrüstung der Geleitschiffe abzuwarten. So verzögerte sich die am 23. September schon begonnen gewesene Heimfahrt bis zum 5. Oktober. Als nach 3 Tagen keine Gefahr mehr drohte, fuhren die Pilger allein durch den Archipel weiter, den Ottheinrich Sarzapelico nennen hörte. Er bemerkt, dass 52 Inseln in demselben liegen und sagt dann: »Unter diesen 52 Inseln wurden uns etliche genannt, nemlich Paris, ein Insel Troja, die vor der Zerstörung 100 meil weit, als man uns sagt, umbmauert gewesen sein soll, davon die Histori sagt, Sie mit zehnjährigem Krieg bekrieget und doch zuletzt mit Verräterey erobert und verstört worden sein.« Diese Bemerkung zeigt, dass Ottheinrich weder von Homer noch von Virgil etwas weiss und dass sein lateinischer Unterricht, bei dem man vorzüglich auf Lateinischsprechen ausgieng, nicht weit in die Lektüre alter Schriftsteller hineingeführt hatte. Viel besser ist Ottheinrich mit der biblischen Geschichte bekannt. Die Insel Patmos, wo die Apokalypse geschrieben wurde, ist ganz in seinem Gesichtskreis. Die Rückfahrt um Morea herum gieng glücklich von statten. Während derselben hatten die Pilger das Schauspiel, dass Fische über ihre Köpfe hinflogen »wie Spatzen«. Ohne Aufenthalt kam das Schiff über Santi (Zante) am 24. Oktober in Parenzo an der Küste von Istrien an. Hier verliess Ottheinrich mit seinen Gefährten das Pilgerschiff und ritt über den Karst und Laibach in das Drau- und Pusterthal, fast nach jedem Tagesritt auf einer bischöflich freisingschen Besitzung übernachtend. Zuletzt ging es über den Brenner und das Innthal aufwärts über den Fernpass nach Reutte, Füssen und Lauingen, wo die Pilger am 1. Dezember anlangten, nach einer Abwesenheit von 7½ Monaten. Nach seiner Rückkehr begab sich Ottheinrich zu seinem Vormund nach Nürnberg und zu einer Zusammenkunft mit Kurfürst Ludwig und einem Besuch in Onolzbach, wo er zum ersten Mal seine spätere Gemahlin Susanna gesehen haben mag. Bei dieser Gelegenheit wurde wahrscheinlich Friedrichs Entschluss, die Vormundschaft niederzulegen, besprochen und gebilligt. Denn Friedrich hatte das Statthalteramt in dem 1521 zu Worms errichteten Reichsregiment übernommen, das in Nürnberg seinen Sitz hatte und wenig Lust, die Regierung in Neuburg weiter zu führen. Er berief daher die Landschaft auf 2. Juni 1522 nach Burglengfeld, wo sich die Stände ziemlich vollzählig einfanden. Herzog Friedrich liess durch seinen Kanzler daran erinnern, unter welchen Umständen er Vormund geworden, wie er allezeit das Beste des Landes erstrebt und nun durch sein Statthalteramt gezwungen die Vormundschaft niederlege, weshalb er die Landschaft und die Beamten hiermit ihrer Pflicht gegen ihn selbst ledig spreche und an seine Mündel verweise. Diesen gibt er das Zeugnis, dass sie »selbst der Geschicklichkeit seien, ein Land zu regieren, sie hätten ihm »wo er in was gestraft, gefolgt, als weren sie sein Sün gewesen«. Die Stände genehmigten die Niederlegung der Vormundschaft, nachdem sie selbst, wie die jungen Fürsten, aus Höflichkeit versucht hatten, Friedrich zur Beibehaltung der Vormundschaft zu bewegen.

Darauf bestätigten die jungen Fürsten die Freiheiten der Landschaft und die Stände von Adel, wie die Prälaten huldigten ihnen. Über diesen Vorgang wurde ein Schriftstück abgefasst, von den Fürsten und dem Ausschuss unterschrieben und vorgelesen, worauf Hans von Sintzenhofer zu Teublitz, der das Marschallamt versah, dem bisherigen Statthalter Adam von Törring für seine gute Amtsführung dankte und ihn bat, auch ferner seine Dienste dem Lande zu widmen. Dieser lehnte bescheiden den Dank ab unter Hinweisung auf seine Pflicht und betonte, dass er von nun an ein Rat der Fürsten sein werde und seinen Rat in dem geben werde, worüber er gefragt werde. Die Übergabe der Regierung wurde formell abgemacht durch Überweisung der Geschütze, Vorräte, Kleinode, des Silbergeschirrs, der Barschaft und der Kanzleizugehör an die jungen Fürsten, welche über die richtige Übergabe mit Friedrich gemeinsam eine Urkunde unterschrieben, in welcher sie ausdrücklich alle Regierungshandlungen Friedrichs anerkannten mit Datum vom 2. Juni 1522. Da die jungen Fürsten selbst die Landschaft um ihren Rat und ihre Unterstützung bei der Regierung des Landes angingen, so liess sich diese ausführlich darüber aus. In dem »Ratslag« spricht sich das einfach naive Verhältnis zwischen den Fürsten und der Landschaft in so treuherziger Weise aus, dass auf dessen Inhalt hier wohl näher eingegangen werden darf. Ottheinrich selbst bemerkt darüber in seinem Tagebuch: »Undt unser Landschaft hot unss zugestellt ein Copey noch Ihrem gut Bedünken, wie wir Unss in unserm Regiment halten sollen.« Die Landschaft rät: »Das e. f. g. sich anheim in ihrem Fürstentum enthalten, und on treffenlich beweglich und gewinlich ursachen nit daraus thun wollen, dann wie die leuff yetzo stehen, so ist clain Hoffnung, auch bisher bei wenig fürsten erfarn, das sy sich (so sy ausser Lands gewesen sind) viel gebessert haben, sondern sind nit allein dieselben Fürsten auch dazu ir Land und Leut dardurch in mer erarmung weder aufnemung kommen.« Wo aber die Fürsten »einen Ritt ausser Lands machen wollen, der der Zerung wert und auch erlich und nützlich ist,« so soll »zuvor tapfer Rat gehalten werden, um Schäden, Kosten, Zerung, Gvärlichkeit wohl zu ergründen«. Die Fürsten sollen täglich mit ihren Räten die Geschäfte besorgen und sie diesen nicht allein überlassen. Denn ihre Mitarbeit werde die Unterthanen erst recht geneigt und zu Leistungen willig machen. Zu Räten sollen sie Leute aus allen Ständen des Landes nehmen und wenn sie selbst ausser Lands müssen, Vollmacht für die laufenden Geschäfte hinterlassen. Auch die Ämter im Land sollen tüchtigen und unsträflichen Männern übertragen, aber zugleich überflüssige Räte und Diener abgeschafft werden.

Besonders wird vor unnötigen und aufschiebbaren Ausgaben gewarnt und die Rechnungsablage durch die Rechenbeamten von den Räten in der Fürsten Gegenwart empfohlen. Zur sichern Kontrole des Finanzzustands verlangen sie die Anlegung von Registern über Einnahmen in Geld und Naturalien und über die Ausgaben, unter denen der Sold der Diener, die Zinsen und Abzahlungen der Schulden und der Hofhalt aufgezählt werden. Über alle fahrende Habe verlangen sie alljährlich neue Inventare. Alle Schulden gegen Zins und Dienstgeld sollen in reine fünfprocentige Geldschulden verwandelt werden, »weil solche Beamte beschwerlich sind«. Sie sollen nicht mehr ausgeben, als sie einnehmen; solches bringe »unlob, unwilligkeit« und führe zu dem Sprüchwort, »das e. f. g. vom Pfund 10 Schilling vertheten.« Endlich fordern sie das Verbot des Zutrinkens im Fürstentum und dass die Fürsten sich dessen selbst enthalten, »um leib und ehre zu waren«. Die Schrift wurde, weil die Mitglieder der Landschaft »wegfertig« seien, im Namen der Landschaft Adam von Törring für die Herzoge am 4. Juni Abends übergeben. Schon am 5. Juni machen sich die Herzoge auf, persönlich in den Hauptorten des Fürstentums sich huldigen zu lassen. Sie besuchen zunächst Hemau und Kallmüntz, Lengfeld und Schwandorf. Überall wurden sie feierlich empfangen. Die Unterthanen zogen ihnen je nach der Bedeutung des Orts mit 200, 300, 400 und selbst 600 Mann und einigen Feldschlangen entgegen, verehrten ihnen Wein, Haber und Fische und zur Erinnerung ein Trinkgefäss. Nach der Huldigung in dem hälftig zur Kurpfalz gehörigen Weiden, erhielt das damals reichen Silberertrag aus Bergwerken gewährende Erbendorf einen Besuch, dessen Bergbau und Hüttenwerk

Ottheinrichs besonderes Interesse erregte. Nachdem auch Sulzbach gehuldigt hatte, besuchten die Fürsten vom 22. bis 24. Juni ein Armbrustschiessen in Nürnberg und zogen dann über Hilpoltstein, Haideck und Monheim, wo die Äbtissin des Klosters gleich den Unterthanen daselbst ihr Geschenk darbrachte, nach Neuburg, der Residenz des Fürstentums. Von da zogen sie über Schloss Graispach nach Höchstett, Lauingen und Gundelfingen Donau aufwärts, den reichsten Städten ihres Landes zu, die sie mit ganz besonderen Ehren empfingen und auch Ottheinrichs Pilgerfahrt, auf der er die Ritterschaft des heiligen Grabes erworben hatte, gedachten, indem sie ihm silberne Becher »in sein Ritterschaft« schenkten. Aus der Zahl der den Fürsten entgegenziehenden Mannschaften, lässt sich der Schluss ziehen, dass Lauingen die volkreichste Stadt war. Nächst ihr kommt Hilpoltstein und erst in dritter Reihe Neuburg, das aber als Residenz bald namhaft wuchs und von Fremden häufig besucht wurde.[1]) Dahin kamen die Fürsten am 8. Juli zurück. »Haben«, sagt Ottheinrich in seinem Tagebuch, »gejagt und ander Kurzweil do trieben, dann wir haben unser Hofhaltung do.«

Die Einrichtung der Hofhaltung nahm zunächst in Anspruch, da Herzog Friedrich nur ausnahmsweise und auf kurze Zeit sich in Neuburg aufgehalten hatte und der Hofhalt der minderjährigen Fürsten sich in engen Grenzen bewegt haben wird. Der Hofhalt wurde anscheinend sparsam, jedenfalls mit grosser Überlegung und Ordnung eingerichtet und Vorsorge getroffen, dass die an Höfen üblichen Unterschleife nach Möglichkeit verhütet wurden. Die Verordnung darüber ist vom 3. August 1522 datiert und giebt einen interessanten Einblick in das innere Getriebe eines kleinen fürstlichen Haushalts, der teils auf Natural-, teils auf Geldwirtschaft beruht, und in welchem in patriarchalischer Weise alle Glieder vom Fürsten bis zum letzten Stallknecht und Buben herab eine grosse Familie bilden, die gemeinsam im grossen Saal, der Dürnitz, speist und in welchem auch der Armen und Schüler nicht vergessen wird, die nach alter Sitte von dem Abhub ihren Anteil erhalten. Die höchsten Hof- und Staatsbeamten, der Grosshofmeister, der Marschall und der Kanzler, die Räte und die Edelleute, welche die nächste Umgebung der Fürsten bilden, sowie die Beamten der Kanzlei haben vollständigen Unterhalt am Hof, Futter für ihre Pferde, Wohnung im Schloss oder in der Stadt und werden auch auf Kosten des Hofhalts gekleidet, wofür eine eigene Hofschneiderei besteht, in welcher vom Hausvogte Alles, was mit der Nadel gefertigt wird, aus vom Kammermeister angeschafften Vorräten hergestellt wird. Die Zahl der den Hofhalt bildenden Personen war 71, von welchen 52 unberitten und 19, die beiden Fürsten inbegriffen, beritten, also mit »Futter und Mahl« zu versorgen waren. Der »Futterzettel«, das heisst die Liste der mit Futter und Mahl zu versorgenden Personen, wies in regelmässigen Zeiten 19 Köpfe mit 42 Pferden auf, von welchen 14 (10 Reit- und 4 Wagenpferde) auf den fürstlichen Marstall, der Rest auf die Hofbeamten und Räte, sowie auf den Wirtschaftsbetrieb kamen, für den 2 sog. Baupferde vorhanden waren.

Der Grosshofmeister Konrad von Rechberg zu Stauffeneck hatte 5 Pferde; Adam von Törring, der älteste der Räte, ein Mann besondern Vertrauens, der Herzog Friedrichs beständiger Statthalter gewesen war, durfte 6 Pferde halten; der Kanzler und Rat Dr. jur. Hieronymus von Croaria auf Tapfheim, ehemals Professor der Jurisprudenz in Ingolstadt, hatte 2 Pferde, die adligen Räte: Balthasar von Gumpenberg 4, Friedrich von Wolmershausen 3, Bern von Hürnheim 2, ferner der Hausvogt Wilbold Poll 2, der Kammermeister Gabriel Arnold 2 und der oberste Kanzleisekretär Diepold Keis auch zwei. Zum Gefolge der Fürsten, im engern Sinne »Hofgesinde« genannt, gehörten Jörg von Rechberg mit 2, Karl von Welldau mit 2, Corbinian

---

[1]) Eine Polizeiverordnung über den Verkauf von Fisch- und Fleischwaren vom 7. Dezember 1526 bezeugt dieses Wachs-

(Gerbion) Bullinger mit einem Pferde und endlich ein Trompeter zu Pferde. Diese letzteren jüngeren Adligen dienten mit je einem reisigen Knecht als Grundstock des kriegerischen Gefolges. Unter den unberittenen Dienern ist zunächst der Hofkaplan Martin Gumpenberger zu erwähnen, dann als wichtigster Diener für den innern Haushaltsbetrieb der Hausvogt Hans Negelin und der Barbier Meister Gilg, der mit auf der Pilgerfahrt gewesen war. Auf der Kanzlei dienten 7, von welchen Hans Pollner und Christof Arnold sich zu einflussreichen Räten emporarbeiteten und später besondere Vertrauensmänner Ottheinrichs wurden. Zum Küchenpersonal gehörten 8 Personen, darunter der Küchenschreiber, der die Rechnung führte, ein Mund- und 2 Gesindeköche, sowie der Hoffischer. Im Keller und bei der Pfisterei (Bäckerei) waren 4 Personen angestellt, ebenso waren 4 Jäger vorhanden, und noch 11 Personen mit verschiedenen Funktionen, darunter »der Harnaschknecht«, zwei Trosser im Stall, welche das Pferdegeschirr unter sich hatten, ein Wächter, der Thorwart und zwei Boten. Endlich standen unter Jakob von Prandt, der das Bauwesen unter sich hatte, (Hoch- wie Wasserbau) 10 Personen, darunter 7 Wagenknechte.

Ausser den ständig am Hofe weilenden Räten gab es eine Reihe von Räten und Dienern von Haus aus, die zugleich Ämtern als Pfleger oder Richter vorstanden und für besondere Zwecke einberufen wurden. Denn nicht alle diese Männer waren durch Darlehen gewissermassen aufgezwungene Diener, sondern es befanden sich auch Männer besondern Vertrauens darunter, die durch Pflegämter belohnt worden waren. Die Regierung des Landes selbst war in regelmässigem Gang, da die alten Räte beibehalten wurden. Die Stellung des Fürstentums war durch Teilnahme an den pfälzischen Erbeinungen mit den Nachbarn am Rhein und in Franken und durch die Versöhnung des Kurfürsten mit Österreich gesichert, mit dem Kurpfalz wie Neuburg am 10. Sept. 1518 zu Augsburg eine Erbeinung eingegangen war, die im Jahr 1519 von Erzherzog Ferdinand, wie von Karl, von Barcelona aus, bestätigt worden war. Nachdem Österreich auf dem Reichstag zu Worms gegen Übernahme der Kriegsschulden des schwäbischen Bunds, das Herzogtum Württemberg an sich gebracht hatte und Ferdinand damit belehnt worden war, erhielt die genannte Erbeinung am 26. Jan. 1523 den Zusatz, dass die Pfälzer Fürsten wegen der dazu gekommenen Last der Verteidigung Württembergs von Österreich statt 200 Reitern und 1000 Mann zu Fuss eine Hilfeleistung von 250 Reitern und 1500 Mann zu Fuss anzusprechen haben sollten. Ausserdem trat die Pfalz und ihr folgend auch Neuburg im Jahre 1523 in den am 17. März 1522 auf 11 Jahre erneuten schwäbischen Bund. Die 4 Pfälzer Fürsten, der Kurfürst Herzog Friedrich, Ottheinrich und Philipp erhielten e i n e Stimme von den sieben des Bundesrats, hatten zusammen 300 zu Ross und 800 Mann zu Fuss zum Bundesheer zu stellen und traten in alle Rechte und Pflichten der Bundesglieder ein.

Die durch diese Bündnisse auferlegten Lasten, in gewöhnlichen Zeiten nicht bedeutend, wuchsen in den stürmischen Zeiten, welche Deutschland in den 5—6 ersten Regierungsjahren Karls V. durchzumachen hatte über die Kräfte des kleinen Fürstentums hinaus, das in finanziell sehr ungünstiger Lage sich befand und kaum in ruhigen Zeiten mit seinen Einnahmen ausreichte. Es wird sich zeigen, dass das von der Landschaft aufgestellte Finanzprogramm über Umwandlung der Schulden mit Dienstgeldern in reine fünfprozentige schon in den ersten Monaten der Regierung der Fürsten nicht eingehalten werden konnte und dass bei zeitweiligen glücklichen Anläufen zur Erreichung dieses Ziels mehr und mehr Schulden mit hohem Zinsfuss gemacht wurden, die endlich zum finanziellen Zusammenbruch und 1544 zur Übergabe des Landes an die Stände führte, welche die Schulden übernahmen.

Trotz der Unruhe, welche die Sickingenschen Unternehmungen brachten, gaben sich die jungen Fürsten nach der Sitte der Zeit freudig den ritterlichen Vergnügungen des Rennens und Stechens hin, die einen Hauptteil der vom 6. Januar bis Fastnacht getriebenen Kurzweil bildeten. Ottheinrich war unter den eifrigsten Teilnehmern und berichtet in seinem Tagebuche mit augenscheinlicher Freude, dass sein Bruder Philipp am 28. Januar »sein erst Stechen ton hat.« Einen Nachklang, der durch die Wallfahrt nach Jerusalem erregten und befestigten religiösen Stimmung erkennen wir in der in der Fastenzeit vom 25. Februar bis 2. März unternommenen »Kirchfahrt« nach dem Wallfahrtsort baierisch Öttingen, auf welcher Ottheinrich von 7 Edelleuten begleitet wurde und in Freisingen beim Bischof Philipp seinem Oheim mit Herzog Ludwig von Baiern zusammentraf.[1])

Nach der Rückkehr wurden Vorbereitungen getroffen für Herzog Philipps Zug an Erzherzog Ferdinands Hof nach Nürnberg beim Reichsregiment und für Ottheinrichs Zug an den Rhein, wohin er in Folge der Pfälzer Erbeinung dem Kurfürsten gegen Sickingen zu Hilfe ziehen musste. Herzog Philipp sollte sich in der Welt umsehen und eine Aufbesserung der schmalen Einkünfte durch ein Dienstgeld zu gewinnen suchen. Da nun Philipp ausser Land zog, das beiden Brüdern ungeteilt gehörte, so bevollmächtigte er seinen Bruder am 9. April 1523 auch in seinem Namen die Regierung zu führen. Es wurde diesem jedoch auferlegt, wenn der Verkauf »seines Fleckens« nötig werden sollte, die Landschaft zu befragen. Über seine Ausgaben soll Ottheinrich seinem Bruder Rechnung legen, wie auch Philipp zu thun bereit ist und »soll ein jeder sich gegen dem andern hierin nit geverlich oder genaussüchig, sondern fürstlich und freundlich erzeigen«. An demselben Tage stellten die beiden Fürsten ihrem Hofmeister Konrad von Rechberg und andern Räten Regierungsvollmacht aus, die sie ermächtigte, wegen Aufruhr Aufgebote zu erlassen, bei Geldmangel Kleinode zu versetzen, Getreide zu verkaufen, selbst ein oder zwei Flecken bei grosser Not zu verpfänden, »weil uns jedem für sich sachen zugestanden sind, das wir uns ain Zeit lang ausser unserer Lande thun werden«. Diese Vollmacht wurde den Räten der Landschaft und den Beamten verkündet. An der Spitze von 200 Reitern, darunter eine gute Anzahl von Adel und mit 40 Wagen zog Ottheinrich, von seinem Bruder bis Kaisersheim[2]) begleitet, nach Heidelberg, wo er am 24. April anlangte. Da der Kurfürst schon am 8. April aufgebrochen war, so folgte er ihm nach einem Rasttag und stiess am 28. bei Kaiserslautern zu ihm. Nanstul war bereits von dem pfälzischen Marschall von Habern blokiert, als der Kurfürst mit den Scharen des Erzbischofs von Trier und des Landgrafen von Hessen am 29. April dort anlangte. Leider sind die Nachrichten, welche Ottheinrich über die Belagerung und Eroberung von Nanstul am 2. Mai, sowie über Sickingens am 3. erfolgten Tod seinem Tagebuch beigelegt hatte, verloren.

Hierauf wendeten sich die Kriegsfürsten westwärts und gewannen einige Sickingische Burgen, wie Drachenfels, Hohenburg und Lützelburg, ohne Kampf. Sie verbrannten sie, belagerten und eroberten Altendahn und nachdem Sickingens Anhang in dieser Gegend sich unterworfen hatte, brachen die Fürsten am 18. Mai aus dem Dahnerthal auf, um die Ebernburg bei Kreuznach anzugreifen. Während der Erzbischof das Alsenzthal abwärts zog, wendeten sich Kurfürst Ludwig und der Landgraf dem Rhein zu und zogen dem Hardtgebirge entlang nach Kreuznach, woselbst sie am 25. Mai anlangten und noch 3 Tage auf ihre Bundesgenossen warten mussten. Nachdem sie am 29. Mai vor die nahe Ebernburg gezogen waren, versuchte Bischof Georg von Speier, des Kurfürsten Bruder, und sein Vetter Herzog Johann, Graf von Spanheim, am 30. und 31. vergeblich einen gütlichen Vergleich herbeizuführen. Am 1. Juni begann die Beschiessung, die bis Freitag den 5. Juni Mittags 3 Uhr dauerte und das feste Haus

---
[1]) Tagebuch: »do hat uns der Bischoff vil Ehr erbuten.«
[2]) Hier wurde jeder der Fürsten vom Abt mit einem silbernen Becher beschenkt.

so furchtbar zurichtetete, dass die 67 Mann starke Besatzung zu unterhandeln genötigt war. Sie erhielt freien Abzug mit Hab und Gut, der am 7. erfolgte; ihr tapferer Anführer, Schenk Ernst von Dautenbach rettete Eigentum und Freiheit. Von der Beute sagt Ottheinrich: »und ist viel geschütz, silbergeschirr und Dapezerey dorin gewesen, wans ein Graf het, er sollt sich dess nit schämen«. Nachdem die gesammte Beute verteilt war, zogen die Hessen und Trierer ab, der Kurfürst aber liess die Burg niederbrennen und schleifen. Am 15. Juni zog Ottheinrich mit dem Kurfürsten in Heidelberg ein, von demselben hoch geehrt für seinen Zuzug.[1]) Nach einer Rast von 8 Tagen zog er über Kislau, wo er mit Bischof Georg zusammentraf, Vaihingen, Göppingen, Heidenheim nach Lauingen und war am 29. Juni wieder in Neuburg.

Der Zug gegen Sickingen hatte einen persönlichen Aufwand von 2790 fl. verursacht, wie wir aus einem eigenhändig geschriebenen Einnahmebuch Ottheinrichs ersehen können, das bis ins Frühjahr 1530 reicht. Die Kosten waren teils durch auf kurze Zeit lautende Anleihen, teils durch Zahlungen des Kammermeisters gedeckt worden. Nur 330 fl. davon rühren aus einem dauernden Anlehen. Da aber auch Vorräte[2]) darauf gingen, so war, trotzdem der Hilfe suchende Fürst Futter und Mahl zu liefern hatte, ein solcher Zug für das überschuldete Land immerhin fatal. Es war daher wesentlich, dass die Fürsten mit den Ständen in Übereinstimmung blieben, um für ausserordentliche Ausgaben auf Landsteuer zählen zu können. Um nun über die bisherigen Regierungsmassregeln Aufschluss zu geben und Geneigtheit und Wege zur Unterstützung der Regierung bei ausserordentlichen Bedürfnissen zu eröffnen, wurde am 8. Juli nach Ottheinrichs Rückkehr die Landschaft auf den 5. August früh nach Neuburg berufen. Der Besuch des Landtags war eine Pflicht der Prälaten, Edelleute und Städte. Der Landtag wurde mit einem Vortrag der Fürsten am 5. August eröffnet, in welchem den Ständen die Erbeinung mit Österreich, mit Kasimir und Georg von Brandenburg und mit Bischof Konrad von Würzburg für dessen Lebenszeit, sowie der Eintritt in den auf 11 Jahre geschlossenen schwäbischen Bund mitgeteilt wurde, in welchem alle ihre Erbeinungsverwandten schon waren. Die Stände werden ersucht, wenn sie Bewegungen gegen den schwäbischen Bund verspüren, die Übelthäter einzusperren und Meldung davon zu machen. Da man im Bunde beständig auf Hilfeleistung gefasst sein muss, die Fürsten aber durch den baierischen Krieg mit Schulden beschwert sind, so wenden sie sich wegen Aufbringung der Mittel an die Landschaft und damit dieselbe nicht so häufig berufen werden muss, ersuchen sie um Wahl eines mit den nötigen Vollmachten versehenen Ausschusses, den Statthalter und Räte auch in der Fürsten Abwesenheit bei plötzlichen Vorfällen berufen könnten.

Wegen der grossen Mängel, die sich bei Handhabung des Gerichts herausgestellt haben, gedenken die Fürsten dem Landtag eine »lautere gemeine Gerichtsordnung« vorzulegen. Dabei wird auf das im Jahr 1521 bei der Belehnung erlangte Privilegium, dass in Sachen von weniger als 100 fl. Wert nicht an das Reichskammergericht, wohl aber an das fürstliche Hofgericht appelliert werden dürfe, aufmerksam gemacht. Da die Fürsten jung und ohne Erfahrung seien, aber sich redlich bemühten, es recht zu machen, so bitten sie um Mitteilung von Mängeln und Beschwerden gegen die fürstliche Regierung und legen Herzog Philipps Vollmacht für Ottheinrich und dessen Vollmacht an die Statthalter und die Räte während seines Zugs zum Kurfürsten vor.

Die Landschaft anerkannte durch Beschluss vom 6. August den Nutzen der Bündnisse und zeigte sich nach ihren geringen Kräften zu Beiträgen bereit unter Vorbehalt ihrer Rechte und

---

[1]) Do hot mir mein Herr Pfaltzgraff viel ehr bewiessen. Tb.
[2]) Am 11. November waren für Kugeln an Kaspar Reger in Ulm 374 fl. 22 kr. bezahlt worden. Kb. 122. S. 31.

Freiheiten. Sie bewilligt den Ausschuss, gibt ihre Zustimmung zu der Gerichtsordnung und dankt für die Ausbringung des Privilegiums. Sie ist mit der fürstlichen Regierung zufrieden und rät, die Haussoldung zu verringern, die Ämter zu vermindern und unter Beachtung der Freiheiten der Landschaft mit Landsleuten zu besetzen. Durch Ausschreiben vom 25. August wurde hierauf die Einhaltung der vorgeschriebenen Instanzen eingeschärft und am 9. Oktober das bisher zu Graispach in einer offenen Taferne gehaltene Landgericht nach der Stadt Monheim verlegt und befohlen, dem Rufe des Landvogts Folge zu leisten, wenn er Bürgermeister und Rat der Stadt, sowie 5 oder 6 vom Land zur Besetzung des Gerichts beruft. Diese Verlegung fand Beifall und am 27. November wurde auch das Landgericht Höchstädt, das auch in Tafernen und Wirtshäusern gehalten zu werden pflegte, nach Höchstädt verlegt. Am 20. August folgte Ottheinrich einer Einladung des Kurfürsten nach Heidelberg zur Hirschjagd in Begleitung Herzog Friedrichs, wo er am 26. August ankam. Der Rückweg wurde über Heilbronn nach Ellwangen genommen, wobei die Reichsstätte Heilbronn und Hall Gastfreundschaft boten und die Herzoge Friedrich und Ottheinrich einen Tag bei Herzog Heinrich blieben, der Probst des Stifts Ellwangen war. Am 18. September langte Ottheinrich wieder in Neuburg an. Schon am 30. September ritt er mit dem Bischof von Freisingen wieder an den Rhein zu dem von Bischof Georg von Speyer nach Bruchsal ausgeschriebenen Armbrustgesellenschiessen. In Nördlingen stiess Herzog Friedrich zu ihnen, in Alen Herzog Heinrich mit dem sie am 5. Oktober in Bruchsal ankamen. Das Schiessen dauerte vom 6. bis 9. Oktober. Es war von vielen Fürsten besucht, Kurfürst Ludwig und seine Brüder, Herzog Friedrich, die Bischöfe Georg von Speyer und Philipp von Freisingen, der Probst Heinrich von Ellwangen und Herzog Wolfgang waren ausser Ottheinrich anwesend, der das zweite Best zougeschieden, d. h. ohne Mitbewerber gewann. Der Bischof von Speyer als Einladender, hielt alle Teilnehmer, deren viele jeden Stands von nahe und fern waren, frei. Auf diesem Feste wurde durch Vertrag der Pfälzer Fürsten festgesetzt, dass jedes Jahr einer von ihnen, dem man das »Crentzlein« aufsetzen werde, ein Schiessen halten sollte. Aber er sollte die fur den Besuch beste Zeit selbst wählen. Als Beste sollten 50 fl. ausgesetzt und nur 28 Schüsse darauf gethan werden, damit die Kosten für die Gesellen nicht zu gross werden. Kein Fürst darf mehr als 26 Pferde mitbringen und die Mehrzahl seiner Begleiter sollen Schützen sein. Während des Schiessens gewährt der Festgeber Futter und Mahl und auf die Fürstentafel darf er nicht mehr als 8 Gerichte bringen. Das Zutrinken soll wegen des daraus entstehenden Haders während des Festes ganz abgestellt werden. Dieser Vertrag vom 10. Oktober 1523 wurde ausser den Anwesenden auch von andern Pfälzer und baierischen Fürsten, dem Markgrafen Kasimir von Brandenburg und Philipp von Baden, zugleich Graf von Spanheim angenommen. Nach dem Feste begleiteten die Pfälzer Fürsten den Kurfürsten auf 8 Tage nach Heidelberg und ritten am 17. gemeinsam nach Hause, Ottheinrich von Friedrich und den Bischöfen von Speyer und Freisingen nach Neuburg begleitet. Nachdem Friedrich und Georg vom 22. bis 27. Oktober in Neuburg verweilt hatten, zog Ottheinrich mit beiden nach Neumarkt, wohin Friedrich ein »Frauenzimmer«, d. h. eine Anzahl vornehmer Frauen aus Nürnberg geladen hatte. Fünf Tage lang dauerten die Jagden und Festlichkeiten, an denen auch Herzog Johann, Administrator von Regensburg teil nahm und erst nach einem gemeinsamen Abstecher nach Amberg kehrten die Fürsten nach Hause zurück. Ottheinrich kam am 7. November wieder in Neuburg an.

 Am 4. Dezember wurde hier eine Verordnung über die Kanzleizeit der Räte veröffentlicht. Darnach hatten die Räte jeden Morgen nach der »Preymmesse« (Frühmesse, im Sommer um 5 Uhr) Donnerstags ausgenommen, wo sie erst nach dem »Umbgangsamt« erschienen, zwei

Sommer um 9 Uhr, im Winter um 10 Uhr frühe) ebenfalls 2 Stunden, wenn etwas zu thun ist, Fast- und Freitage ausgenommen, an welchen die Amtsstunde erst um 1 Uhr beginnt. Dafür sind die Räte auch ausser der Zeit zum Dienst verpflichtet, wenn dringende Geschäfte vorliegen. Die Ausbleibenden werden gestraft. In Abwesenheit des Fürsten und einzelner Räte, soll von den Anwesenden was immer möglich besorgt werden. Übrigens hatten die Kanzleibeamten und Sekretäre natürlich eine längere Amtszeit, die aber die heutzutage übliche von 8 Stunden nicht erreichte.

Das Jahr 1524 ist für Ottheinrich von nachhaltiger Wichtigkeit geworden, da die Folgen zweier Verträge, der Erbeinung mit Baiern und des Vertrags über die Nachfolge in der Kur sich über sein ganzes Leben erstrecken. Es fing harmlos mit den gewöhnlichen Fastnachtsvergnügungen an, war aber ungewöhnlich teuer, da Ottheinrich in seinem Einnahmebuch 20,528 fl. und davon in den 2 ersten Monaten 5720 fl. eingeschrieben hat, die weder für Fastnachtsvergnügen noch für den vom 8. bis 15. Februar beim Bischof von Freisingen mit 15 Pferden gemachten Besuch, aufgegangen sein können. Da die Kopialien keine Kunde über die Verwendungen geben, so dürfen wir wohl annehmen, dass sie für persönliche Ausgaben aufgingen, die nur in der Richtung der Kunst und der Sammlung von Büchern, und der Anschaffung von Rüstungen und Waffen, von Kleinoden und kostbaren Prachtgewändern zu vermuten sind. Bei Abgabe des Lands an die Stände im Jahr 1544 wird unter der Garderobe eine Reihe von Prachtgewändern erwähnt, deren drei zu je 700 fl. angeschlagen waren, so dass wir wohl einen Begriff von fürstlicher Ausstattung bei Besuch grösserer Versammlungen von Standesgenossen und der dabei vorkommenden Festlichkeiten bekommen können. Am 8. März 1524 zog Ottheinrich mit 30 Pferden nach Nürnberg, nicht auf den Reichstag, sondern: »Ich bin in Mein geschäften drin gewest«. Er nahm an den Verhandlungen über eine Erbeinung der beiden Wittelsbacher Linien teil, durch welche die seit 1518 nach und nach eingetretene völlige Aussöhnung der beiden Linien besiegelt werden sollte.

Die mit ihren Räten während des Reichstags vereinigten pfälzischen und bairischen Fürsten schlossen dort am 15. März 1524 einen Erbeinungsvertrag, der sich durch seinen Inhalt im allgemeinen nicht von derartigen Verträgen unterscheidet, aber eine Einleitung enthält, auf die sich die baierischen Fürsten später zum Nachteil der Pfälzer beriefen, wobei ungewiss bleibt, ob der verschlagene Leonhard von Eck, der die baierische Politik leitete, absichtlich diese Form der Einleitung in den Vertrag gebracht oder nur die anscheinend arglosen Worte später in verschmitzter Weise gegen die Vettern missbraucht hat. Es werden nämlich die früheren Verträge des pfälzisch-baierischen Hauses, namentlich der Vertrag von Pavia vom Jahr 1329 und die in demselben festgesetzte Teilung erwähnt und die daran sich anschliessenden Vereinbarungen für giltig erklärt. Da nun in den hier aufrecht erhaltenen Verträgen und Vereinbarungen auch der über die Alternation in der Kurwürde enthalten war, so wurde beim Tode Kurfürst Ludwigs 1544, obgleich in dem Vertrag von 1524 der Kur mit keinem Worte gedacht war, auf die vertragsmässige Alternation der Kur, die thatsächlich nie eingetreten war und die mit der späteren goldenen Bulle, einem Reichsgesetz, im Widerspruch stand, verwiesen, welche die Pfalz durch den Vertrag von 1524 anerkannt habe. Dieser Vertrag aber war von den Pfälzern, wie vielleicht damals auch von den Baiern als eine gewöhnliche Erbeinigung angesehen worden, in welcher den durch den baierischen Krieg entstandenen gespannten Verhältnisse ein Ende gemacht werden sollte. Dieser Vertrag ist auch nichts anders als eine Erbeinigung zu gegenseitigem Schutz und friedlicher Beilegung von Irrungen unter den Vertragschliessenden, die sich der Betretung des Rechtswegs vor dem Reichskammergericht darin entschlagen. Für täglichen Krieg, d. h. für eine alltägliche Fehde sagt jede Partei der andern 200 gerüstete Pferde als Hilfe zu auf eigne Kosten oder soviel als jede unter dieser Zahl begehrt. Wenn wegen Überzug oder Belagerung zum Entsatz grössere Hülfe nötig ist, so hat jede Partei noch 200 Pferde und 1000 zu Fuss auf eigne Kosten zu senden, bei grösserem Bedarfe die doppelte Zahl oder soviel der Hülfesuchende bezahlen will.

Ottheinrich blieb bis zum 22. März in Nürnberg und nahm mit 30 Pferden an der feierlichen Einholung des päpstlichen Legaten Campeggi durch die Reichsfürsten Teil und kam am 24. März wieder in Neuburg an. In der Zeit unmittelbar nach der Rückkehr bis zum 15. Mai hat Ottheinrich 9860 fl. als Einnahme verzeichnet, die mit Ausnahme von 1750 fl. sog. Quatembergeld durch fünfprozentige Anleihen aufgebracht wurden. Die Kammer selbst bedurfte nur ungefähr 400 fl. aus der gleichen Quelle. Die begehrenswerten Schätze, die Nürnbergs Industrie hervorbrachte, haben bei den aus spätern Zeiten bekannten Neigungen des Fürsten gewiss diese Ausgaben mitverschuldet, wenn auch der Aufenthalt auf einem Reichstag an sich schon kostspielig war. Der Aufwand ist um so auffallender, als in den übrigen 7 Monaten des Jahres nur 4619 fl. in Einnahme verzeichnet sind. Natürlich hat auch Herzog Philipp Anteil an diesen Ausgaben, die im ganzen Jahr 20,528 fl. betragen. Diese Summe, die über die Einnahmen aus dem Land nötig waren, belastete also das Land mit 6—700 Gulden Zinsen. Nachdem der Reichstag am 18. April geschlossen war, besuchte Kurfürst Ludwig erst die Oberpfalz und kam dann am 1. Mai nach Neuburg zu Ottheinrich, der ihm nach Lauingen und Dillingen zum Bischof von Augsburg das Geleit gab. Von da eilte der Kurfürst nach Heidelberg, wegen der Vorbereitung zu dem Ende Mai daselbst beginnenden grossen Armbrustschiessen, zu welchem schon am 15. November 1523 Bürgermeister und Rat zu Heidelberg Einladungsschreiben[1]) und Mitteilungen über die Bedingungen der Teilnahme versendet hatten. Zu diesem Fest trat Ottheinrich, der am 7. Mai von Lauingen zurückgekehrt war, am 23. Mai in Begleitung seines Oheims des Administrators von Regensburg, Herzog Johann, die Reise an. In Göppingen trafen sie mit den Herzogen Friedrich und Philipp, mit dem Bischof von Freisingen und den Herzogen Wilhelm und Ludwig von Baiern zusammen, welche die neue Freundschaft durch Besuch des Festes einweihten. Am 28. Mai kamen die Gäste in Heidelberg an. Nachdem der Kurfürst Sonntag den 29. Mai sämmtliche Gäste an 90 Tischen bewirtet hatte, begann Montag darauf das Schiessen. Es war dazu ein besonderer Platz vor dem Speyrer Thor auf einer Wiese gegen den Abhang des Gaisbergs hin (am Seegarten) hergestellt worden[2]). Zum Schutze der Schützen gegen Sonne und Regen waren in amphitheatralischer Form Hütten und Zelte errichtet. Das Fest war von 20 Fürsten besucht und ist in der Sittengeschichte durch die zum Durchbruch kommende Entrüstung über das unmässige Zutrinken und den grossen Aufwand berühmt geworden, die sich in einem Vertrage ausspricht, in welchem sich alle am Fest teilnehmenden Fürsten verpflichten, weder selbst, noch durch ihre Diener das Fluchen und Zutrinken zu gestatten, die zuwiderhandelnden Diener zu entlassen und keinen in Dienst zu nehmen, ohne Vorlegung eines Zeugnisses des bisherigen Herrn, dass die Entlassung nicht wegen des Zutrinkens und Fluchens erfolgt sei.

Dieser Vertrag vom Sonntag Erasmi (5. Juni) 1524 ist nur eine weitere Ausführung der von den Pfälzer Fürsten im Jahr 1523 zu Bruchsal verabredeten Beschränkung des Aufwands bei den der Reihe nach von jedem Fürsten zu haltenden Schützenfesten, welche durch die eintretenden Bauernunruhen ins Stocken kamen, aber doch nach denselben in Regensburg durch Administrator Johann und Herzog Friedrich in Amberg und Andere ihre Fortsetzung fanden. Das Reformbedürfnis zeigt sich auch in diesem Ereignis und wurde in dieser Richtung selbst

---

[1]) Die Einladung zum Schiessen. Kb. 122. S. 210.
[2]) S. d. Beschreibung bei Hubert Thom. Lesd. lib. VI. S. 91.

von streng am alten Glauben festhaltenden Fürsten begünstigt. Die Entrüstung über das unsinnige und gottlose Zutrinken fand in vielen Verordnungen der Obrigkeit Ausdruck, aber keinen umfassenderen, als in diesem Vertrag, dessen Wirkung sich in der Verkündigung durch besondere landesherrliche Verordnungen zeigt. Er trat auch dem Luxus entgegen, um den Aufwand des Festgebers zu vermindern, indem er festsetzte, dass der Festgeber nicht für die Trompeter und Spielleute aufzukommen habe, welche die Fürsten mitbringen würden, noch weniger für die Schalksnarren und Pritschenmeister und die Sängerinnen, die kein »Schildgeld« mehr erhalten sollten. Das Gotteslästern und Zutrinken war schon wiederholt zu Kaiser Maximilians Zeit Gegenstand von verbietenden Reichsmandaten gewesen, ohne dass Abhilfe gekommen wäre. Die religiöse Anregung durch Luthers Auftreten gab einen neuen Anstoss. So erliess am 18. März 1523 der Rat von Nürnberg ein Mandat, das auch im Fürstentum Neuburg Verbreitung fand, da, wo Nürnberg die entsprechenden obrigkeitlichen Rechte ausübte. Es berief sich auf kaiserliche Mandate und Reichstagsbeschlüsse in Worms und Köln und wies darauf hin, dass das Zutrinken so oft eine Quelle des Gotteslästerns sei. Dabei wird das Evangelium aufgeführt, »das Gott der Allmächtig uns allen zu so sonderm Trost jetzo so hell klar und rein eröffnet und mitgethailt hat«. Die Übertreter des Gebots will der Rat strafen »an Ihren leiben, glidern, haben oder güettern«, wie »der Fall und die Person des Verwürkers« es erfordert.

Der Vertrag von 1524 sammt der Bedrohung derjenigen Beamten mit Dienstentlassung, die des Lästerns und Zutrinkens sich schuldig machen wird von Kurfürst Ludwig und Herzog Friedrich am 18. Juli 1524 in nüchterner Sprache ohne religiöse Färbung veröffentlicht. Ganz anders lautet das am 12. Juli 1524 erschienene Mandat der jungen Fürsten, welches eine entschieden religiöse Färbung hat und das viele Unglück der damaligen Zeit dem Gotteslästern und Zutrinken schuld giebt und namentlich den Zwiespalt in der Religion und die Türkengefahr aus jener Quelle ableitet, so dass man die gut katholische Richtung der Regierung erkennt. Für jede Übertretung des Mandats in der einen oder andern Richtung wird mit 1 fl. Strafe gedroht, die mit jeder folgenden Wiederholung um den gleichen Betrag steigen soll und bei beständigem Rückfall oder bei Zahlungsunfähigkeit durch Gefängnis gebüsst wird. Die Wirte, welche die Übertretung des Mandats durch ihre Gäste bemerken, sollen diese warnen, eventuell anzeigen, wenn sie nicht als Mitschuldige behandelt werden wollen. Der katholisch-konservative Charakter der fürstlichen Regierung ergibt sich auch aus einem Mandat gegen das Luthertum. Nachdem der Reichstag zu Nürnberg 1523 die Predigt des Evangeliums nach der Schrift und den lateinischen Kirchenvätern neben der Erneuerung des Wormser Edikts gestattet hatte, wiederholte der Reichstag von 1524 zwar das Wormser Edikt, aber mit dem Zusatze, es sollte gehalten werden, »so viel als möglich«. Dieser Zusatz überliess alles den einzelnen Ständen. Die jungen Fürsten hielten an dem Edikte fest und liessen ein zweites Mandat gegen die »Luterische Lehre« am 18. Juni 1524 ergehen. Unter Berufung auf die päpstliche Bulle und das Wormser Edikt wider die Lutherische Lehre, das von Kurfürsten und Fürsten gebilligt worden und neu ausgegangen sei und darum wieder bekannt gemacht wird, erhalten alle Beamten Befehl, die Übertreter desselben zu verhaften und der Regierung anzuzeigen. Zugleich werden sie auf beabsichtigte Konspirationen aufmerksam gemacht und davor gewarnt. An dem Regensburger Bündnis vom 6. Juli 1524, das sich die Durchführung des Edikts mit vereinten Kräften zur Aufgabe machte und unter Campeggi's Führung von allen oberdeutschen Bischöfen, Mainz und Würzburg ausgenommen, abgeschlossen wurde, dem aber die zahlreichen Bischöfe aus dem pfälzer und baierischen Haus, der von Strassburg, Speyer, Worms, Freisingen, Regensburg und Passau angehörten und dem von weltlichen Fürsten Oesterreich und Baiern beitraten, waren Ottheinrich und Philipp nicht selbst beteiligt. Er sei zwar von Baiern, schreibt Ottheinrich am 24. August an den

Kurfürsten Ludwig, als er jüngst in München gewesen, zum Beitritt aufgefordert worden, habe sich aber auf den Kurfürsten berufen, ohne dessen Wissen er das nicht tun könne. Da habe man ihm mitgeteilt, dass derselbe zum Beitritt aufgefordert worden sei. Auf diese Anfrage erwiedert der Kurfürst, dass er nicht der Meinung sei, zur Zeit beizutreten und glaube auch nicht, dass es zu Aufruhr und Empörung kommen werde, wie die Verbündeten fürchten.

Aber der vom Bund ausgehenden Einwirkung durch die Bischöfe, welche mit ihrem Gebiet zwischen Ottheinrichs Land lagen, deren Diözesen sein Land selbst angehörte, scheint er sich nicht entzogen zu haben. Seine Regierung hat denselben ihre Mitwirkung auf kirchlichem Boden nicht verweigert. Denn auch die vom päpstlichen Legaten Campeggi am 7. Juli erlassene und vom Bischof von Augsburg übersendete Verordnung wegen Abstellung von Missbräuchen wurde am 1. Oktober von der fürstlichen Regierung zur Nachachtung bekannt gemacht. Die Übersetzung der lateinischen Verordnung rührt von dem Magister Wolfgang Aigner, Pfarrer und Dechant an der Frauenkirche zu Neuburg, einem Vertrauensmann und Ratgeber Ottheinrichs und Ausschussmitglied der Landschaft, her. Diese Verordnung enthielt allerdings für die Unterthanen wohlthätige Anordnungen, z. B. dass die Priester die Angehörigen Verstorbener nicht zum Seelenmessenstiften bereden dürfen, dass sie einem Verstorbenen wegen Schulden an sie das Begräbnis nicht verweigern sollten u. A. Zugleich erhielt die weltliche Obrigkeit Gewalt, die ausgetretenen Mönche und Nonnen gefangen zu setzen, peinlich zu befragen und dann durch ihre Bischöfe bestrafen zu lassen.

Nach dem Bauernaufstand aber erscheint der Regensburger Vertrag am 6. Juli 1525 unter den Neuburger Kopialien und darin beruft man sich auf den Reichstag von 1524 und 1525 des 25. Jars, so dass die Berufung mindestens auf die Adoptierung der Massregeln deutet. Der Vertrag in der von Ottheinrich und Philipp publicierten Form verbietet alle Neuerungen auf religiösem Gebiet, fordert, dass alle Priester auf Grund des katholischen Glaubens geprüft werden sollen, verbietet das Studium in Wittenberg, ordnet Büchercensur und Festhalten an allen Geboten der Kirche an, auch unter Aufsicht der weltlichen Obrigkeit, kurz es sind die von den Regensburger Verbündeten getroffenen Massregeln. Ob die Herzoge nun nachträglich dem Regensburger Bündnis beigetreten sind oder nicht, jedenfalls liessen sie die dadurch geforderte Einwirkung der geistlichen Gewalt zu, veröffentlichten die Anordnungen der Bischöfe, die ihre Verordnungen durch die Erwähnung der Vorschrift des Reichstags von 1525 noch eindringlicher zu machen suchten. In dieser Publikation ist jedenfalls die Wirkung des Bauernaufstands zu erkennen, den man von Seiten der altkirchlichen Partei gerne den Lutherischen Neuerungen aufbürdete. Die streng katholische Haltung Ottheinrichs ergibt sich überdies aus einem Breve Papst Clemens VII. an Ottheinrich vom 23. August 1525, worin dessen Glaubenstreue und sein Wirken zum Wohl der Kirche im Kampf mit den Feinden derselben, die er tapfer vertilgt habe, wenn es zum Heile der Kirche nötig war, anerkannt wurde.

Auf dem Schützenfeste zu Heidelberg wurde noch ein anderer Vertrag verabredet, der nur Pfälzer Fürsten anging und vor allen nicht mit paktierenden Gliedern der Familie streng geheim gehalten wurde. Er betraf das am 12. August 1508 errichtete Testament des Kurfürsten Philipp und hat eine durch das ganze Leben Ottheinrichs nachwirkende Bedeutung.

Als Kurfürst Philipp sein Lebensende herannahen sah, war trotz des Kölner Spruchs und des Friedensschlusses mit dem Kaiser, welcher der Pfalz so grosse Opfer auferlegte, das alte Verhältnis zu Maximilian noch nicht wieder hergestellt, weil Philipp sich weigerte, die von seinen Nachbarn weggenommenen Gebietsteile definitiv verloren zu geben. Er war noch nicht von der Reichsacht befreit und noch nicht formell in seine Lehen wieder eingesetzt. Dazu war die Pfalz mit Schulden belastet. Er suchte daher seine Hinterlassenschaft in einer für die Erben der Pfalz erträglichen

Weise zu ordnen. Unter seiner zahlreichen ihn überlebenden Nachkommenschaft (er hatte 14 Kinder, von denen 2 im Kindesalter gestorben sind) waren 8 Söhne, die alle Anspruch auf Land und Leute gehabt hättten. Er hatte aber, um die Lande möglichst ungeteilt zu erhalten, seine Söhne in einträgliche Kirchenämter zu bringen gestrebt und es war ihm gelungen mit Ausnahme von zweien, Ludwig und Friedrich, die übrigen zum Eintritt in den geistlichen Stand zu bestimmen. Denn auch der dritte Sohn Ruprecht war ursprünglich in den geistlichen Stand getreten und hatte schon in jungen Jahren das Bistum Freisingen erlangt, als er, wie erwähnt, von Georg dem Reichen von Landshut zum Gemahl seiner Tochter Elisabeth und zum Erben seines Lands bestimmt wurde. Die andern Söhne waren bei Philipps Tod alle schon in kirchlichem Dienst und hatten, wenn auch ausser dem zweitältesten, Philipp, der Bischof von Freisingen war, keine Bischofssitze doch wenigstens Dompropsteien inne; nur der jüngste Wolfgang nicht, der beim Tod des Vaters erst 14 Jahre alt, weder kirchlich versorgt, noch gebunden sein konnte. Er hatte aber eine gelehrte Bildung empfangen und glich in seinem späteren Leben und seinen Neigungen am meisten Ottheinrich.

Unter solchen Umständen bestimmte Kurfürst Philipp in seinem Testamente, dass sein ältester Sohn Ludwig die Kur und die Kurlande allein, den ganzen übrigen Landbesitz mit seinem 4. Sohn Friedrich ungeteilt erhalten sollte. Der zweite Sohn Philipp[1]) wurde als durch seine Erhebung auf den bischöflichen Stuhl von Freisingen abgefunden erklärt, die älteste Tochter Elisabeth[2]) hatte bei ihrer Vermählung mit dem Landgrafen Wilhelm III. von Hessen ihre Ausstattung erhalten, für die Ausstattung der übrigen 3 Schwestern[3]) hatten Ludwig und Friedrich zu sorgen; die Söhne Ruprechts Ottheinrich und Philipp erhielten an Stelle ihres Vaters jährlich 1200 fl. in Gold, auch die 4 übrigen Söhne Georg[4]), Heinrich[5]), Hans[6]) und Wolfgang[7]) sollten jeder 1200 fl. jährlicher Einkünfte auf Land und Leute gesichert erhalten und sich damit begnügen, bis sie zu bischöflichen Ehren gelangt wären. Wenn aber Ludwig und Friedrich ohne Leibserben sterben, sollte der älteste alsdann im weltlichen Stande befindliche Sohn die Kur nach der goldenen Bulle erhalten, in zweiter Linie sollte aber auch den andern Brüdern ihr Recht vorbehalten sein. Wenn die Brüder das Land ausser der Kur abteilen, so müssen zuerst aus der Masse die Brüder und Enkel befriedigt sein. Wenn Ludwig vor oder nach seinem Vater stirbt, so soll Friedrich Kurfürst werden und seines Vaters testamentarische Anordnungen vollziehen. Stirbt Friedrich vor Ludwig, so ist dieser allein Erbe des Landbesitzes; sterben beide und lebt keiner der andern Brüder in weltlichem Stand, so sollen Ottheinrich und Philipp nach einander Erben und Kurfürsten sein.

Die bei Abfassung des Testaments anwesenden Söhne Ludwig, Friedrich, Georg, Heinrich, Hans und Wolfgang haben, sagt das Testament, in Gegenwart ihres Vaters und des Bischofs Lorenz von Würzburg diese Anordnungen als dem Kurhaus heilsam gebilligt, namentlich stimmen

---

[1]) Geboren 7. Mai 1480, Bischof von Freisingen 1498, zugleich auch Bischof von Naumburg 1517, gestorben 1541.

[2]) Elisabeth, geboren 16. November 1483, † 24. Juni 1522, vermählt mit Landgraf Wilhelm III. von Hessen, wurde Witwe 1500 und vermählte sich zum zweiten Mal mit Philipp I., Markgraf von Baden und † 1533.

[3]) Die 3 Schwestern waren: 1. Emilie, geboren 25. Juli 1490, † 6. Januar 1524, vermählt am 22. Mai 1510 mit Georg, Herzog von Pommern zu Wolgast, † 1531; 2. Helene, geboren 9. Februar 1493, † 16. Juni 1524, vermählt mit Heinrich III., Herzog von Mecklenburg, † 1552; 3. Katharine, geboren 14. Oktober 1499, † als Äbtissin des Stifts (Klosters) Neuburg bei Heidelberg am 16. Januar 1526.

[4]) Geboren 10. Februar 1486, Bischof von Speyer 1513, † 1529.

[5]) Heinrich, geboren 15. Februar 1487, Bischof von Worms 1523–52, von Utrecht 1524–28, von Freisingen 1541 bis 1551, † 3. Januar 1552.

[6]) Hans oder Johann, geboren 7. Mai 1488, Bischof von Regensburg 1517?, † 3. Februar 1538.

[7]) Wolfgang, geboren 31. Oktober 1494, † 2. April 1558.

aus brüderlicher Liebe zu: Georg, Domprobst zu Mainz und Probst zu Brückh (Brügge?), Heinrich, Probst zu St. Alban bei Mainz, Johann, Probst zu Klingenmünster und Wolfgang. Die drei schon in geistlichem Stande befindlichen Brüder bekräftigten ihre Zustimmung bei fürstlichen Ehren und Würden und ihrem Eid. Wolfgang, der jüngste, verspricht den geistlichen Stand anzunehmen. Das Testament wurde von allen Familiengliedern und von den in der Urkunde als anwesend genannten von Adel, darunter zahlreiche Hofbeamte von Adel eigenhändig unterschrieben. Durch eine Nebenverschreibung willigte Philipp, Bischof von Freisingen in die Aufrechterhaltung des Testaments.

Die Gründe, die Philipp bestimmten, von dem natürlichen Erbrecht, das Ottheinrich und Philipp vor Friedrich Rechte auf die Kur gab, abzuweichen, sind nicht überliefert. Es lässt sich aber wohl annehmen, dass er sie durch den Besitz, der ihnen durch den Kölner Spruch zugefallen war, für reichlich ausgestattet ansah, ausserdem aber kam wohl das unmündige Alter der Fürsten und die im Erbfall daraus der Pfalz drohenden Gefahren in Betracht. Jedenfalls blieben Ottheinrich und Philipp mit ihrem aus der goldenen Bulle sich herschreibenden Rechte an die Kur vor Herzog Friedrich gänzlich unbekannt bis auf die Zeit, da nach Ludwigs Tod 1544 Herzog Wilhelm von Baiern Ansprüche auf die Kur machte und die Beweise des ausschliesslichen Rechts der ältern wittelsbacher Linie aus der goldenen Bulle und den nachfolgenden Deklarationen hervorgesucht wurden. Wohl aber war Herzog Friedrich mit den Bestimmungen der goldenen Bulle bekannt und kann von der bewussten Beeinträchtigung seiner Mündel in ihrem Rechte auf die Kur, wie sich bald ergeben wird, nicht freigesprochen werden. Da sich Herzog Wolfgang beständig weigerte, in den geistlichen Stand zu treten, für den ihn sein Vater bestimmt hatte, und die Bestimmungen des Testaments durch diese Weigerung gehindert wurden, so waren Kurfürst Ludwig und Herzog Friedrich darauf bedacht, die Ansprüche Wolfgangs auf auf Land und Leute, die ihm zustanden, wenn er weltlich blieb, mit den Bestimmungen des Testaments in Einklang zu bringen. Es wurde desshalb während des Schützenfestes unter Vermittlung des Bischofs Philipp von Freisingen, der eine Art patriarchalische Stellung in der Familie einnahm und dem viel Vertrauen geschenkt wurde, ein Vertrag zwischen Ludwig, Friedrich und Wolfgang, der unter dem Namen des Freisingenschen bekannt ist, abgeschlossen und zu demselben zuletzt noch Ottheinrich und Philipp herangezogen, weil diese ein Interesse daran hätten, dass die Bestimmungen des Testaments aufrecht erhalten würden. Denn nur unter der Voraussetzung, dass auch Wolfgang geistlich werde, hatten sie unbestritten Anspruch auf die Kur nach Friedrich, während Wolfgang ihnen nach dem Testament vorging, wenn er weltlich blieb. Die Heranziehung der beiden jungen Fürsten geschah aber nicht aus zärtlicher Fürsorge für die Rechte der Neffen, sondern weil dieselben, wenn sie dem Vertrage mit Wolfgang beitraten, zugleich das Testament Kurfürst Philipps anerkannten, an welches sie nicht gebunden waren, wenn es in mündigen Jahren nicht ausdrücklich thaten. Dadurch aber gewann Friedrich die Sicherheit, dass sie sein Recht auf die Kur nicht angreifen würden und ausserdem Mitinteressenten gegen Wolfgangs Ansprüche. Ottheinrich und Philipp wollten nun dem am Freitag nach Medardus 1524 (11. Juni) mit Wolfgang abgeschlossenen Vertrag nicht ohne Rat und Gutachten ihrer älteren Räte, die in Neuburg weilten, beitreten und verlangten 2—3 Wochen Bedenkzeit. Wenn auch der Beitritt der jungen Vettern von der grössten Bedeutung für Friedrich war, so bot doch auch der Vertrag mit Wolfgang allein Vorteile genug, so dass er aufrecht erhalten worden wäre, auch wenn die jungen Fürsten nicht beigetreten wären.

Der mit Wolfgang verabredete Vertrag genehmigte nun den Verbleib desselben im weltlichen Stand und gewährte ihm zu den 1200 fl., die ihm im Testament ausgesetzt waren, noch 200 fl. Kurfürst Ludwig und Herzog Friedrich versprachen auch Herzog Heinrich, Bischof von Utrecht zu bewegen, ihn mit 8 Pferden, womit die Brüder Wolfgang ausstatten wollten, an seinem Hof aufzunehmen und ihm Futter und Mahl zu stellen. Wenn aber dieses Verhältnis sich lösen sollte, so versprachen sie ihn anderswo ebenso unterzubringen, oder ihn an ihrem Hofe zu unterhalten, d. h. ihm Futter und Mahl zu gewähren. Den jungen Fürsten wurde nun der Beitritt zu dem Vertrag angeboten und als Abfindung für den Rücktritt Wolfgangs von dem Anspruch auf die Kur nach Ludwigs und Friedrichs Ableben ohne männliche Nachkommenschaft sollten sie Wolfgang, wenn einer von ihnen zur Kur gelange 6000 fl. jährlich geben, wie auch Friedrich zugesagt hatte mit seinem Antritt der Kur Herzog Wolfgang 2000 fl. jährlich zukommen zu lassen. — Als Ottheinrich und Philipp am 18. Juni nach Neuburg zurückgekommen waren, wurde der Beitritt zum Freising'schen Vertrag vor den Fürsten von Dr. jur. Hieronymus von Croaria, dem Pfarrer und Dechant der Frauenkirche in Neuburg, Wolfgang Aigner und dem obersten Sekretär, Diepold Keis eingehend in Erwägung gezogen. Das aus der Beratung hervorgegangene Gutachten lautet dahin, dass der Vater der beiden Fürsten, wenn er bei Ludwigs Tod am Leben wäre, unstreitig dessen nächster Erbe vor Herzog Friedrich wäre. Also seien auch Ruprechts Söhne vor Friedrich erbberechtigt. Weil sie aber ihren Anspruch nur höchst mühsam und vielleicht nur mit einem Hauptkrieg durchsetzen könnten, so sei der vorgeschlagene Vertrag für die Fürsten eher nützlich als schädlich. Dagegen komme allerdings in Betracht, dass Ludwig und Friedrich doch Söhne hinterlassen könnten, ja dass sogar Wolfgang vor ihnen zur Kur und den andern Ländern kommen könnte. Anderseits sei aber auch der Fall möglich, dass der Kontrakt für die jungen Fürsten unwirksam werde und dass sie doch noch vor Herzog Friedrich die Kur ansprechen könnten. Das seien Zufälle und gegen alle Fälle gebe es keine Sicherung. Sie müssten sich mit dem Sprichwort trösten: „Wagen gewinnt — oder verliert". Um sich aber vor der Gefahr zu sichern, dass Ludwig und Friedrich doch Söhne hinterlassen könnten, die ihre Aussicht auf die Kur zerstören würden, sollten sie einen Nebenbrief des Inhalts fordern, dass der Vertrag für sie unwirksam sein sollte und ihren vom Vater herrührenden Rechten unschädlich, wenn Ludwig und Friedrich männliche eheliche Erben hinterliessen. Wird der Beitritt zum Vertrag von ihnen verweigert, so sei zu fürchten, dass die Fürsten ihr vom Vater ererbtes Recht ganz verlieren, wenn Ludwig und Friedrich Erben hinterliessen. Auf Grund obiger Erwägung entschlossen sich die Fürsten dem Vertrag beizutreten und liessen laut Instruktion vom 24. Juni durch Conrad von Rechberg zur Wahrung ihrer Rechte einen Nebenbrief fordern, in welchem für den oben genannten Fall der Vertrag für sie als unwirksam erklärt würde. Zugleich aber verlangten sie, weil sie Ludwigs und Friedrichs Vertrag mit Wolfgang und das Testament ratificieren sollten, vidimierte, d. h. notariell beglaubigte Abschriften des Testaments Philipps und des Vertrags, damit sie ihre Rechte kennen lernten. Auf dieses Verlangen gingen aber Ludwig und Friedrich nicht ein. Sie wollten die sog. Nebenbriefe möglichst vermeiden und zogen vor, statt Beitrittserklärung und Nebenbrief den Fürsten eine den Wünschen derselben entsprechend veränderte Fassung des Vertrags vorzulegen, in welchem mit klaren Worten die Exception ihres Verzichts auf ihr Erbrecht ausgesprochen würde, wenn Ludwig und Friedrich sich doch noch, was sie bis jetzt noch nicht im Sinne hätten, vermählen und Leibeserben erhalten würden.

Der in dieser Weise abgeänderte Vertrag wurde den Fürsten am 1. September zugestellt, damit sie ihn eventuell beim Bischof von Freisingen ausfertigen lassen könnten. Für Wolfgang aber wurde ein Nebenbrief gefordert, worin die jungen Fürsten erklären sollten, dass er sein Erbrecht ihnen gegenüber behalte, wenn sie den Vertrag nicht ratificieren würden. Eine notariell beglaubigte Abschrift der am 4. August von Herzog Wolfgang in Gegenwart des Bischofs Reinhard von

Worms im wormsischen geistlichen Hof zu Heidelberg ausgestellten Verzichtleistung auf seine Erbansprüche und alles, was Ludwig und Friedrich hinterlassen würden zu Gunsten Ottheinrichs und Philipps, wurde zugesagt, aber eine Abschrift des Testaments verweigert, weil dasselbe nicht einmal den Brüdern mitgeteilt worden sei.

Diese Vorschläge wurden von den jungen Fürsten angenommen und im Einverständnis mit dem Kurfürsten und Friedrich die Ausfertigung des abgeänderten Vertrags, der aber das alte Datum behielt, beim Bischof in Freisingen besorgt. Der in den ursprünglichen Vertrag[1]) eingefügte Zusatz zu Gunsten Ottheinrichs und Philipps lautet: »Es ist auch Sonderlich bedacht, und abgeredt, wo es sich schickt und die weg eraicht, das vorgenante unser lieben Brüder Pfalzgraf Ludwig, Churfürst und Hertzog Friedrich gebrüder, Ir einer oder mer Eelich leibs mannlich erben nach tod verlassen würde, also das unser vettern Hertzog Otthainrich und Hertzog Philipps oder ir mans Eelich erben derhalben mit wievor laut, zu der Chur und Fürstenthumb der Pfaltz treten und kommen, alsdann soll dieser Contract und Vertrag auch unser vettern Bewilligung Annemung und Ratification desselben unsern Vettern, dessgleichen iren Erben an Iren Vorderungen, ansprüchen, Erblichen gerechtigkeiten und Interesse, ob Sy die von obgedachts Ires Vetters und Vorfaren, Hertzog Ruebrechts seligen, auch Ir selbs wegen hätten und haben sollten, oder möchten, unvergrifflich und unschedlich sein, auch dawider mittlerzeit kains wegs ainiche verjärung lauffen angezogen werden noch statt haben.« Ausserdem wurde hinzugefügt, dass Wolfgang den jungen Fürsten gegenüber auf Kur und Fürstentum der Pfalz Verzicht leisten und nur in Nebenerbfällen ausserhalb der Kurlande sein Erbrecht behalten sollte. Das heisst wohl, es wurde ihm ein Erbrecht bei Heimfall von Land durch Aussterben einer Nebenlinie in der Pfalz vorbehalten.

Nachdem der Vertrag ausgefertigt war, stellten die jungen Fürsten die in demselben erwähnte besondere Ratifikation aus, worin sie sich namentlich zur Bezahlung der 6000 fl. verpflichteten und den Vorbehalt von Wolfgangs Erbrecht, wenn Ludwig und Friedrich, sowie Ottheinrich und Philipp ohne Leibserben sterben, anerkennen. Damit schien diese Sache abgemacht zu sein. Da aber Herzog Friedrich seit 1529 sich eifrig um die Hand der verwittweten Königin Marie von Ungarn mit 1530 mit augenscheinlichem Erfolge bewarb, so trat die Eventualität, gegen welche sich Ottheinrich und Philipp durch die Exception in dem Vertrag von 1524 zu schützen gedachten, in greifbare Nähe und es musste Ottheinrich, der sich 1529 selbst vermählt hatte, viel daran liegen, den Vertrag auf alle Fälle in Geltung zu erhalten, selbst dem Schwager des Kaisers gegenüber. Er beantragte daher, den Vertrag vom Kaiser konfirmieren zu lassen. Die Anstrengungen, welche für Ausbringung einer Konfirmation gemacht wurden, waren zu der Zeit am grössten, als Friedrich Aussicht hatte, des Kaisers Schwager zu werden, wurden aber auch später als Friedrich unzählige andere Heiratsprojekte betrieb, eifrig fortgesetzt, bis die Hoffnung auf Nachkommen aus Friedrichs 1535 geschlossener Ehe mit Dorothea, Christiern II. von Dänemark Tochter sich als aussichtslos erwiesen hatten.[2]) Zur Unterstützung des Verlangens einer Konfirmation führten Ottheinrichs Räte an, dass Verträge über künftige Erbschaften wenig Kraft hätten, und dass es in Lehenssachen vor Allem auf den obersten Lehensherrn ankomme, dem durch die Konfirmation die Hand gebunden werde, damit er sich bei Erledigung des Kurlehens nicht einmal, weil ohnehin schon vom natürlichen Erbgang abgewichen worden sei. Dagegen machte Ludwig, gewiss in aller Ehrlichkeit, Friedrich aber nicht ohne Hintergedanken geltend, dass

---

[1]) Der, Heidelberg, Freitag, nach Mediardustag datierte sog. Freising'sche Vertrag befindet sich in Original in R. A. zu Munchen.
[2]) Als Herzog Friedrich sich 1535 mit Dorothea von Dänemark vermählte, hatte Ottheinrich wenig Aussicht mehr auf Nachkommenschaft und da auch Friedrichs Hoffnung sich als vergeblich erwies, verschwand Ottheinrichs Interesse an der Konfirmation fast ganz.

die Forderung der Konfirmation gerade bei denen, welchen der Vertrag ein Dorn im Auge sei, den Gedanken wach rufe, dass er nicht bündig sei und dass man erst recht Schwierigkeiten erzeuge, weil alle Interessenten, d. h. Agnaten zur Äusserung aufgefordert werden müssten, also in Pommern und Mecklenburg und in München der Vertrag mitgeteilt werden müsse; bisher aber habe man den Vertrag geheim gehalten. Ottheinrich leugnete die Notwendigkeit dieser Bekanntmachung des Vertrags, damit die Agnaten nicht künftig Einsprache erheben könnten, wie es ihm ja, wie er freilich den Oheimen nicht mitteilte, vorzugsweise um eine Schranke gegen Friedrichs Nachkommen zu thun war. Er beharrte daher auf seinem Verlangen und erlangte endlich soviel, dass alle Brüder von geistlichem Stande ausdrückliche Verzichtsurkunden mit Rücksicht auf ihres Vaters Testament und den Vertrag von 1521 auszustellen veranlasst wurden. Nur der Administrator von Regensburg hatte eine Zeit lang gezögert und sich in anzüglichen Reden Ottheinrich gegenüber ergangen, dass er sich dem Vertrag nur so lange füge, als er im Besitze seines Bistums bleibe. Diese Äusserung bedrohte nun auch Ludwig und Friedrich. Sie veranlassten daher Johann, nach Heidelberg zu kommen, und hier musste er sich zum Versprechen der ausdrücklichen Verzichtsleistung verstehen und erhielt dafür durch den vom 10. Juli 1531 datierten Vertrag, in welchem er Verzicht auf das väterliche Erbe ausspricht, eine Summe von 4000 fl. als Beitrag zur Deckung der durch seine Ernennung zum Coadjutor und Administrator von Regensburg ihm erwachsenen Kosten. Und da mit Erlangung des Bistums die 1200 fl. jährlich, die ihm im Testament ausgesetzt waren, verfallen waren, er aber des Zuschusses bedürftig war, so erhielt er von Ludwig und Friedrich eine Pension von 500 fl. und 400 fl. Reisekosten. Obgleich Ottheinrich auf das Ausfertigungsdatum des Vertrags mit seiner Gemahlin zu Besuch in Heidelberg anwesend war, erhielt er doch von demselben keine Mitteilung. Er betrieb daher auch wegen Herzog Johanns seltsamen Äusserungen die Konfirmation weiter und sendete zu dem Zweck seinen Rat Dr. jur. Alber[1]) am 22. Dezember 1531 nach Heidelberg, welcher die Zusage erlangte, dass die Sache während des im Jahr 1532 stattfindenden Reichstags in Regensburg beraten werden sollte, und wenn Ottheinrich darauf beharre, so wollte der Kurfürst auf Ottheinrichs Gefahr nicht widersprechen.

Als die Konfirmationssache am 9. Juni zu Regensburg in Gegenwart der beteiligten Fürsten und Räte verhandelt wurde, kamen keine neuen Argumente für oder gegen zu Tage, wohl aber gab der pfälzische Hofmeister einer gewissen Verstimmung Ausdruck, indem er die Hartnäckigkeit Ottheinrichs in dieser Frage den Einflüsterungen böswilliger Ratgeber zuschrieb, denen die Einigkeit der Pfälzer ein Dorn im Auge sei. Offenbar eine Anspielung auf Baiern. Dass Ottheinrich die Konfirmation gegen Herzog Friedrich selbst für nötig hielt, wurde nicht berührt. So aufrichtig war man nicht gegen einander. Da aber die Pfälzer die Konfirmation schon zuvor zugestanden hatten, wenn Ottheinrich trotz ihrer Gegengründe darauf beharre, so hatte man, wohl unter Friedrichs Einfluss, den Weg der Verschleppung betreten und die Sache bis auf den Vorabend der Abreise Kurfürst Ludwigs zur Mediation in Nürnberg hinausgezogen und nahm diese zum Vorwand, um die Konfirmation nicht sofort zu verlangen. Ohnehin, hiess es, bedürfe es zur Ausbringung derselben mindestens eines halben Jahres.

Nun trugen die jungen Fürsten auf Prüfung der Grundlage des Vertrags, der wider Ordnung und Recht sei, an und eben deshalb der Einrede des Kaisers offen stehe, so lange er ihn nicht konfirmiert habe. Damit aber nicht durch den Aufenthalt Ludwigs und Friedrichs an verschiedenen Orten zeitraubende Anfragen nötig wären, verlangten sie Vereinbarung einer ausreichenden Instruktion der Räte. Da dieses Hauptverschleppungsmittel zu versagen drohte,

---

[1]) Dr. jur. Alber war erst Herzog Philipps Pfalzgr., dann einflussreicher fürstlicher Rat.

erklärte Friedrich, dass er seine Räte in Nürnberg brauche. Die jungen Fürsten liessen sich aber nicht abschrecken und legten alsbald den Entwurf einer Konfirmation in deutscher und lateinischer Sprache vor und verlangten am 22. August die Auslieferung der auf den Vertrag bezüglichen Urkunden, darunter den Vertrag mit Herzog Johann, dessen Existenz der Kurfürst in Regensburg mitgeteilt hatte. Es war auch von Ludwig und Friedrich eine Abschrift desselben versprochen worden, aber noch am 7. Oktober, dem Tag, an welchem Ottheinrich gegen die Türken ins Feld zog, war er nicht im Besitz desselben und sendete daher einen eigenen Boten, als er die Abschrift bei seiner Rückkehr am 3. November noch nicht vorfand. Erst am 25. November gab Kurfürst Ludwig Befehl, eine Abschrift zu fertigen. Die Konfirmationssache rückte aber nicht von der Stelle. Vergebens bat Ottheinrich am 3. Januar 1533 bei Gelegenheit der Beratung nachbarlicher Irrungen die Räte wegen der Prüfung des Konfirmationsentwurfs mit zu instruieren. Das Jahr 1533 ging zu Ende, ohne dass etwas erreicht war. Da entschloss sich Ottheinrich am 27. Dezember 1533 in energischer Form an die ihm gemachte Zusage zu erinnern, legte den Entwurf seiner Schrift aber zuerst dem Bischof von Freisingen zur Prüfung vor, der jede Einmischung in den Streit der Vettern am 1. Januar 1534 ablehnte. Die Fürsten sollten sich unter einander einigen oder ihn als Vermittler anrufen. Ottheinrich erwiderte am 3. Januar, dass er nicht länger warten könne und wolle und dass er die Konfirmation brauche. Da fällt auch Philipp ab und erklärt sich für Zuwarten, anstatt die von Ottheinrich übersendete energische Forderung in Heidelberg zu billigen. Ottheinrichs dringendes Ansuchen um Mitteilung seiner Gegengründe am 12. Januar 1534 ist ohne Antwort in den Akten, die hier abbrechen, ohne dass eine Spur über die Ursache zu finden war. Fast scheint es, dass die Unruhe, die das gegen Württemberg, wo Philipp als Statthalter weilte, geplante Unternehmen hervorrief, die Sache ins Stocken brachte. Ohne seinen Bruder aber konnte Ottheinrich nicht vorwärts kommen. Die Sache ruhte, wie es scheint, vollständig, bis sie auf dem Reichstag von Nürnberg im Jahr 1543 von kurfürstlicher Seite in Anregung gebracht wurde. Damals ersuchte der Kanzler Wolf von Affenstein Ottheinrich um seine Zustimmung zur Erwirkung einer Konfirmation. Nun aber schlug Ottheinrich das Verlangen geradezu ab, weil die Fürsten ihm früher trotz seines heftigen Drängens nicht willfahrt hätten und er unter ihrer Bekehrung Unrat witterte, »das Sy dieselbe dahin zerichten und zu brauchen vermainten, als hetten Sy solche für sich selbs ausgebracht und verlangt.« Ottheinrich war wohl über die Motive Ludwigs nicht auf rechtem Weg, der beim Herannahen seines Endes seinem Nachfolger um des Hauses willen den Weg ebnen wollte. Eigentümlich bleibt es immer, dass nun vonseiten des Kurfürsten die Sache eifrig betrieben wurde und dass Ottheinrich derselben kalt gegenüber stand. Denn auf dem Reichstag in Speyer 1544 brachte Ludwig die Konfirmation wieder in Vorschlag. Ottheinrich erbot sich damals, nach Heidelberg zu kommen, da er der Sache näher treten wollte, angesichts des schwachen Gesundheitszustandes des Kurfürsten. Dieser aber wünschte Ottheinrichs Gegenwart in Heidelberg nicht, weil er fürchtete, dass der Kaiser denselben nach Speyer vorfordern könnte. Das hätte Ottheinrich nicht abschlagen können, obgleich ihm der Kaiser wegen seines Übertritts zum Luthertum und seiner Verhandlungen wegen Eintritt in den schmalkaldischen Bund zürnte und ihn deshalb zur Rede gestellt haben würde. Ehe aber Ottheinrich dem Kurfürsten wegen der Konfirmation eine bestimmte Antwort hatte geben können, war derselbe am 16. März 1544 gestorben.

Als Ottheinrich am 23. März die Todesnachricht erhalten hatte, kündigte er sofort entweder seine persönliche Ankunft, oder die seiner Räte an, die wegen der neuen Situation mit dem Kurfürsten unterhandeln sollten. Beides war Friedrich gleich unangenehm und er nahm seine Abwesenheit in Speyer und die Reichstagsgeschäfte zum Vorwand, um die Verhandlung hinauszuschieben bis zu seiner Ankunft in Heidelberg am 30. April, wo die ›Begengniss‹ des verstorbenen Kurfürsten gefeiert werden sollte. Allein ehe diese Nachricht nach Neuburg kommen konnte, hatte Ottheinrich seine Gesandten schon abgefertigt. Als sie in Bretten erfuhren, dass der Kurfürst sich nicht in Speyer, sondern in Heidelberg befinde, eilten sie dorthin und erhielten am ersten Ostertag den 13. April Zutritt. In Gegenwart des Herzogs Wolfgang und der angesehensten Räte, trug Ottheinrichs Rentmeister, Gabriel Arnold, der mit zwei adligen Herren die Gesandtschaft bildete, Ottheinrichs Forderung der Ausbringung einer Konfirmation mit den bekannten Argumenten vor und betonte besonders, dass Pakte über künftige Erbfälle keinen Bestand hätten, wenn, wie hier, keine beschworenen Eide vorlägen. Ob nun gleich Ottheinrich an Herzog Wolfgangs Vertagstreue nicht zweifele, die er selbst eben Friedrich gegenüber, indem er ihn die Kurwürde antreten liess, bewiesen habe, so sei doch ohne den Lehnsherrn in Lehensachen rechtlich nichts giltig. Dagegen schütze eine Konfirmation, der sich Wolfgang der Pfalz zulieb nicht widersetzen werde. Da nun überdies nur noch Friedrich und Ottheinrich neben Wolfgang von den Vertragschliessenden übrig seien[1], so brauche der Vertrag Niemand insinuirt zu werden. Für Friedrich sei es in seiner Stellung ein Leichtes, die Konfirmation zu erlangen, die auch den Herzogen von Baiern gegenüber wichtig sei, da diese jetzt sicher ihre Ansprüche auf die Kur wieder erheben würden; die aber werde die Konfirmation abschneiden.

Ausserdem stellte Ottheinrich die Forderung, dass ihm als mutmasslichem Nachfolger wie einst Friedrich zu Ludwigs Zeit Huldigung geleistet werde. Die Gesandten wurden aufgefordert, mit nach Speyer zu kommen, wo Hofmeister und Kanzler zurückgeblieben seien. Dort konnten sie bis zum 19. April auf ihre Forderungen, darunter die weitere, die Verträge an einem sichern Ort zu deponieren, nur die mündliche Antwort des Kurfürsten erlangen, dass das in der Pfalz nicht üblich sei, und dass die Urkunden in Sicherheit wären. Eine Antwort, die wenig tröstlich war, da vor nicht zu langer Zeit in Heidelberg die Kanzlei abgebrannt war.

Hinsichtlich der Konfirmation erklärte Kurfürst Friedrich endlich, dass eine solche vorhanden sei und sagte Abschrift derselben, sowie von allen den Vertrag von 1524 betreffenden Urkunden zu. Als Ottheinrich diese Erklärung erhalten hatte, sprach er unverhohlen sein höchstes Erstaunen darüber aus, dass hinter seinem und des Kurfürsten Rücken von Friedrich ausgewirkt worden war, was er mit solchem Eifer erstrebt hatte. Sein Erstaunen wuchs aber noch, als er das in Toledo am 22. April 1539 ausgestellte Aktenstück[2] zu Gesicht bekam. Denn in demselben war nur von Ludwig und Friedrich die Rede. Ottheinrich und Philipp waren nicht erwähnt. Es war klar, dass Herzog Friedrich nur sich selbst den Weg zur Kur mit der kaiserlichen Konfirmation zu ebnen gedachte, wozu er den ehrlichen Ludwig nicht hätte bringen können. Er hielt auch seine Urkunde geheim und liess Ludwig 1543 und 44 ruhig über eine Konfirmation verhandeln, die doch längst, freilich in anderer Form vorhanden war. Einer solchen Treulosigkeit hatte Ottheinrich seinen ehemaligen Vormund nicht für fähig gehalten, obwohl er schon längere Zeit über seine Aufrichtigkeit Verdacht hegte und den Vertrag von 1524 längst in einem andern Lichte sah. Denn damals ahnte er schon, was sich bei Gelegenheit der Ansprüche des Herzogs Wilhelm auf die Kur nach Ludwigs Tod aus der zur Begründung des pfälzischen Rechts hervorgesuchten goldenen Bulle und den daran sich anschliessenden Deklarationen der Kaiser klar herausstellte, dass Ottheinrich 1524 in bewusster Absicht von Friedrich in den Vertrag hineingezogen wurde, um ihm die Geltendmachung seines Vorrechtes vor Friedrich unmöglich zu machen. Denn die goldene Bulle sprach die Vererbung der Kur nach der Erstgeburt so klar

---

[1] Der Bischof von Freisingen war am 5. Januar 1541. Johann schon 1538 gestorben. Nur Heinrich lebte noch als Nachfolger Philipps in Freisingen.
[2] Original in München R. A.

aus, dass dagegen die testamentarische Bestimmung Kurfürst Philipps nicht hätte aufkommen können, und Ottheinrich und Niemand sonst Ludwigs Nachfolger werden musste, wenn er nicht selbst zugunsten Friedrichs zurücktrat. Diese Ahnung der betrügerischen Verdrängung aus seinem Rechte spricht sich auch in der geheimen Instruktion der nach Ludwigs Tod abgesendeten Räte aus, sich bei den sächsischen Räten in Speyer zu erkundigen, ob wegen der Succession in der Kur eine Deklaration existiere und eventuell um eine Abschrift zu bitten. Damit gewinnt aber auch die sorgfältige Behütung der in Heidelberg aufbewahrten Archivalien vor den Augen der Agnaten eine ganz eigentümliche Bedeutung. Die zum eignen Schaden erfahrene Unklarheit über die Urkunden der Vergangenheit veranlasste Ottheinrich mit unsäglicher Geduld und Ausdauer zur Sammlung aller auf die Kur bezüglichen Urkunden, die er in seinem Testamente seinen Nachfolgern als einen sorgfältig zu hütenden Schatz empfahl, und die noch heute von seinem historisch-diplomatischen Interesse Zeugnis ablegen.

Herzog Friedrich hatte schon durch Eingehung einer Ehe, trotz seiner Versicherung im Vertrage von 1524, dass er daran nicht denke, Ottheinrichs Succession in der Kur bedroht, wenn er auch seine Bemühungen, eine passende Frau zu finden, damit motivierte, dass Ottheinrichs Gemahlin nach dem Ausspruch der Ärzte keine Nachkommenschaft haben könne[1]), und da Philipp unvermählt sei, es ihm obliege, seinen Stamm nicht aussterben zu lassen. Dieser Vorwand und seine Ehe mit Dorothea von Dänemark ist eine eigentümliche Illustration zu dem in dem Gutachten der Räte Ottheinrichs angeführten Sprüchwort: »Wer wagt, gewinnt — oder verliert«. Wenn trotz Friedrichs Ehe, die kinderlos blieb, Ottheinrich Kurerbe blieb, wie es der Vertrag von 1524 seiner falschlichen Meinung nach beabsichtigt hatte, so hatte das Sprüchwort zu seinen Gunsten recht behalten.

Der Vertrag von 1524 hatte übrigens zunächst die Folge, dass Ottheinrich sich in der Pfalz als präsumptiver Kurerbe bekannt zu machen beschloss und diesen Plan im Dezember desselben Jahres in Übereinstimmung mit Kurfürst Ludwig zur Ausführung brachte. Auf dem Heimweg nach dem grossen Armbrustschiessen in Heidelberg, den Ottheinrich am 11. Juni 1524 mit seinem Bruder und den Bischöfen von Freisingen und Regensburg antrat, besuchten die Fürsten Erzherzog Ferdinand und Gemahlin am 13. Juni in Stuttgart, die den Besuch in Neuburg auf der Reise nach Wien erwiederten und mit einer Jagd geehrt wurden. Das Dienstverhältnis Philipps zu Ferdinand war damals bereits gelöst und Philipp von Friedrich mit Futter und Mahl an seinen Hof aufgenommen worden. Bald nach Ferdinands Abreise über Ingolstadt folgten die Brüder mit einem Gefolge von 40 Pferden einer Einladung nach München, wo Herzog Wilhelm sie und andere Glieder des pfälzischen Hauses, wie die Bischöfe von Freisingen und Regensburg zum Rennen um »den Scharlach« eingeladen hatte. Das Rennen um den Scharlach, so genannt, weil der erste Preis ein Stück scharlachrotes Tuch war, fand am 27. Juli statt und war ein eigentümliches Fest, das Ottheinrich auch in Neuburg einführte. Es liefen 16 Pferde. »Ein Nördlinger,« sagt Ottheinrich im Tagebuch, »gewann den Scharlach, Antoni Frauberger und der Kesinger das Armbrust, der Bischof von Freisingen das Schwert und ein Bauer die Sau.« Es war also wie die Armbrustschiessen das Rennen um den Scharlach ein rechtes Volksfest, da auch Bürger und Bauern daran Teil nahmen.

Herzog Wilhelm bot Alles auf, um die Vettern zu ehren, liess tanzen, jagen und schiessen und verschönte durch die Teilnahme des »Frauenzimmers« die Festlichkeiten. Den

---

[1]) S. Lanz Korrespond. Karl V. I. Nr. 157. »Et vous veula bien avertir que moy retournent dernierement Daugspourgk (im J. 1530.) pour aller a ma meson j'ey Trouve que la fame de mon neueu a fait abortion de son fruit, qui est deja la deuxieme foys, telement qu'il est a douttes, et suis aussy auerti par medecins quell et condicyone que james ne parviendra fruit de son cor a perfection.

Gästen wurden die Merkwürdigkeiten der Stadt gezeigt und nichts erregte die Aufmerksamkeit Ottheinrichs mehr, als das Zeughaus, das mit Vorräten und Prachtstücken an Rüstungen reich versehen war. Die Rückreise, welche über Freisingen angetreten wurde, brachte Jagdvergnügen durch den Bischof und Herzog Ludwig, dessen Residenz Landshut nicht weit entfernt liegt.

Nach den in der Grafschaft Graispach abgehaltenen Hirschjagden erging am 31. August ein Ausschreiben an den Ausschuss der Landschaft, sich am Abend des 4. Oktober in Neuburg einzufinden. Der Ausschuss tagte vom 5. bis 8. Oktober. Er erhielt Nachricht von des Kaisers neuem Mandate gegen die Lutherische Lehre, von einer Anlage von 1380 fl. beharrlicher Hilfe wider die Türken, durch welche sich die Fürsten zu hoch belastet hielten und von dem Beitrag für das Reichsregiment und das Kammergericht. Da auf dem im Jahr 1525 in Speyer zu haltenden Reichstag über die Widerwärtigkeiten zwischen geistlichen und weltlichen Stunden verhandelt werden sollte, so wird der Ausschuss, dem auch Mitteilung von mit der Religion zusammenhängenden Konspirationen und Unruhen gemacht wird, um seine Ansicht gefragt. Der Vertrag zwischen Pfalz und Baiern, der in Nürnberg abgeschlossen worden, sowie eine Erbeinung derselben Fürsten, die gegen Böhmen Schutz gewähren sollte, und der Kurvertrag wird dem Ausschuss zur Kenntnisnahme vorgelegt.

Unter Hinweisung auf alte bisher unbeibringliche Forderungen an Böhmen aus Herzog Georgs Erbe, klagten die Fürsten dem Ausschuss über ihre bedrängte Lage. Denn, sagten sie, als wir die Regierung übernahmen, haben wir »mit ain klaine Summ an freyen kauffenden auch andern Schulden, die wir schwerlich verzinsen müssen, gefunden«. Die Schulden haben sich vermehrt, da wir »an parschaft kein vorrat« gehabt und den Zug gegen Sickingen haben machen müssen. Die Fürsten hätten nun 140,000 fl. in Baiern auf 5 % Zins ausstehen, während sie ihre eigenen Schulden viel höher verzinsen müssten, da sie ausser 5 % noch Ämter und Dienstgeld an die Gläubiger hätten abgeben müssen. Deshalb wollen sie die 140,000 zur Ablösung künden. Sie ersuchen die Landsassen, welche auch in der baierischen Landschaft sitzen, um Unterstützung der Ablösung, wenn die Sache vor den baierischen Landtag kommt. Endlich, schliesst die Mitteilung, »sind wir Hertzog Ottheinrich des fürnemens uns zu unserm lieben Herrn dem Pfalzgrafen von vermeidung wegen unsers uncostens, auch darmit wir daniedert am Rein desbas bekant werden zu thun, So seyen wir Hertzog Philips an unsers l. Vetters Hertzog Friederichs Hofe komen und haben von seiner lieb auf uns und unser gesünde die lieferung bevor, deshalb unser beder gemüt unser Hofhaltung hie so vil möglich ist, zu ringern«. Auf Verlangen antwortet der Ausschuss schriftlich.

Er überlässt die Stellungnahme zu der Erörterung über die Lutherische Lehre in Speyer dem Ermessen der Fürsten, ebenso die Publikation des Mandats gegen die Lutherischen, empfiehlt die Bezahlung des Anschlags für Regiment und Gericht, aber wegen der Türkenhilfe sich nach dem Kurfürsten zu richten, und wenn der Anschlag beschwerlich gefunden werde, möge man sich wie andere Fürsten, die citiert werden, nach Möglichkeit entschuldigen. Hinsichtlich der Konspiration wünscht der Ausschuss, dass die Amtleute darauf aufmerksam gemacht werden. Die mitgeteilten Verträge werden freudig aufgenommen und wegen der alten Forderungen an Böhmen wird die Aufforderung der Bürgen zur Leistung[1] empfohlen. Wegen der Schulden giebt er den Rat, Geld zu 5 % aufzutreiben zu suchen, um sich der Dienstgelder zu entledigen, da

---

[1] Die »Leistung« bestand in der Pflicht der Bürgen für eine Schuld, wenn dieselbe von dem Schuldner nicht bezahlt wurde, auf Mahnung des Gläubigers sich in einer bestimmten Stadt in öffentlicher Herberge allein oder mit einer gewissen Zahl von Pferden und Knechten zu stellen und so lange auf eigne Kosten dort zu zehren, bis die Forderung befriedigt war. Der Bürge sollte dafür von dem Schuldner schadlos gehalten werden und hatte Zugriffsrecht auf dessen Hab und Gut, wenn er nicht befriedigt wurde.

der Schutz durch den schwäbischen Bund weniger Dienstleute mit Wartgeld nötig mache. Endlich bittet der Ausschuss die Fürsten, nicht beide ausser Lands zu ziehen, ehe die zahlreichen Irrungen mit den Nachbarn abgestellt seien. Sie billigen es, wenn Ottheinrich zeitweilig zum Kurfürsten ziehe, nur möge er nicht ständig dort bleiben.

Die Fürsten erklären sich hierauf bereit, auf eigne Verantwortlichkeit am Reichstag zu verfahren und die Forderung an Böhmen zu betreiben. Aber der Ersatz der Schulden mit hohen Zinsen gegen landesübliche sei ohne Hilfe des Ausschusses nicht möglich. Das von ihm etwa aufgebrachte Geld wollen sie ganz nach seinem Rat verwenden. Auf seiner Reise an den Rhein beharrt Ottheinrich, um zu sparen und »weil er sein wartend Erb besuche«. Im Notfall könnten beide Fürsten in 2 bis 3 Tagen zu Hause sein. So hoffen sie, dass der Ausschuss durch die Reise nicht beschwert sein werde. Die Statthalter und Räte seien von der Landschaft in Lengfeld ausdrücklich für ihr Regiment belobt worden, und da noch dieselben Männer im Rat sässen, so werde die Regierung nicht schlechter sein. Diese Männer hingen durch Anleihen und Bürgschaften mit den Fürsten zusammen, so könne man sie nicht so ohne weiteres »verkeren«. Wenn aber der Ausschuss oder andere aus dem Land die Bürgschaften und Anlehen der bisherigen Diener übernähmen, so wollten die Fürsten Änderungen machen. Die Leute seien aber alle nötig und so werde wohl der Ausschuss deshalb keine Beschwerung haben. Für den guten Rat danken die Fürsten und nehmen an, dass es aus getreuer Meinung geschehen. Das heisst wohl nichts anderes, als dass der Rat als praktisch unausführbar abgelehnt wurde. Der Ausschuss hatte auf die schlimmen Folgen angespielt, welche die Landschaft aus der Abwesenheit der Fürsten ableitete. Die Fürsten wollten aber gerade ihre Abwesenheit mit der Ersparung von Kosten motivieren.

Mit diesem Bescheide gibt sich der Ausschuss auch zufrieden, da er selbst keine für die Regierung tauglichen Leute nennen kann und hofft, dass auch seine Auftraggeber mit seiner Thätigkeit zufrieden sein werden. Da die Regierung selbst keine Auflage verlangt hatte, so versteht es sich von selbst, dass der Ausschuss an dieses Mittel der Abhilfe nicht selbst erinnerte. Die Fürsten begnügten sich Fühlung mit dem Ausschuss behalten und ihre Lage dargelegt zu haben. Die Kündigung der 140,000 fl. bei Baiern scheint nicht geschehen zu sein. Die Hinweisung auf Konspirationen bezog sich auf die Bauernunruhen bei Stühlingen, im Gebiet des Grafen von Lupfen, die trotz der Vermittlung der östreichischen Regierung fortdauerten, weshalb der Statthalter in Würtemberg, der von der Verbindung Herzog Ulrichs vom Hohentwiel aus mit den Bauern Kenntnis hatte, die Fürsten aufforderte, 50 Pferde auf Württembergs Kosten der Erceinung entsprechend bereit zu halten, bis die vom schwäbischen Bund verlangte Hilfe eingetroffen sei. Der Statthalter Georg Truchsess von Waldburg giebt wiederholt Nachricht von dem Stand der Dinge und Ferdinand selbst erinnert die Fürsten daran, sich der Einung entsprechend bereit zu halten, wozu auch Kurfürst Ludwig und Herzog Friedrich aufgefordert worden. Die Fürsten erklärten nach Wien wie nach Stuttgart ihre Bereitwilligkeit zu helfen. Die Unruhen wurden trotz aller Bemühungen nicht beschwichtigt, und wenn sie sich auch im Spätherbst nicht weiter verbreiteten, so wurde doch im Winter, wo der Bauer Zeit hat, die ganze Seegegend unterwühlt und im Frühjahr brach der Aufstand mit naturwüchsiger Gewalt aus. Die Warnung der Regierung vor Konspirationen und die Aufforderung an die Amtleute aufmerksam zu sein, findet in einem Mandate vom 22. Oktober 1524 Ausdruck, welches mitteilte, dass Reinhard von Neuneck zu Glatt Ritter zum Hauptmann im Oberlande ernannt sei. Alle von dem Hauptmann Aufgebotenen erhalten Befehl, sich sofort zu stellen und mit ihm gemeinschaftlich die Art der Aufbringung einer eiligen Hilfe zu beschliessen. Der Beschluss sollte dann als Vorschrift gelten, wie durch den Bischof von Regensburg vom 8. bis 16. Oktober abgehaltene Armbrustschiessen zu besuchen.

Am 24. November 1524 trat dann Ottheinrich mit 55 Pferden den Zug nach dem Rhein an. Er kam am 2. Dezember nach Heidelberg, wo er nur 22 Pferde behielt, für welche er mit den Seinigen die gewöhnliche Hoflieferung bezog, d. h. Futter und Mahl, letzteres aus zwei Mahlzeiten täglich bestehend. Er bewohnte sein eigenes Quartier, das auf dem jetzigen Kornmarkt lag, da wo heute der Gasthof zum Adler steht. Das Haus war von geringer Breite, denn er erwähnt in der Verordnung[1]) vom 6. Dezember, in der er seinen Haushalt aufs Genaueste regelt, eine untere und eine Mittelstube, woraus auf mehr als 2 Stockwerke zu schliessen ist; da auch Schlafräume vorhanden sein mussten. Die Verpflegung mit 2 Mahlzeiten reichte für das Bedürfnis nicht aus; daher lieferte Ottheinrich den Seinen noch Morgensuppe, Untertrunk und Schlaftrunk[2]), und da die Pferderation in der Pfalz kleiner war als in Neuburg, die Pferde aber an das Futterquantum gewöhnt waren, so liess sich Ottheinrich gegen Zahlung den nötigen Mehrbedarf aus den Hoffuttervorräten liefern. Der Beginn des Aufenthalts in Heidelberg fiel in die an Vergnügungen reichste Zeit des Jahres. Zunächst war es die Zeit der Schweinshatz, die übrigens wie die Jagd überhaupt, da der Ertrag für den Haushalt eingeschlagen- d. h. gesalzen wurde, nicht blos Vergnügen war, sondern einen bedeutenden Ertrag von Grund und Boden bildete. Da Kurfürst Ludwig, der ein leidenschaftlicher Jäger war und Herzog Friedrich mit Ottheinrichs Bruder Philipp damals auch in Heidelberg weilte, der Bischof von Speyer, Herzog Georg aber in nächster Nähe sass, so fehlte es nicht an heiterer lebenslustiger Gesellschaft, der sich der junge Fürst in frohem Jugendmut hingab. Er erwähnt unter anderm in seinem Tagebuch: »Am 15. Februar (1525) fuhr ich mit einem Wagen voll Narren oder in Narrenkleider gekladt nach Eudenam[3]). Aber im Frühjahr 1525 folgten ernste Zeiten, als der Bauernaufstand bald nach Ostern losbrach.

Das Fragment einer Aufzeichnung über Ottheinrichs eigene Erlebnisse während des Bauernaufstands ist uns erhalten und gibt in einfacher und nüchterner Art Kunde von dem, was er selbst gesehen und wobei er selbst anwesend gewesen. Wir begleiten ihn auf diesem Zug, zu dem er mit dem Kurfürsten Ludwig, dem nach Heidelberg geflüchteten Bischof von Würzburg und dem Kurfürsten von Trier, der Bundeshilfe gebracht, am 23. Mai zur Unterdrückung des Aufstands am Brurhein im Bistum Speyer aufbrach, dessen Bischof jedenfalls hiebei nicht fehlte. Nachdem dem pfälzischen Marschall von Habern, der mit der Vorhut von 100 Reitern und 2 Fähnlein Knechten vor Rothenburg gerückt war, dieser Ort sich auf Gnad in Ungnade ergeben hatte und darin ein Edelmann gefangen war, der »gut bäuerisch« gewesen, zog er vor Malsch, das Widerstand leistete, bis das reisige Zeug, bei dem Ottheinrich war, herankam worauf das Dorf erstürmt und verbrannt wurde. Am 24. zog der Marschall wieder voraus und gewann Kislau, worin er Gefangene machte, von denen er 4 durch den eigenen Henker der Bauern hinrichten liess. Die Bauern in Bruchsal, die zur Ergebung aufgefordert worden und im Lager zu Rothenburg vergeblich 4 Tage Bedenkzeit verlangt hatten, baten wie in Odenheim und im ganzen Brurhein, um gütliche Verhandlung. Sie wurden auf den 25. Mai mit weissen

---

[1]) S. Anhang 8.

[2]) Die Morgensuppe ist unser Frühstück um 7 oder 8 Uhr, da das Frühmahl um 9 oder 10 Uhr stattfand. Der Untertrunk ist ein Imbiss von Wein und Brod zwischen den 2 Hauptmahlzeiten, dem Frühmahl um 9 oder 10 Uhr und dem Nachtmahl um 3 oder 4 Uhr, je nach der Jahreszeit. Der Schlaftrunk ist der leichte Imbiss aus Brod und Wein, der um 7 oder 8 Uhr Abends genommen wurde. Er hat nichts mit dem Schlafengehen zu thun und muss demselben nicht unmittelbar vorangehen.

[3]) Eudenam in der Nähe von Kislau, einem bischöfl. Speyrer Schloss ist wohl Odenheim, wo Herzog Georg, Bischof

Stäben vor Bruchsal zu erscheinen beschieden. An demselben Tage erschienen auch die 3 Hauptleute des schwäbischen Bundes, Georg Truchsess von Waldburg, Wilhelm von Fürstenberg und Rudolf von Ringen, um über einen gemeinsamen Feldzugsplan zu beraten. Sie versprachen, am 26. vor Bruchsal Hilfe zu leisten und begehrten die Hilfe des Kurfürsten zum Entsatz von Würzburg, die zugesagt wurde. Die Hilfe vor Bruchsal war unnötig. Denn als der Marschall am 25. vor der Stadt erschien, zeigte sie sich zur Übergabe bereit und die Pfälzer zogen, als die Hauptmacht angelangt war, in die Stadt, versammelten die Gemeinde auf dem Platz vor dem Schloss und forderten die Auslieferung der Rädelsführer. Nach langem Zögern wurde eine von den 6 Wachten oder Abteilungen, die der obern Vorstadt, als schuldig bezeichnet und 80 Mann stark eingekerkert. Die andern mussten die Waffen ausliefern, dem Bischof von Speyer neu huldigen, die Thore einreissen und mit dem gesammten Brurhein der Pfalz 40,000 fl. Brandschatzung versprechen. Die schwäbischen Bundeshauptleute brachten aus dem Kraichgau 4 Gefangene mit, die an der Spitze der Aufständischen dem Kurfürsten einige Schlösser weggenommen hatten. Es war der Pfarrer Eisenhut, den der Kurfürst bisher, wie andere lutherisch gesinnte, ungestört das Luthertum hatte verbreiten lassen, ein Pfaffe, also ein Fremder, ein Bauer und ein Seiler, der mehrere Jahre in Heidelberg für den Hof gearbeitet hatte. Sie wurden hingerichtet, ebenso 3 von den in Bruchsal gefangenen und zwei andere. Am 27. Mai zog das Heer nach Hilspach und von da am 28. gegen Nekarsulm, wo die Bauern der Heilbronner Gegend sich gelagert hatten. Doch kam bald die Kunde, dass sie sich geflüchtet hätten. Am 29. Mai vereinigte sich die pfälzer Reiterei, bei der Ottheinrich sich befand, auf freiem Feld mit den Bündischen vor Neckarsulm und wartete auf den Zuzug des Fussvolks. Die vereinigten Streitkräfte betrugen 2500 Reiter und 8000 zu Fuss. Als die Vorhut in Neckarsulm einziehen wollte, wurde sie plötzlich beschossen; denn das Städtchen war von 600 Bauern besetzt geblieben, die sich ganz ruhig verhalten hatten. Da das grobe Geschütz nicht vor Abend herangebracht werden konnte, so lagerte sich das Heer vor der Stadt. Am folgenden Tag ergaben sich die Bauern ohne Bedingung. Von den 600, die gefangen wurden, liess man 60 herausführen, wie zur Hinrichtung. Es wurden aber nur 16 geköpft. Der Stadt wurden 700 fl. Brandschatzung auferlegt, sie musste dem Deutschmeister neu huldigen und Türme und Thore einreissen. Am 30. Mai nahm das Heer Öhringen; da Ottheinrich aber vor der Stadt gelagert blieb, weiss er nicht, was mit den Einwohnern verhandelt wurde. Am 31. ergab sich Möckmühl. Am 1. Juni zog das Heer nach dem manizischen Flecken Ballenberg, dem Geburtsort des Bauernführers Georg Mezler. Der Flecken ergab sich bedingungslos; er war von den Aufrührern nicht besetzt. Ottheinrich bemerkt: »Was man mit Jn gehandelt hat, weis ich noch nit.« Daraus ergibt sich die Unmittelbarkeit der Aufzeichnungen, die dadurch ihren eigentümlichen Wert erhalten. Am 2. Juni wurden auf halbem Wege nach Königshofen a. T. 4000 Bauern gemeldet. Als diese 1500 ihnen entgegengesendete Reiter erblickten, zogen sie eilig in eine feste Stellung und schlossen ihre Wagenburg. Indessen flohen die Hauptleute der Bauern. Als nun die Reiter sich auf einer Anhöhe aufgestellt hatten und die Fussvölker daselbst sichtbar wurden, ergriff Schrecken die Bauernhaufen. Sie flohen, und die nun einhauenden Reiter eroberten das bäuerische Geschütz und die Wagenburg und erstachen 3000 Bauern, ohne dass das Fussvolk mitgewirkt hatte. Nur der sog. verlorne Haufen, d. h. die zum ersten Angriff freiwillig Vorgetretenen machten einen Angriff und erstachen noch viele Bauern, die den Wald erreicht und sich dort verhauen hatten; 250 wurden gefangen. Die Reiter verfolgten die Flüchtigen bis nach Moos, 2 Meilen von Königshofen. Am 3. blieb das Heer bei Königshofen und sendete Abteilungen aus, welche die Unterwerfung der benachbarten Dörfer bis Bischofsheim und Mergentheim bewirkten. Viele eingebrachte Gefangene wurden hingerichtet. Als am selben Tag Reiter und Fussvolk vorrücken sollten, entstand unter den bündischen Fussvölkern ein Aufruhr. Sie verlangten den Schlachtsold wegen ihres Siegs bei Böblingen und liessen auch die pfälzischen Fussvölker nicht ausrücken; doch schlossen sich 2000 Mann, die sich hinweggestohlen den Reitern an, bei denen Ottheinrich war. Auf halbem Weg nach dem zum Lager ausersehenen Platz beim Schloss und Dorf Ingolstadt kam Kundschaft vom Heranzug von 3000 Bauern; es zeigte sich aber, dass es 8000 waren. Zur Auskundschaftung wurden 3 Geschwader vorangeschickt und dem Fussvolk im Lager Marschbefehl gegeben, dem aber nicht gehorcht wurde. Sobald übrigens die Bauern die Reiter sahen, flohen sie und liessen 400 Wagen mit 25 Büchsen stehen. 600 Bauern flohen in das von ihnen selbst ausgebrannte Schloss von Ingolstadt. Sie wollten sich der Abteilung, bei der Ottheinrich war, ergeben. Aber das wurde nicht angenommen, sondern das Schloss beschossen, um es mit Gewalt zu nehmen. Als der Marschall von Habern herzukam, schalt er über die Zögerung und das lange Schiessen und befahl zu stürmen. Er brachte Herren, Ritter und reisige Knechte herbei; die liefen Sturm und etliche Knechte gelangten auch hinein, wurden aber wieder herausgetrieben. Da musste die Beschiessung wiederholt werden, worauf der Sturm gelang und die 600 Bauern alle erstochen wurden, während von den Siegern nur 3 getödtet und etliche verwundet worden waren. In einem Gehölz blieben noch 400 mit 25 Büchsen unbezwungen, die dem nachziehenden Fussvolk, das 300 erstich, zum Opfer fielen. Im Ganzen waren 4000 Bauern geblieben, da doch die Gegner nicht über 4 Tote hatten. Am 4. Juni gelangte das Heer von Moos bei Ingolstadt nach Heidingsfeld, das sich bedingungslos ergab. Von hier ritt Ottheinrich mit Georg Truchsess gegen Würzburg vor, um einen Lagerplatz zu suchen.

Als das Heer am 5. stille lag, kamen etliche aus der Stadt mit Anträgen. Sie wurden aufgefordert, sich auf Gnad und Ungnade zu ergeben, Harnisch und Wehr und die Rädelsführer auszuliefern. Das wurde am 6. Juni angenommen und am 7. Juni zog der Bischof in die Stadt ein in Begleitung der zwei Kurfürsten, des Bischofs von Strassburg, der mainzischer Statthalter war und Ottheinzichs. Auch der Truchsess mit der ganzen Reiterei zog ein und verkündete den Vertretern der Stadt die Auflagen des Bischofs, welche Ottheinrich dem Tagebuch beigelegt hatte, die aber verloren sind. Aus der Stadt wurden fünfen und 89 aus der Umgegend, Bauern und andern, der Kopf abgeschlagen, 140 wurden gefangen gesetzt. Darauf zogen die Sieger auf das Schloss, das sich tapfer gegen die stürmenden Bauern gewehrt und gehalten hatte. Von hier aus wurde die Stadt Rothenburg wegen Vorschubleistung an die Bauern gestraft. Unterdessen durchzog der Bischof sein Gebiet, strafte, brandschatzte und liess sich neu huldigen in Begleitung des Kurfürsten und Ottheinrichs, die hierauf ins Lager zurückkehrten und den Bischof von Strassburg durch den Odenwald zur Unterwerfung der dortigen Mainzer Unterthanen zu begleiten beschlossen. Am 12. Juni zog der Kurfürst von Haidingsfeld nach Wertheim, gelangte am 14. nach Miltenberg, wo der Bischof von Strassburg nach einer Seitenexpedition wieder zu ihm stiess. Die Stadt wurde mit 800 fl. gebrandtschatzt, musste huldigen und 2 Hauptschuldige wurden am 15. geköpft. Am 16. zogen die Pfälzer nach Obernburg am Main, am 17. nach Aschaffenburg, das am 18. Juni wieder huldigte. Dreien wurde der Kopf abgeschlagen. Die Stadt musste 1500 fl. zahlen. Am 19. Juni zog der Pfalzgraf mit dem Bischof nach Dieburg, der nun seiner Wege zog und am 20. gelangte man nach Oppenheim, wo ein Rasttag gehalten wurde. Hier bricht das Fragment von Ottheinrichs Bericht ab.

Von Oppenheim zog der Kurfürst rheinaufwärts und am 23. Juni kam es bei Pfeddersheim zum Kampfe mit 8000 Pfälzer Bauern, die ohne Mühe teils niedergemacht, teils zerstreut wurden, da sie unvorsichtig angriffen, im Wahn, dass nur die Vorhut des Gegners zur Stelle sei, dessen Hauptmacht verdeckt aufgestellt war. Am 24. ergaben sich die nach Pfeddersheim geflüchteten Bauern, bei deren Auszug es durch einen Zufall zu einem Gemetzel kam, in dem noch 800 Bauern erstochen wurden. Am 29. zog das Heer nach Neustadt an der Hardt, wo sich Ottheinrich am 1. Juli noch befand. Nachdem die aufrührerische Stadt gestraft worden, zog man vor die Stadt Weissenburg, in welche der Kurfürst nach heftigem Kampfe am 7. Juli einzog und Gericht hielt.

Schon am 12. Juli finden wir Ottheinrich mit dem Kurfürsten nach Heidelberg zurückgekehrt, und am 31. Juli ist er beim Bischof Georg zur Jagd in Odenheim, als wäre nichts vorgefallen. Den August und September verlebte Ottheinrich auf den in dieser Zeit gewöhnlichen Jagdzügen in Dilsberg, Schwetzingen, Mannheim, Neuenschloss und Oppenheim, die wiederholt besucht wurden. Auf den 27. September hatte der Kurfürst die gesammte Lehnsmannschaft geladen, um gemeinsame Massregeln zur Verhütung künftiger Unruhen zu beraten. Auch Herzog Friedrich und Bischof Georg von Speyer erschienen. Der Kurfürst war bestrebt, die beim Beginn der Unruhen gemachten Versprechungen der Milderung des Drucks zu erfüllen, trotz der Wortbrüchigkeit der Bauern und in dieser Richtung auf das Rachgefühl der Ritterschaft sänftigend einzuwirken.

Viel weniger als Schwaben, Pfalz und Franken war die Oberpfalz und Neuburg von den Unruhen heimgesucht worden. Zwar waren auch im Bistum Eichstädt 8000 Bauern zusammengekommen und hatten wie anderswo gehaust. Aber Herzog Friedrich hatte in Amberg rasch 250 Reiter und hinlänglich Fussvolk, um das Geschütz zu bedienen und zu decken zusammengebracht, und sich dann in der Nähe der auf dem Mensinger Berg stehenden Aufständischen gelagert und die Bauern aufgefordert auseinander zu gehen, da sonst keiner entkommen würde. Sie sendeten Botschaft und zeigten sich bereit, sich zu trennen, wenn Friedrich ihnen Straflosigkeit zusichere. Da er das den fremden Bauern nicht gewähren konnte, so wurde die Unterhandlung abgebrochen und Friedrich gedachte des andern Tags anzugreifen. Aber seine entschlossene Haltung hatte bewirkt, dass die Bauern in der Nacht ihr Lager verliessen und sich zerstreuten, worauf Friedrich die einzelnen Ortschaften zur Ergebung zwang und sich als Fürsprecher der Verirrten anbot. Leodius rühmt seine Uneigennützigkeit, da er selbst die so günstig bei Neumarkt gelegenen Orte Berchingen und Berngries herausgab, auf welche er Ansprüche geltend machen konnte. So wurde ohne Blutvergiessen durch rechtzeitige Energie die Bewegung unterdrückt. Im Neuburgischen war vorzugsweise das Amt Hilpoltstein von dem Aufruhr mit ergriffen worden, aber der Schreck vor dem, was allen Besitzenden in Aussicht stand, war weit verbreitet. Als die Gefahr wuchs und besonders die Geistlichkeit bedroht war, erging am 26. April der Befehl, alle zum Gottesdienst nicht unbedingt nötigen Kirchengeräte, besonders aber den Kirchenschatz und die Barschaft gegen Quittung an die Amtleute abzugeben, welche Alles nach Neuburg in Sicherheit bringen würden.

Sobald Herzog Friedrich die Bauern zerstreut hatte, ging Reinhard von Neuneck als ernannter Hauptmann strafend gegen die Bauern des Amts Hilpoltstein vor und legte überall auf Dörfer, Höfe und einzelne Rädelsführer, Strafgelder im Gesamtbetrage von 1861 fl., die hälftig sofort, hälftig auf Martini zu entrichten waren. Die Ortsflüchtigen wurden mit strengen Strafen bedroht, besonders die, welche bei dem Haufen auf dem Mensinger Berg gewesen waren. Nach Wiederherstellung der Ruhe wurde die Verpflichtung zum kleinen Zehnten unter Berufung auf die h. Schrift, päpstliche Bullen und Edikte des Kaisers am 24. Juli von neuem eingeschärft.

Wenn auch Ottheinrich in dieser Zeit persönlich nur geringe Ansprüche an die Einkünfte seines Fürstentums gestellt hatte, so erwuchsen doch dem Fürstentum bedeutende Ausgaben, besonders durch die Beiträge zum schwäbischen Bund, was Anlehen im Betrag von 8900 fl. beweisen.

Nach Niederwerfung des Aufruhrs durch Friedrich begab sich Herzog Philipp nach Neuburg, wo er wie alle Fürsten mit Vorsichtsmassregeln gegen die Wiederholung von Aufständen beschäftigt war. So gestatteten sich Baiern und die jungen Fürsten am 23. Juni gegenseitig die Verfolgung von Verschwörern auf dem Gebiet des Andern mit Beihülfe der Amtleute. Ebenso gestatteten die Fürsten am 4. Juli, dass ihre Amtleute dem Bischof von Regensburg halfen, seine Zinsen und Gülten im Neuburgischen einzutreiben. Auch sonst würde die Vermittlung der weltlichen Gewalt in Anspruch genommen und ihr Eingreifen zugelassen. Während der Unruhen hatten sich die Nonnen des Klosters Monheim nach Neuburg geflüchtet und waren noch am 8. September nicht zurückgekehrt. Sie wendeten sich gegen ihre Vorsteherin klagend an die Regierung der Fürsten, dass sie nur 5 fl. Pfründgeld bezögen, obgleich sich die Einkünfte des Klosters in jüngster Zeit beträchtlich vermehrt hätten. Die Regierung machte von dem im Regensburger Bund gebilligten Oberaufsichtsrechte Gebrauch und verschaffte den Nonnen Aufbesserung auf 8 fl., wovon aber die Vorsteherin 3 fl. als Strafe für Ungehorsam einbehalten durfte, wenn etwa eine Klosterfrau eigenmächtig den ihr bewilligten Urlaub verlängerte, ja die Wiederaufnahme durfte ganz verweigert werden. Die Vorsteherin versprach dagegen, ohne Wissen und Erlaubnis der Fürsten keine grössere Zahl Nonnen aufzunehmen, als damals vorhanden waren.

Nach der Versammlung der Vasallen am 27. September rüstete sich Kurfürst Ludwig mit 150 Pferden, die Hochzeit Ludwig II. von Pfalz-Zweibrücken, mit Elisabeth, der Tochter von Philipps des Grossmütigen Oheim, Wilhelm dem Ältern, zu besuchen. Da er aber in Alzei erkrankte, so sendete er Ottheinrich mit 50 Pferden als seinen Stellvertreter nach Meissenheim, wo die Hochzeit gefeiert wurde. Am 8. kam dieser dort an und half am 9. die Braut empfangen, die alsbald vor die Kirche ritt, wo ein Gottesdienst stattfand. Ottheinrich hatte das anders erwartet, da beide Brautleute sich zum Lutherthum bekannten. Am 10. ward dann die Trauung vollzogen. Vor derselben »hub man an zu predigen, ein luderisch Predig und lass danach ein Mess: do war es schon gar«, so sagt Ottheinrich, der die nüchterne Feier nicht nach seinem Geschmack fand. »War kein rennen oder stechen auf der Hochzeit.« Der lebenslustige Fürst hatte sich auf eine fröhliche Hochzeit gefasst gemacht und ward enttäuscht. Er ritt schon am 11. Oktober mit dem Landgrafen Philipp von Hessen und dem Bischof von Speyer zum Kurfürsten zurück, wohin auch der dritte der alten Einungsverwandten und Verbündeten gegen Sickingen, der Kurfürst von Trier, kam. Nach der Rückkehr am 22. Oktober begannen wieder die Jagden, denen Ottheinrich eifrig oblag. Von einer in Neuenschloss berichtet er den Fang von 41 Stück Wildschweinen. Auch der Verkehr mit Georg von Speyer wurde gepflegt und Jagden und Hochzeiten und andere Vergnügungen mit Eifer genossen, bis die Zeit des Abschieds von Heidelberg herannahte, wo sich der lebensfreudige und frische Fürst sehr beliebt gemacht hatte, so dass er, als er schied, seinen Zweck, sich in seinem Erb bekannt zu machen, wohl erreicht haben mochte. Am 11. Dezember machte er sich mit einem Gefolge von 58 Pferden auf den Heimweg und kam am 18. Dezember nach Neuburg zurück.[1)] Sein Aufenthalt in Heidelberg war in der That billig gewesen; er hatte nur 2063 fl. gekostet, wogegen das vorangegangene Jahr mit 20,528 fl. zu stehen gekommen war.

An das Ende des Jahres 1525 auf den 28. Dezember fällt ein Vertrag über nachbarliche Irrungen mit Brandenburg im Amt Hilpoltstein, in Stein, Lauff, Heideck, die aber wiederkehrten, da schon am 28. Februar 1534 ein neuer Vertrag nötig wurde. — Mit dem Verfahren des Deutschmeisters Albrecht von Brandenburg, sich in Lehnsabhängigkeit von Polen zu begeben, war Ottheinrich wenig zufrieden. Die Kunde von diesem Ereignis dünkt ihm wichtig genug, um sie in sein Kopialbuch einzutragen. Er fügt hinzu: »ob der Friede mit Polen rüemlich und erlich sey,

---

[1)] Sein Einnahmebuch verzeichnet 200 fl. als am 9. Dezember empfangen am 12. lieh er von R. von Neuneck 100 fl. und 27. fl. vom Kastner Hans Racher von Gundelfingen, der in Neunecks Gefolg war; 6 fl. nahm er in Höchstett in Empfang.

las Ich andere erkennen.« Von deutschem Standpunkt ist das Urteil nur zu gerecht. Leider hatte aber das Reich versäumt, den Schritt durch Hilfeleistung zu verhindern.

Auf 6. Januar 1526 hatte Ferdinand einen Reichstag nach Augsburg ausgeschrieben, aber nur wenig Fürsten stellten sich ein, unter ihnen Ottheinrich, der an demselben Tag dort anlangte, an welchem Ferdinands »Sumalier« (Sommelier, Kellermeister), ein Spanier, in dem Frauenzimmer einen Landsmann erstach. Auch Herzog Wilhelm von Baiern und Markgraf Kasimir von Brandenburg waren erschienen, aber trotz Aufforderung Herzog Friedrich nicht, der damals eine Reise nach Spanien plante, um Forderungen geltend zu machen und sich um die verwittwete Königin Leonore von Portugal zu bewerben, mit der er 1516 schon ein Liebesverhältnis unterhalten hatte. Da Niemand weiter den Reichstag besuchte, so wurde er auf den Sommer und nach Speyer verlegt. Zur Fastnacht am 30. und 31. Januar waren die jungen Fürsten in Neumarkt bei Herzog Friedrich. Am 19. und 20. März kamen die baierischen Herzoge, der Bischof von Freisingen und Herzog Friedrich, sowie die jungen Fürsten in Ingolstadt zusammen wegen ihrer Haltung auf dem kommenden Reichstag. Mit den jungen Fürsten begab sich Friedrich nach Neuburg und trat von da die Reise nach Spanien an, von der er im Dezember unverrichteter Dinge über Neuburg zurückkehrte. Die übrige Zeit des Jahres ging über den heimischen Angelegenheiten hin. Die finanziellen Verhältnisse hatten sich durch die Abwesenheit der Fürsten gebessert und sie setzten in diesem Jahr ihre Sparsamkeit fort. Von jeher hatte Ottheinrich dem Fischereiwesen und der Fischzucht seine Aufmerksamkeit zugewendet. Die Unterhaltung der Weiher und die Besetzung derselben mit Fischen wurde sorgfältig betrieben und hatte einen tüchtigen Leiter in Jakob von Brand, der den Wasser-, wie den Hoch- und Festungsbau unter sich hatte und von Beginn der Selbstständigkeit der Fürsten an die Verbesserung der Werke des Schlosses betrieben hatte. Nun aber veranlasste der Bauernaufruhr zu besonderer Vorsicht und so wurden in diesem Jahr die Brustwehr und der Turm hinter dem Schlosse erbaut.

Das Hauptunternehmen des Jahrs war aber der Rückkauf von Tattenhausen und der dortigen Fischweiher im Auftrag der Fürsten durch die Stadt Lauingen am 26. April. Die Not des baierischen Kriegs hatte 1506 zum Verkauf an 7 Augsburger Bürger auf 20 Jahre mit Wiederlösungsrecht gezwungen. Nun sah sich die Regierung im Stande, mit Ausnahme von 3300 fl., die aufgenommen wurden, den Barbetrag von 9200 am 24. August an Lauingen heim zu zahlen. Die reichen Erträgnisse des Silberbergwerks in Sulzbach hatten offenbar zu diesem Erfolg beigetragen. Am dortigen hintern Erzberg war, wie das Ergebnis des Zehnterzes bezeugt, eine reiche Ader angeschlagen worden und nach der Sitte der Zeit wurde sie im Raubbau ausgebeutet. Am 19. März bezogen die Fürsten 3661 fl; erhielten auf künftigen Ertrag sofort und am 24. April je 600 fl. und bei der Abrechnung am 13. Juli noch 1000 fl.: also zusammen noch 2200 fl., was für die 1½ Jahre fast 6000 fl. ergiebt. Da nun auch der Rest des Jahres noch dazuzurechnen ist, so erhellt daraus der Reichtum des Bergwerks, das, weil nur die Hälfte von Sulzbach den jungen Fürsten gehörte, 120000 fl. Wert gefördert hatte, in einer Zeit, in der das Edelmetall noch einen 6—10 fach höheren Wert hatte. Unter den Verwaltungsmassregeln der Fürsten erregt Aufmerksamkeit das Verbot vom 3. März 1526 aus dem Fürstentum Vieh, besonders Kleinvieh, auszuführen. Es hatte sich nämlich gerade in der Fastenzeit ein sehr bedeutender Aufkauf gezeigt, da in der Nachbarschaft des Fürstentums Gebiete wie Brandenburg und Nürnberg lagen, die die Fasten nicht hielten. Nun erhielten die Beamten Befehl, an Brücken und Mauthen den Eigentümern von Vieh, besonders von Kälbern, Lämmern und Schweinen, die Tiere um ein Ziemliches abzunehmen, und dieselben zugleich $\frac{1}{2}$ fl. Strafe für das Stück zu erheben.

Am 20. Mai 1526 legte Konrad von Rechberg sein Hofmeisteramt, das er seit 4 Jahren zur höchsten Zufriedenheit der Fürsten verwaltet hatte, nieder. An seine Stelle trat Balthasar von Gumpenberg. Beide Fürsten begaben sich in diesem Jahre ins Bad, Herzog Philipp suchte gegen Ende Juni das warme Bad zu Neustadt an der Donau auf und nachdem er zurückgekehrt und beide Brüder im August grosse Hirschjagden bei den Herzogen von Baiern in Jngolstadt mitgemacht und selbst den Herzogen in Neuburg Jagden gehalten hatten, rüstete sich auch Ottheinrich zu einer Fahrt ins Wildbad,[1] von Philipp bis Lauingen geleitet, wie er selbst Philipp bis Jngolstadt geführt hatte. Unterwegs in Graisbach wurde vom 2. bis 6. September gejagt und am 7. ritt Ottheinrich mit 43 Pferden über Heidenheim nach Stuttgart, wo er sich des Zusammenseins mit Jörg Truchsess, den er aus dem Bauernkrieg kannte, erfreute und kam über Hirsau am 11. September ins Wildbad. Am 12. September begann die Badekur,[2] die bis zum 14. Oktober fortgesetzt wurde, worauf er sich über Grombach und Wiesloch nach Heidelberg zum Besuch des Kurfürsten begab, den er in seinem Jagdgebiet jenseits des Rheins aufsuchte so dass er nur 2 Tage in Heidelberg zubrachte. Am 25. ritt er über Sinsheim und Vaihingen nach Göppingen, von wo er seinem ehemaligen Hofmeister K. von Rechberg auf Staufeneck einen Besuch machte. Am 1. November kam er zurück nach Neuburg, nachdem er unterwegs, wie gewöhnlich, wenn er in die Nähe von Dillingen kam, den Bischof von Augsburg besucht hatte, mit dem er im besten Einvernehmen stand. Die Badereise mit 43 Pferden hatte bedeutende Unkosten gemacht, indessen war es die einzige ansehnliche Ausgabe des Jahres und wurde ohne Anleihe bestritten. Die Regierung dagegen nahm in der zweiten Jahreshälfte 6700 fl. zu 5 %, auf, und zahlte überdies die vom Ankauf von Öttingen noch übrigen 3700 fl. noch heim, sondern verzinste sie mit 5 %. Da aber Alex von Wemdingen auf Heimzahlung drängte, erlangte er gegen das Zugeständnis den Rest der Ötting'schen Kaufsumme von 3500 fl. noch 6 Jahre stehen zu lassen, das Pflegamt Regenstauff auf dieselbe Zeit.

Ruhig und ohne äussere störende Ereignisse verlief das Jahr 1527 in eifriger Thätigkeit für die Regierung des Landes, nur von den gewöhnlichen Vergnügungen, wie sie die Jahreszeit brachte, unterbrochen. Jn die Zeit vor der Fastnacht fallen in jeder Woche sich wiederholende Rennen und Stechen. Die Fastnacht selbst brachten Ottheinrich und Philipp bei Herzog Friedrich zu. Sie hatten 80 Pferde bei sich und beteiligten sich eifrig an den ritterlichen Übungen, die so grosses Interesse boten, dass Ottheinrich denselben in seinem Tagebuch eine eigene Beilage gewidmet hatte. Das wenig bewegte Leben der folgenden Monate zeigt sich auch daran, dass von der Fastnachtzeit bis Anfang August das Tagebuch keinen Eintrag erhielt. Am 3. August aber begaben sich die Fürsten mit 50 Pferden über Lengfeld, wo gejagt wurde, nach Amberg, zu Herzog Friedrich, der vom 11. bis 18. August ein Armbrustschiessen hielt, eines der im Jahr 1524 durch Vertrag ausgemachten Feste, die seit diesem Fest in Vergessenheit gerieten. Das Fest war auch schwach von Fürsten besucht. Nur Herzog Wilhelm und Ludwig, die Bischöfe von Freisingen und Regensburg und die jungen Fürsten werden als Teilnehmer aufgezählt. Auf der Rückreise, die mit den baierischen Herzogen und den Bischöfen angetreten wurde, hielten die jungen Fürsten Jagden in Lengfeld und beherbergten dabei gegen 300 Pferde. Am 22. und 23. August wohnten sie grossen Hirschjagden der baierischen Fürsten bei und kamen am 24. August nach Neuburg zurück.

Dahin war auf 1. September der Landschaftsausschuss berufen. Die Bezahlung von 1380 fl. Türkenhilfe war endlich durch Vorschuss der Stadt Augsburg am 5. Februar 1527 bezahlt

---

[1] Das an dieser Stelle schadhafte Tagebuch, wenn richtig ergänzt, erwähnt, dass Ottheinrich einen Arzt in Ingolstadt beraten hat.

[2] Das Tb. bemerkt, dass Ottheinrich im Ganzen 190 Stunden im Bade sass, so dass auf den Tag 6 Stunden kommen, eine Zeit, die weit über den jetzigen Kurgebrauch hinausgeht. Die Badereise auf dem Umweg über Heidelberg hatte 1614 fl. gekostet.

worden, als durch Verfahren vor dem Kammergericht durch den Fiskal kein längeres Ausweichen mehr möglich war. Auf Ostern wurde die Schuld abgetragen, aber da die Fürsten solche Reichshilfen nie selbst trugen, musste nun der Beistand der Landschaft in Anspruch genommen werden. Die Niederlagen und der Tod König Ludwigs von Ungarn bei Mohacz im Jahr 1526 und die Erhebung Ferdinands zum König von Ungarn und Böhmen rückte damals das Verhältnis des Reichs zu den Türken in die vorderste Linie, da die Ostgrenze seit der Festsetzung der Türken in Ungarn beständig bedroht war. Leider zeigten sich die einzelnen Stände, selbst wenn Bewilligungen gemacht waren, wenig geneigt, ihre Pflicht zu thun; jeder blickte auf den andern, um nicht Anstrengungen zu machen, die der Nachbar durch Zögerung vermied. Da die Reichsmatrikel höchst unvollkommen war und die Anschläge einzelner als zu hoch bestritten wurden, konnte nie auf sicheres Eingehen gerechnet werden. Auch hütete sich jeder unter Vorbehalt zu zahlen, da auf Reklamation wegen zu viel Bezahltem so wenig zu rechnen war, wie auf Änderung der Matrikel.

Die Landschaft bewilligte in Anbetracht der Umstände eine Landsteuer und zur Minderung der Schuldenlast eine Beisteuer. Wir erfahren leider nichts über den umgelegten Betrag. Dagegen liegt das Ausschreiben der Ausschüsse vor, welches am 5. Oktober alle Landsessen Klöster, Adeligen, Hofmärker und Gerichtsleute zur Anfertigung von Steuerlisten ihrer Unterthanen und zur Veranlagung der Steuer aufforderte, von welcher die eine Hälfte am 2. Februar, die andere auf Martini 1528 erlegt werden sollte. Auch das Hausgesinde wurde zu der Steuer beigezogen und die Herrschaften zur Ablieferung des daher einkommenden Betrags vor Lichtmess 1528 angehalten.

Im benachbarten Baiern war auch eine Landsteuer von der Landschaft bewilligt worden. Gegen die Verträge wurde der Besitz der Unterthanen der beiden jungen Fürsten und der Klostergeistlichkeit derselben, soweit er in Baiern lag, mit der Steuer belastet. Auf erhobene Einrede wurde für diesen Fall durch Vertrag die Berechtigung festgestellt, dass auch die Besitzungen baierischer Angehöriger im Fürstentum Neuburg sollten besteuert werden dürfen. Die Reichssteuer wurde somit von der bei Landsteuer für innere Bedürfnisse geltenden Regel ausgenommen. Die Notwendigkeit der Beihilfe der Landschaft zur Erleichterung der Schuldenlast ergibt sich aus den aus den Kopialbüchern ersichtlichen Anleihen, die im Jahr 1527 wieder die Summe von 16,530 fl. erreichten, während als nutzbringende Anlage nur der Ankauf[1]) der im Neuburgischen Gebiet gelegenen Güter des baierischen Cisterzienser Frauen-Klosters Suldenthal mit 1200 fl. angeführt werden kann. Die Herzoge von Baiern gewährten die oberlehnsherrliche Erlaubnis zu dem Verkauf, weil das Kloster den Betrag zur Abzahlung von Land und Türkensteuer bestimmt hatte. Ottheinrich bezog nach seiner eigenen Aufzeichnung im Laufe des Jahres 19,201 fl. Wozu er das ihm zugeflossene Geld verwendet hat, ist leider nicht auch aufgezeichnet. Die etwa 1500 fl. welche die zahlreichen Jagd- und Festfahrten nachweisbar in Anspruch nahmen, sind ja nur ein sehr geringer Betrag des Ganzen. Denn diese Vergnügungen machten nur unterwegs Kosten, da die Gäste überall Futter und Mahl erhielten. Bei der aus wenig späterer Zeit bezeugten Neigung Ottheinrichs zur Sammlung von Kunstwerken, Büchern, Waffen und Anderem, dürfen wir wohl an Ausgaben für diesen Zweck in erster Linie denken. In das letzte Vierteljahr 1527 fällt der Besuch Herzog Friedrichs und des Bischofs von Freisingen in Neuburg, wobei neben dem Jagdvergnügen nachbarliche Irrungen zwischen der Oberpfalz und Neuburg durch einen Vertrag ausgeglichen wurden. Nach Beendigung diesen Geschäfts begleiteten die jungen Fürsten Herzog Friedrich mit 30 Pferden nach Neumarkt, wo sie vom 26.—30 Oktober abermals einem Schiessen anwohnten, in welchem ein Ochse als Best ausgesetzt war, und auch des Bischofs Besuch wurde zwischen dem 2. und 16. November in Freisingen erwiedert und auf Herzog Ludwig ausgedehnt, der selbst Fuchsjagden und Vergnügen auf dem Vogelherd darbot und an den Jagden des Bischofs teilnahm. Auch im Jahr 1528 sind es vorzugsweise innere Angelegenheiten des Landes, welche Ottheinrich in Anspruch nehmen. Vor allem die finanziellen Verhältnisse sollten besser geordnet werden, und in der That werden Anstrengungen gemacht, die Schulden in reine Geldschulden zu verwandeln. Zu dem Ende war schon mit dem Schlusse des Jahres 1527 das Pflegamt in Burkheim abgelöst worden und im Jahr 1528 wurden Verträge mit den Inhabern abgeschlossen, um auch Regenstauff und das wichtige Reichertshofen auszulösen, auf welchem 9000 fl. standen. Es wurden davon je 3000 fl. in den Jahren 1528 und 1529 heimbezahlt und die letzten 3000 sollten jederzeit gekündigt werden können. Das Pflegamt Regenstauff war für die auf Öttingens Kaufgeld noch ausstehenden 3500 fl. an Alex. von Wemdingen vergeben worden und sollte nur noch 6 Jahre in dessen Händen bleiben, wenn nicht die Heimzahlung vorher durch dessen Tod ermöglicht würde. Ausserdem wurden noch andere Heimzahlungen gemacht und ein Weiher angekauft, so dass Anlage und Schuldentilgung 4150 fl. betrug und die Freiwerdung von Ämtern in naher Aussicht stand. Dieses Ergebnis wurde durch Aufnahme von 7000 fl. reine 5 % Geldschulden und von laufenden Schulden im Betrag von 16,915 fl. erreicht, von diesen aber aus laufenden Einnahmen 10,815 fl. getilgt, so dass die schwebende Schuld für 1529 nur 7100 fl. betrug und auch davon wurden schon auf 2. Februar 1529 3700 fl. getilgt. Das durch Anlehen und schwebende Schulden zu deckende Deficit für 1528 betrug daher nur 9050 fl. Kapital oder eine Rente von 387 fl. 30 gegenüber einer Zinsbelastung von 687 fl. 30 kr. für 13,380 fl. im Jahr 1527.

Die Besserung der Verhältnisse ist daher nicht zu leugnen, trotz ausserordentlichen Ausgaben für den Schlossbau[1]) zu Neuburg, der schon 1527 begonnen hatte. Obgleich Ottheinrich über die Fastnachtsvergnügungen des Jahres 1528 im Tagebuch nichts berichtet, so haben sie doch selbstverständlich stattgefunden, da der Fürst sie seinem Gesinde schuldig war. Die erste Tagebuchnotiz stammt vom 7. Mai des Jahres 1528. Sie beweist, dass Ottheinrich bis dahin in Neuburg geblieben war. An diesem Tage begab er sich für kurze Zeit nach Freising und bald nach der Rückkehr am 15. Mai trat er in Herzog Friedrichs Gesellschaft mit 33 Pferden die Reise ins Wildbad an, auf welcher er Dillingen und Kaisersheim berührte, das im verflossenen Jahre seine Differenzen mit den Herzogen von Neuburg in Folge eines Schiedsspruchs des schwäbischen Bunds ausgeglichen hatte. Es hatte sich darum gehandelt, ob Neuburg Grafschaftsrechte in Kaisersheim ausüben dürfe und in wie weit das Kloster verpflichtet sei, beiden Herzogen Ottheinrich und Philipp Beiträge zu den Reichskosten und Landsteuern zu geben. In Folge der Vermittlung des schwäbischen Bunds zu Augsburg am 11. April 1527 musste nun Kaisersheim die Rechte der Fürsten im Vertrag vom 25. Juli 1527 anerkennen, welcher ein Schirmgeld von jährlich 200 fl. Geld festsetzte. Als der schwäbische Bund sich 1533 auflöste, vermittelte der Bischof Christoph von Augsburg am 26. November einen neuen Vertrag, worin die Herzoge abermals als Schirmherrn und Inhaber der Grafschaftsrechte in Graispach anerkannt wurden und jährlich 600 fl. Schirmgeld erhielten. Dem Abt verblieb aber niedere Jurisdiktion in gewissen Dörfern, die Besteuerung durch die Herzoge aber blieb den Unterthanen des Klosters erlassen, wie schon Herzog Friedrich als Vormund zugestanden hatte. Zu den 2 Hauptjagdzeiten aber erhielten die Fürsten auf je 14 Tage Obdach und Unterhalt im Kloster für sich und für ihre Jäger und Hunde.

---

[1]) Eine Abrechnung mit Jakob von Brand, der das Bauwesen unter sich hatte, ergab dass dieser von unserm newen Paw in unserm slos hie im 27. Jahre noch 138 fl. zu fordern hatte.

Diese Versöhnung zeigte sich auch auf der weitern Reise. Denn in Esslingen nahmen die Fürsten ein Frühmahl in dem Kaisersheimer Hofe und trafen über Stuttgart, Weil und Hirschau am 21. im Wildbad ein. Während Herzog Friedrich schon am 26. weiterzog, blieb Ottheinrich bis zum 25. Juni. Den Heimweg schlug er auf ungewöhnlichem Wege über Altensteig nach Glatt ein, wo sein Marschall Reinhard von Neuneck in seiner Heimat ihm Gastfreundschaft erwies. Am 28. zog er über Tübingen, Münsingen nach Blaubeuern und Ulm und fuhr auf der Donau nach Lauingen, woselbst ihn der Bischof von Augsburg besuchte und am 4. Juli kam er auf der Donau wieder in Neuburg an. Er hatte 1160 fl. mitgenommen, und es scheint, dass er damit ausgekommen ist. Der August brachte dann einen Jagdausflug mit 40 Pferden nach Monheim, der vom 11.—13. August dauerte und Monheim die Bewilligung eines Wochenmarkts brachte, und einen zweiten Jagdausflug nach Graispach und Kaisersheim, das die Fürsten mit 60 Pferden unmittelbar darauf 2 Tage heimsuchten, womit sie ihr neu anerkanntes Recht in mässigster Weise geltend machten.

Mitte September zur Zeit der Hirschbrunst kam der Bischof von Freising auf 9 Tage zu Besuch und am 18. Oktober trafen Herzog Friedrich und der Bischof in Neuburg zusammen, wobei ein Streit der Fürsten mit dem Bischof von Eichstädt wegen Besteuerung von Unterthanen Eichstädts in Neuburg besprochen wurde. Der Streit wurde am 7. November 1528 von drei Richtern des schwäbischen Bunds mit Friedrich als Obmann dahin geschlichtet, dass jedem Teil zustehen soll, die unter seiner Obrigkeit stehenden Güter zu besteuern. Es war also das entgegengesetzte des Abkommens mit Baiern, das wie wir sahen, auch nur eine Ausnahme bildete. Schon am 30. Juni war in Ingolstadt von den Angrenzern der Altmühl, Brandenburg, Eichstedt und Neuburg eine Schüttordnung vereinbart worden, welche den Wasserstand, d. h. die Aichpfähle in der Altmühl regelte. Auch die religiöse Frage hatte sich wieder bemerklich gemacht. Unter Karls V. Namen war am 4. Juni 1528 gegen die Widertäufer, welche als Hauptanstifter des Bauernaufstands von beiden Religionsparteien gleichmässig verfolgt wurden, ein Mandat erlassen worden, das dieselben mit dem Tode bedrohte. Ottheinrich und Philipp verkündigten es durch Generalmandat am 28. Januar unter dem Titel »wider die lutherische Opinion des Widertaufs, Sakraments und anderer Religion halb« und ordneten an, dass die obiger Meinungen Beschuldigten eingezogen und verhört werden sollten. Die Fürsten behielten sich aber nach Befund die Bestrafung selbst vor und es ist dem ganzen Geist der Regierung nach zu zweifeln, dass je zur äussersten Strafe geschritten worden wäre. Es wurde aber eifrig durch Anschlag an den Gerichtslokalen und Kirchen, sowie durch wiederholte Verkündigung von der Kanzel für Verbreitung des Mandats gesorgt. Denn die Bauernunruhen waren noch nicht vergessen und die jungen Fürsten hielten sich standhaft auf der Seite der altkirchlichen Partei, wie sich auch auf dem Speyrer Reichstag von 1529 erweisen sollte.

Der erste Reichstag, den Ottheinrich persönlich besucht hat, ist der von Speyer des Jahrs 1529, welcher für den Protestantismus so verhängnisvoll geworden ist, als der von 1526 ihn gefördert hatte. Am 28. Februar machte sich Ottheinrich mit 64 Pferden nach Speyer auf den Weg, von Dillingen aus in Gesellschaft der Herzoge Wilhelm und Ludwig von Baiern. Sie zogen 300 Pferde stark über Heidenheim nach Göppingen, wo sie im Namen König Ferdinands empfangen und auf dessen Kosten durch Württemberg geleitet wurden. In Speyer wurden sie am 10. von Ferdinand selbst eingeholt und am 15. der Reichstag eröffnet, indem die anwesenden Fürsten und Abgeordneten vom »Haus zu Sachsen« aus gemeinsam in den Dom zogen zu einer hl. Geistmesse, von welcher sich nur der Kurfürst von Sachsen ausschloss. Im Dom wurde jedem sein »Stand« angewiesen und ebenso erhielt jeder nach der Rückkehr in das »Haus zu Sachsen«, wo nun auch der Kurfürst von Sachsen erschien, seine Session angewiesen. Als kaiserliche Kommissäre fungierten König Ferdinand, Herzog Friedrich und Herzog Wilhelm von Baiern, der Bischof Bernhard von Trient und Erich von Braunschweig. Orator des Kaisers war der Bischof von Hildesheim, der mit Herzog Friedrich gemeinschaftlich die Proposition verlesen liess und schriftlich übergab. Es fehlte nicht an den gewöhnlichen Sessionsstreitigkeiten. Herzog Ludwig von Baiern und Ottheinrich machten z. B. Herzog Georg von Sachsen und dem Markgrafen von Brandenburg den Vorrang streitig und behaupteten ihn. Auch wegen des Umfragerechts entstand zwischen Mainz und Kursachsen Zwist, der durch tägliche Alternation verglichen wurde.

Wie gewöhnlich gingen neben den Verhandlungen Bankette, Spiele und andere Lustbarkeiten her. Ottheinrich schildert ein Gastmahl König Ferdinands, bei dem 360 verschiedene Gerichte aufgetragen wurden. Von Mittwoch bis Samstag der Karwoche befanden sich Herzog Friedrich, die Herzoge von Baiern und Ottheinrich in Heidelberg, wo wichtige Familienverhandlungen stattfanden.

Der Reichsabschied führte bekanntlich zu einer Protestation der evangelischen Fürsten und Städte. Über diese äussert sich Ottheinrich, der auf dem streng katholischen Standpunkt beharrte, in seinem Tagebuch etwas erstaunt folgendermassen: »Und streckt sich doch der Abschied nicht weiter des Glaubens halb, dann dass die den newen glauben nicht haben angenommen, sollen noch auf dem alten glauben beleiben und die aus der neuen seckt sollen nix neus fürnemmen biss zu einem concilio, auch von dem Sacrament, auch der Ämter der Heyligen Mess nit ab sich dun und sich sunst zu halten, dass sich zuvor gegen Gott, auch Keyserlich maytt wir zu verantworten und niemands dess glaubens halber zu überziehen; dass ist ungefährliche mainung dohin.« Nach dem Schluss des Reichstags am 25. April zog König Ferdinand von vielen Fürsten begleitet nach Heidelberg, wo er nur übernachtete. Nach seiner Abreise kehrte Ottheinrich mit dem Bischof von Strassburg nach Speyer zurück, weil Herzog Friedrich ein Gesellenarmbrustschiessen hielt, auf dem ein Ochse im Wert von 32 fl. herausgeschossen wurde. Am 29. ritt dann auch Ottheinrich mit seinem Bruder, der wieder in Ferdinands Dienste getreten war, über Bruchsal und Esslingen, von wo Herzog Philipp[1]) dem König nacheilte nach Hause. Das intime Verhältnis zu Baiern erhellt aus der Übergabe der einst zur Zeit des Haders in Augsburg verwahrten Truhe mit gemeinsamen Urkunden zur Aufbewahrung und Benutzung für die bairischen und pfälzischen Fürsten an den Bischof von Freisingen durch Urkunde vom 20. Mai. Am 27. Mai wurden nachbarliche Irrungen mit Brandenburg Onolzbach in den Ämtern Hilpoltstein, Stauff, Landeck, Rohr und Haidek, die seit 1517 vielfach verhandelt worden waren beigelegt. Am 21. Mai trat Ottheinrich mit kleinem Gefolge eine Wallfahrt nach bairisch Öttingen an, wo er mit Herzog Ludwig zusammentraf und nachdem er ein Hochamt gehört, sich gegen Freisingen wendete. Hier traf er mit dem getreuen Adam von Törring zusammen und ritt, es war am Frohnleichnamstag den 27. Mai nach München, wie er sagt: »auff meiner Gemahl Besüchtigung«. Feierlich wurde er im Auftrag der Herzoge empfangen, blieb drei Tage unter vielen Festlichkeiten und kehrte von den Herzogen begleitet auf einem Isarfloss, eine noch jetzt übliche Fahrgelegenheit, nach Freisingen zurück, wo 4 Tage unter Festen, an denen auch Herzog Philipp teilnahm, zugebracht wurden. Am 5. Juni war Ottheinrich wieder in Neuburg. Die Intimität mit Baiern hatte zur Verlobung mit der Schwester der Herzoge, Susanne geführt, seit 21. September 1527 Wittwe des Markgrafen Kasimir von Brandenburg, mit dem sie sich am 4. August 1518 vermählt hatte. Sie hatte 3 Kinder im Alter von 10, 7 und 5 Jahren,

---

[1]) Er war erst nach Ottheinrich herabgezogen, da er am 13. April nach Ottheinrichs Einnahmebuch diesem in Speyer 900 fl. übergab. Der Reichstag hatte 8100 fl. gekostet!

Maria, Albrecht Alcibiades und Kunigunde, erstere später mit Ottheinrichs Nachfolger, Friedrich III. dem Frommen, letztere mit einem Markgrafen von Baden vermählt. Die Vermählung Ottheinrichs war schon im Jahr 1524 bei Abschluss des Kurvertrags in Anregung gebracht worden, da von keinem der im weltlichen Stand gebliebenen Pfalzgrafen Nachkommenschaft vorhanden war. Kurfürst Ludwig war seit 1518 Wittwer von Sibylla, der Schwester der Herzoge Wilhelm und Ludwig von Baiern, und nicht geneigt, sich wieder zu vermählen. Herzog Friedrich, damals 42 Jahre alt hatte zwar 1524 in dem Kurvertrag in Aussicht gestellt, dass er sich nicht vermählen werde. Er hatte zwar seitdem im Widerspruch damit sich eifrig um Eleonore, Karls V. Schwester und verwittwete Königin von Portugal, beworben, war aber zu Gunsten des Königs von Frankreich verschmäht worden. Damals (1529) bemühte er sich, die verwittwete Königin Maria von Ungarn zu gewinnen, aber seine schon dem Erfolge nahe Bewerbung scheiterte zuletzt doch. Angesichts der Lage bemühte sich der Familienrat schon 1524 auf dem Schützenfeste Ottheinrich zu vermählen und fasste die Tochter[1]) des Herzogs Johann III. von Jülich und Cleve ins Auge, des Nachbars und Einungsverwandten der rheinischen Kurfürsten. Es wurde schon Anfrage in Jülich gestellt und als Kurfürst Ludwigs Rat, Schenk Veltin von Erbach, wegen der Erhebung des Pfalzgrafen Heinrich auf den bischöflichen Stuhl zu Utrecht durch Jülich kam, wurde er von dem einflussreichen Rat des Herzogs, dem Herrn von Renneberg, geradezu gefragt, wie es mit Ottheinrichs Absichten stehe? Das meldet der Kurfürst Ottheinrich eigenhändig am 11. August.[2]) Ottheinrichs Antwort ist nicht bekannt, aber am 28. Oktober 1524 teilt der Kurfürst weiter mit, dass der Herr von Renneberg seinen Rat abermals wegen der Heirat angesprochen habe, da er eine Verbindung mit der Pfalz der mit Sachsen, mit welchem die Verhandlungen sehr langsam geführt wurden, vorziehe. Der Kurfürst machte darauf aufmerksam, dass des Herzogs Tochter eine Mitgift von 200.000 fl. erhalte, was bei der finanziellen Lage Ottheinrichs von Bedeutung war. Dieser zeigte aber wenig Lust, da er sich vom Kurfürsten treiben lassen musste und schliesslich wurde Sibylla 1527 mit dem Kurprinzen Joh. Friedrich von Sachsen vermählt. Im Jahr 1528 tauchte das Projekt der Vermählung mit Susanna auf. Wo Ottheinrich sie gesehen, ob in Amberg beim Schiessen oder in München, ist nicht bekannt.

Die Verhandlungen begannen schon im Frühjahr 1528 und waren Anfang Mai wohl schon zum vorläufigen Abschluss gekommen. Denn im Mai und Anfang Juni fanden die Schlussverhandlungen mit dem Vormund der Kinder Susanna's, Markgraf Georg statt, die wegen der Heirats-Absicht Susanna's nötig waren. Obgleich damit von der einen Seite her die Schwierigkeiten gelöst waren, bedurfte es noch langer Verhandlungen, da bis zum Abschluss des Ehevertrags noch über ein Jahr verging. Der Besuch Ottheinrichs im Dezember 1528 bei Herzog Wilhelm war denselben gewiss nicht fremd, doch scheint erst auf dem Reichstag zu Speyer der Abschluss erfolgt zu sein. Die Ursache der langen Zögerung liegt wohl in den finanziell unbedeutenden Anerbietungen, die Ottheinrich seiner Wittwe in Aussicht stellen konnte. Die Begrüssung der Braut fand, wie berührt, am 27. Mai 1529 statt, der Ehevertrag[3]) aber wurde zu Ingolstadt am 14. Juli von den beiderseitigen Räten abgeschlossen und dieses glückliche Ende durch eine Zusammenkunft der Fürsten in Ingolstadt gefeiert, wo vom 8—17. August ein grosses Armbrustschiessen[4]) stattfand, das wohl auch als Produkt des Vertrags von 1524 zu betrachten ist. Es scheint nicht, dass auch Susanna auf demselben sich befand, da Ottheinrich ihrer im Tagebuch

---

[1]) Sibylla wurde 1527 mit Joh. Friedrich, später Kurfürst von Sachsen, vermählt.
[2]) M. H. A. wie alle Personalien über Ottheinrich.
[3]) Über die mit der Verheiratung zusammenhängenden Verträge S. Anhang Nr. 9.
[4]) Das Schiessen war von Herzog Friedrich, den Bischöfen von Regensburg und Freisingen, Herzog Wilhelm und Ludwig und Ottheinrich und Philipp besucht. Die Letztern begaben sich zu Wasser nach Ingolstadt mit 50 Personen und 10 Pferden.

nicht erwähnt. Die Hochzeit wurde auf den 18. Oktober festgesetzt. Sie fiel aber in eine im höchsten Grade unruhige und aufgeregte Zeit. Die Donaugegenden waren vom Geräusch der Rüstungen erfüllt, welche von Reichswegen vorgenommen wurden, um dem gewaltigen Heere entgegenzutreten, mit welchem Soliman durch Ungarn heranzog. Herzog Friedrich als Reichsfeldherr, Herzog Philipp an der Spitze von 2 Regimentern Reichstruppen aus 14 Fähnlein bestehend und 400 gerüsteten Pferden und der Probst von Ellwangen und Coadjutor von Worms, Pfalzgraf Heinrich mit 500 Pferden rüsteten sich zu dem Feldzug, in welchem auch Herzog Friedrich noch 900 schwergerüstete Reiter befehligte. Die Kosten der Rüstungen mussten zum Teil vorgeschossen werden, wenn auch die übernommene Kommission für die Fürsten von bedeutenden Einnahmen begleitet war. Gleichzeitig damit wurde das Fürstentum auch durch die Hochzeit stark in Anspruch genommen. In Voraussicht der Ansprüche an ihre Kasse hatten Ottheinrich und Philipp am 13. Januar 1529 die vom Kloster Bargen eingetauschte Probstei Hersbruck um 15,767 fl. an Nürnberg verkauft[1]. Diesem Verkauf ging am 12. Januar ein Vertrag vorher, in welchem nachbarliche Irrungen im Amt Sulzbach, Hersbruck, Haideck, Hilpoltstein und Allersberg niedergelegt wurden. Auch auf andere Weise wurde Geld zu erlangen gesucht. So kauften die Fürsten am 11. März Ludwig von Grafeneck sein Dorf Morslingen um 1400 fl. ab, verbanden aber den Kauf mit einer Anleihe von 2000 fl. bei ihm, wofür sie eine Zinsverschreibung über 4000 fl. zu 5 % ausstellten und dem von Grafeneck Wohnsitz im Schloss von Tattenhausen sammt 100 fl. Dienstgeld gaben, und dafür 4 gerüstete Pferde als Hilfe zu erwarten hatten.

Nachdem die Zeit für die Vermählungsfeier auf Oktober festgestellt worden war, es ahnte damals noch Niemand die Nähe und Grösse der Gefahr durch die Türken, traf Ottheinrich umfassende Vorbereitungen für die Feier. Die Landvögte und Pfleger erhielten schon am 21. August Befehl gegen billige Bezahlung auf die Unterthanen die Lieferung von Hühnern, Kapaunen, Gänsen und anderem umzulegen, wofür besondere Verzeichnisse gesendet wurden, damit die nötigen Vorräte für Verpflegung einer grossen Anzahl Gäste vorhanden wären. Der Kurfürst und Herzog Friedrich, darum angegangen, sagten die Darleihung ihres Silbergeschirrs zu. Die Einladungsschreiben an die fürstlichen Beamten wurden erlassen. Der Kurfürst sagte am 22. September von Neuenschloss aus zu, wenn anders die damals in der Pfalz herrschende Seuche, die sich immer weiter verbreitende aus England gekommene Schweisskrankheit es zulasse. In der That schrieb er am 8. Oktober ab, weil die Seuche, an welcher Ende September auch Bischof Georg von Speyer gestorben war, zugenommen und eine Anzahl seiner Räte ergriffen habe, so dass er auch diese nicht, wie er wünschte, senden könne. Herzog Friedrich konnte wegen seines Kommandos gegen die Türken nicht abkommen, versprach aber seinen Kanzler und andere Räte zu senden, die bei dem Abschluss der der Hochzeit vorangehenden Ehepakten ihr Gutachten geben sollten. Den Probst von Ellwangen, Pfalzgraf Heinrich hielt nicht minder sein Kommando gegen die Türken ab. Herzog Ludwig von Baiern liess durch seinen Bruder schreiben, dass er angesichts der seinem Lande von den Türken drohenden Gefahr der Hochzeit fern bleiben müsse. Herzog Wilhelm hatte erst zugesagt, schrieb aber am 9. Oktober doch ab »aus unvermeidlichen Gründen«. Wer schliesslich zur Hochzeit gekommen ist, lässt sich nicht angeben, da Ottheinrichs eigner ausführlicher Bericht darüber aus dem Tagebuch verloren ist. Die Stim-

---

[1] Dem Kauf war ein Tausch mit dem Kloster zu Bargen vorausgegangen, das auf Ostern noch eine Ausgleichssumme von 500 fl. empfing. Es war offenbar ein Nürnberg günstig gelegenes Verkaufsobjekt eingetauscht worden. Die Reichsstadt war stets bereit auf Kosten ihrer geldarmen Pfälzer Nachbarn sich mit Land zu arrondieren. Die Bestimmung des Geldes zur Ausstattung für den neuen Haushalt zeigt sich auch in Ottheinrichs Einnahmebuch, nach welchem das Geld in einem besondern Gewölbe verwahrt wurde, aus welchem Ottheinrich bis zur Hochzeit häufig schöpfte und das auch erschöpft wurde.

mung mag eigentümlich gemischt gewesen sein durch die bange Erwartung über das Schicksal Wiens, das seit 26. September von den Türken belagert und hart bedrängt wurde, während das in Linz zum Entsatz sich sammelnde Heer zu schwach war, um Hilfe zu bringen. Man wusste von der hohen Gefahr der Stadt, in der Herzog Philipp mit eingeschlossen war. Denn nachdem er am 23. September mit 60 Pferden zu Kloster Neuburg[1]) angekommen und in Wien am 24. gehört hatte, dass die Anführer von Ferdinands Truppen beschlossen hätten, die Stadt zu halten, meldete er sich alsbald bei Graf Niklas von Salm, wo ihm freigestellt wurde, zu gehen oder zu bleiben. Er wählte das letzte, liess noch in der Nacht zum 26. September seine 60 Reiter in die Stadt holen und erhielt den Befehl über die Reichstruppen zwischen dem roten Turmthor und Kärthnerthor und half mannhaft besonders den zweiten Sturm der Türken am 11. Oktober abschlagen, die durch Minen 50 Fuss breite Lücken in die Ringmauern gesprengt hatten. Die tapfere Verteidigung, das Herannahen des Entsatzes und die schon länger und kälter werdenden Nächte bewogen den Sultan am 14. Oktober, nachdem der letzte Sturm misslungen war, abzuziehen. Aber die Hochzeitsgäste standen unter dem Eindruck der furchtbaren Gefahr, weil Nachrichten von Wien 5 bis 6 Tage brauchten und am 18. noch Niemand in Neuburg von der glücklichen Befreiung der Stadt eine Ahnung hatte. Die Braut, welche sich noch am 9. Oktober in Neustadt an der Aisch auf ihrem Wittwensitz befand, forderte von da Sigmunda von Rindsperg, geborne von Feilitzsch und Weildingen auf, mit ihr am 14. Oktober zu Ellingen, einem Strassenknotenpunkt in Mittelfranken, zusammenzutreffen, um mit ihr nach Neuburg zu ziehen, wo am 18. die Hochzeit sein sollte. Der Ton des Briefs deutet auf ein Vertrauensverhältnis zu Sigmunda von Rindsperg, in der wir wohl die künftige Hofmeisterin Susanna's erblicken dürfen. Die am 7. Oktober abgeschlossenen Verträge stehen in Beziehung zu dem am 14. Juli in Ingolstadt geschlossenen Ehevertrag, nach welchem Susanna 32,000 fl. Aussteuer und 32,000 fl. Wittum von Brandenburg, sowie 10,000 fl. Morgengabe Markgraf Kasimirs in die Ehe brachte und als Wittwe im Besitz dieses Beibringens bleiben, nach Ottheinrichs Tod aber 800 fl. jährlichen Wittwengeldes mit Wohnsitz in Hilpoltstein erhalten sollte. Ottheinrich dagegen erhält beim Tode Susannas, deren Aussteuer mit 32,000 fl. bei kinderloser Ehe an Baiern zurückfällt, aus dieser Summe jährlich 1600 fl. als Rente ausbezahlt.

Wenn wir auch über den Verlauf der Hochzeit nicht unterrichtet sind, so herrschte doch bei fürstlichen Hochzeiten eine gewisse Übung, nach welcher wir annehmen dürfen, dass bei Ankunft der Braut am 16. Oktober ein Besuch der Kirche erfolgte, Sonntag, dem 17. aber der Abschluss der Verträge, speziell die Anerkennung des Ehevertrags durch die Braut und die Wittumsverschreibung durch den Bräutigam, angehörte. Am 18. fand dann der Kirchgang und das Beilager statt und hieran schlossen sich Rennen, Stechen und Schiessen mit Festmahlen und Tanzvergnügungen, die wohl die ganze Woche hindurch fortdauerten und in fröhlicherer Stimmung zu Ende gingen, da die Nachricht von der Befreiung Wiens und der Rettung Philipps und dessen tapferes Verhalten indessen eingelaufen sein mussten. Die Kosten der Hochzeit sind in dem Finanzergebnis des Jahres natürlich bemerkbar. Neben dem durch Verkauf von Hersbruck eingegangenen Gelde, das für die Einrichtung abgesondert gehalten wurde, sind im Laufe des Jahres 26,600 fl. durch Anleihen aufgebracht worden, wovon 4900 fl. nach einem Jahre heimbezahlt werden sollten. Davon hat der Reichstag allein 8100 fl. gekostet. Der Rest repräsentiert die Kosten für die Hochzeitsfeier und für die Ausrüstung Philipps für den Türkenkrieg. Dazu kommt, dass die Einkünfte aus den Erträgnissen der Naturalien noch durch ausser-

---

[1]) Es heisst im Tagebuch: Den 18. Tag Septembris ist mein Bruder Hertzog Philips mit 120 gerüster Pferd mitt aller notturfft Jn ein feldt gehörig zogen gen Östreich zum Wiederstandt der Turcken, Gott geb ihm Sieg; doch ein Teil des seins gesindt Jst vor ihm ausszogen, doch mitt seiner Persohn auff denn Tag ausszogen.

ordentliche Getreideverkäufe verstärkt wurden. Der Bergbau auf Edelmetalle gab damals den früheren reichen Ertrag nicht mehr. Es wird wohl vom Sulzbacher Erzberg ein Ertrag von 500 fl. erwähnt; aber das mit Pfalz gemeinschaftliche Silber- und Bleibergwerk zu Erbendorf war in Verfall geraten. Um es wieder empor zu bringen, wurde die Steuer auf 3 Jahre vom zehnten auf den zwölften Teil herabgesetzt, Bau- und Schachtholz um billigen Preis geliefert und ebenso Holz für Kohlen. Ferner erhielten die Eigentümer Erlaubnis, ihr Silber und Blei auch an andere als die Fürsten zu verkaufen. Wenn aber der Zentner Erz mehr als eine Mark Silber trage, sollten die Fürsten 10 Jahre lang das Vorkaufsrecht erhalten. Auf die Auffindung von reichhaltigen Erzgängen werden Prämien von 50 und 100 fl. gesetzt. — Das nahe Verhältnis der Fürsten zu König Ferdinand brachte endlich im Jahr 1529 auch einen Waldbesitz wieder in ihre Hände, den sogenannten Wertherforst bei Donauwörth gelegen, welchen sich Maximilian im Jahr 1505 als Jagdbezirk vorbehalten hatte. Da keine Aufsicht darin geführt wurde, riss das Wildern ein und das schädigte auch die fürstliche Jagd, so dass man sich genötigt sah, selbstständig einzugreifen. Der Wildstand besserte sich jetzt und das Bestreben der Fürsten richtete sich darauf, in Besitz des Waldes zu gelangen. Sie erhielten auch auf dem Reichstag von 1529 bei Ferdinand die Nutzniessung und suchten um Verleihung des Forstes beim Kaiser an, der ihnen denselben endlich am 20. Juli 1530 während des Reichstags übertrug so, wie ihn Herzog Georg besessen hatte, nachdem König Ferdinand schon im September 1529 die Bitten der beiden Fürsten wegen ihrer ganzen Haltung dem Kaiser empfohlen hatte.

Der Reichstag von Augsburg im Jahr 1530 beschäftigte die deutschen Stände seit dessen Ankündigung auf das Ernstlichste und es wurden grosse Anstrengungen gemacht, um seinen Besuch recht zahlreich werden zu lassen. Überall wurden Verhandlungen gepflogen über die Stellung auf demselben. Das pfälzische Haus hielt sich damals der frühern Richtung entgegen strenger zu den Altgläubigen, hierin in voller Harmonie mit Baiern, die durch Ottheinrich vermittelt wurde. So streng dieser sich auch in seiner Politik auf der altkirchlichen Partei hielt, so war er doch weit entfernt exclusiv zu sein. Denn die am 2. Februar 1530 erlassene Kanzlei- und Ratsordnung[1]) die wegen der baldigen Abwesenheit der Fürsten auf dem Reichstag erneuert worden war, legte nur dem Kanzleipersonal und den Dienern den Eid zu Gott und den Heiligen auf, gestattete aber den Räten und Sekretären den Eid mit aufgereckten Fingern oder auf das Evangelium, womit die Zulassung von evangelisch gesinnten neben Katholiken gestattet wurde. Denn die evangelisch Gesinnten weigerten sich sämtlich zu Gott und den Heiligen zu schwören, wie aus dem Streit um deren Sitz im Reichskammergericht bekannt ist. Dagegen verschmähten die Fürsten nicht von ihrer katholischen Haltung finanziellen Nutzen zu ziehen, wie ihre Nachbarn in Baiern. Als Herzog Philipp, der dem Kaiser nach dem Türkenfeldzug nach Italien gefolgt war und im Auftrag des Kurfürsten Ludwig bei Karl V. Kaiserkrönung, bei welcher er der einzige Fürst des Reiches war, am 24. Februar 1530 das Reichsschwert trug[2]), benützte er die Anwesenheit des Papstes Clemens VII. um das Recht der Besteuerung des Klerus im Fürstentum Neuburg zu erwirken, das ihm am 5. Februar 1530[3]) erteilt wurde unter der Voraussetzung vorhergehender Vereinbarung mit dem Metropoliten wegen der Verdienste der Fürsten um die

---

[1]) S. Anhang 10.

[2]) Am Tag der Krönung erhielt Herzog Philipp vom Kaiser den Ritterschlag. Seine Erwartung, eine Schenkung zu erhalten für seine Verdienste in Wien, ging nicht in Erfüllung, obwohl er auf die reiche, damals heimgefallene Markgrafschaft Monferrat einige tausend Dukaten angewiesen zu erhalten gehofft hatte.

[3]) Im Jahr 1530 wird dem fürstlichen Rat Dr. jur. Alber ein von seiner Reise nach Rom im Jahr 1529 herrührender nach von demselben zurückzuerstattender Rest, bei Gelegenheit der Abrechnung nach Kammermeister Wbers Tod geschenkt. Alber war der Privilegien wegen in Rom gewesen.

Bekämpfung des Aufstandes und der lutherischen Ketzerei. Die Fürsten hatten allerdings die Erlaubnis nicht abgewartet, sondern zur Bezahlung der Unkosten des Bauernkriegs dem Klerus Auflagen zugemutet, die aber teilweise verweigert worden waren. Nunmehr war aber ein dauerndes Privilegium erlangt, das bei der freundschaftlichen Stellung zum Bischof von Augsburg auch nutzbar zu machen war. Von demselben Tage datiert ein Privilegium »Totschläger und Misshandler« ohne Rücksicht auf das Asylrecht in Kirchen zu verhaften und die Verleihung von weitgehenden Ablässen auf 50 Jahre für die von den Fürsten gestiftete Kapelle des Spitals ausserhalb Neuburg, wenn gewisse religiöse Übungen an den Hauptmarienfesten vorgenommen würden. Die Verleihung wurde wieder begründet mit dem Verdienste der fürstlichen Stifter bei Bekämpfung des gottlosen Aufstands, der lutherischen Ketzerei und der Türken. Dazu erhielten sie die Erlaubnis zur Fundierung des Spitals und der Kapelle ausserhalb Neuburgs die schwach besetzten Klöster Liezheim und Monheim einzuziehen. In dieser Stiftung haben wir also offenbar eine mit der Vermählung Ottheinrichs und der glücklichen Befreiung Philipps aus der Gefahr im Türkenkrieg zusammenhängendes frommes Werk zu erkennen, worin die Fürsten auf streng katholischem Standpunkt sich zeigen. Aber mit dem Eid der Ratsordnung zusammengehalten, ergiebt sich doch, dass diese Richtung fern von Fanatismus war und Männern von Bildung Gewissensfreiheit gewährt wurde. Während Philipp in Italien weilte¹), wurden in Anwesenheit Herzog Friedrichs in Neuburg vom 2. bis 10. Januar nachbarliche Irrungen mit der Oberpfalz beigelegt, die aber nicht alle erledigt werden konnten, da man sich über einen Gebietsaustausch nicht einigen konnte, eine Angelegenheit, die sich bis 1542 und selbst 1544 nach Kurfürst Ludwigs Tod fortschleppte. Als sich hierauf Herzog Friedrich von Neuburg nach Heidelberg begab, begleitete ihn Ottheinrich bis nach Dillingen, zum Bischof von Augsburg.

Kaum war er (16. Jan.) zurückgekehrt, so begab er sich am 4. Februar nach Freisingen, am 7. Februar nach München und von da 4 Tage später mit Herzog Wilhelm und dessen Gemahlin auf einem Isarfloss nach Landshut zu Herzog Ludwig, der seines Dieners Wilhelm von Taufkirchen Hochzeit feierte. Nach zweitägigem Aufenthalt in Landshut kehrte Ottheinrich nach Neuburg zurück. Schon am 5. März ist er wieder in Ingolstadt, wo er mit Herzog Friedrich zusammentrifft und mit diesem sich nach Augsburg zu Herzog Philipp begibt, der aus Italien zurückgekehrt war. Der Zweck der Reise nach Augsburg war wohl der, sich in Augsburg um Quartier für den Reichstag umzusehen. Während Friedrich nach Italien dem Kaiser entgegenritt, begleitete Philipp seinen Bruder am 8. März nach Neuburg. Ottheinrich machte sich aber schon am 16. März wieder nach Rain auf, wo er mit Herzog Wilhelm zusammentraf und sofort mit demselben nach Ellwangen ritt. Hier versammelten sich eine Anzahl pfälzisch-baierische Fürsten um Kurfürst Ludwig und berieten am 19. und 20. März ihre Stellung auf dem Reichstag, wobei Baiern stets bestrebt war die Pfalz in Opposition zum Kaiser und Ferdinand zu bringen, gegen welche schon 1524 zugunsten einer Wahl Herzog Wilhelms zum röm. König konspiriert worden war. Seit Baiern bei der böhmischen Königswahl 1526 Ferdinand unterlegen war, hatte sich der Gegensatz verschärft. Es gelang aber nicht, den Kurfürsten auf Baierns Seite zu ziehen, da er Ferdinand Ende 1530 seine Stimme als röm. König nicht verweigerte, während Herzog Wilhelm ihn in dieser Würde noch jahrelang nicht anerkannte. Auf der Rückreise weilte Herzog Wilhelm einen Tag in Neuburg, das erste Mal seit Susanna mit Ottheinrich vermählt war.

Nachdem für den kommenden Reichstag Anordnungen wegen des Erscheinens der Vasallen zum Empfang des Kaisers und Vorkehrungen finanzieller Art wegen des beträchtlichen

---

¹) Die Regierungsvollmacht für Ottheinrich, datiert den 16. Februar 1530, hinkte dem Ereignis nach.

zu erwartenden Aufwands getroffen waren, machte sich Ottheinrich am 9. Juni auf den Weg nach München¹), wo er am 10. noch zeitig genug eintraf, um bei der Einholung des Kaisers und des Königs zu sein. Am 14. Juni begab er sich dann mit Herzog Friederich über Eichach nach Friedberg bei Augsburg, wo sich auch Herzog Wilhelms Gefolge befand, mit dem er eine Meile vor Augsburg Halt machte, des feierlichen Einzugs des Kaisers gewärtig. Hier erschien auch Herzog Philipp mit dem Neuburger Lehnsadel, der fast 200 gerüstete Pferde stark war und nahm an dem Einzug des Kaisers teil, der von den in Augsburg anwesenden Fürsten eingeholt wurde, eines der grossartigsten Schaustücke aus Karl V. Regierungszeit. Den nun folgenden Reichstag begleiteten, wie Ottheinrich sagt, unzählige Lustbarkeiten, Tourniere, Gestreche, Stürme und Schiessen. Die beiden Neuburger Herzoge traten mit grossem Glanz auf und hatten täglich 130 Personen²) zu speisen. Der Reichstag wurde am 20. durch die kaiserliche Proposition eröffnet und der folgte am 25. die Übergabe der Augsburger Konfession. Über die Verhandlungen berichtet Ottheinrich nichts, aber die Akten seiner Regierung illustrieren die Schwierigkeiten, unter welchen die Reichsauflagen eingebracht wurden. Der Beitrag zum Regiment und Kammergericht, der für Neuburg 125 fl. betrug, wurde als zu hoch wegen beabsichtigter Reklamation beim Kaiser vorerst verweigert. Er hätte schon im Herbst und zur Fastnacht je hälftig erlegt werden sollen. Wegen Säumnis wurde am 21. Januar ein Zahlungsmandat ausgestellt, das der Neuburger Regierung aber erst am 10. Juni zu Händen kam. Da es Neuburg in die Pön von 10 Mark Gold verfiel und mit der Acht bedrohte, so wurde am 20. Juni endlich bezahlt und die Bezahlung mit dem späten Empfang des Mandats entschuldigt, zugleich aber auch die Bitte um »Ringerung« des Anschlags motiviert, die wegen der Geschäfte des Kaisers noch nicht hatte angebracht werden können.

Während des Reichstags ritt Ottheinrich am 28. Juli mit Herzog Heinrich, Bischof von Worms, Herzog Ernst, Bischof von Passau, Ottheinrichs Schwager und Herzog Wolfgang dem Ältern, seinem Oheim, auch Graf Emich von Leiningen und einem Grafen von Hohenlohe samt Gefolge nach Neuburg, hielt am 29. eine Hirschjagd, am Abend einen Tanz und kehrte am 30. Juli wieder nach Augsburg zurück. Noch zahlreicher war die Gesellschaft, die Ottheinrich am 25. August nach Neuburg geladen hatte. Er ritt dahin in Begleitung von 325 Pferden. Unter seinen Gästen erwähnt er Graf Philipp von Nassau-Wiesbaden und Graf Engelbrecht von Leiningen, auch Herzog Philipp war dabei, der wegen seiner Krankheit sich einer Kur unterziehen wollte und in Neuburg blieb³). Auf den Wunsch König Ferdinands und seines Sohnes Maximilian brachte Ottheinrich am 28. August bei der Rückkehr nach Augsburg auch seine Gemahlin dahin, die ein Gefolge von 60 Pferden hatte, bis zum 4. Oktober daselbst blieb und dann von ihm nach Hause geleitet wurde. Ottheinrich selbst kehrte schon am 6. Oktober nach Augsburg zurück und am 9. folgte ihm Herzog Philipp mit 30 Pferden von Ottheinrichs Hofgesinde. Beide Fürsten hielten dann bis zum Schluss des Reichstags in Augsburg aus.

Die durch den Besuch des Reichstags gesteigerten Ausgaben überschritten weit das Landeseinkommen. Es mussten für 54,520 fl. fundierte und für 25,918 fl. laufende Schulden gemacht

---

¹) Er hatte 9 Edelleute verschiedenen Dienststanges mit 18 Pferden bei sich. Für seine Person hatte er 9 Reit- und 4 Wagenpferde. Über den Einzug des Kaisers verweist Ottheinrich auf ein dem Tagebuch beigelegtes und bezeichnetes Buch, das verloren ist. Es existiert aber eine ausführliche gedruckte Darstellung des Einzugs, wohl mit Ottheinrichs Einlage identisch.

²) Th. Auch über die Stechen und Schiessen und andere Lustbarkeiten hatte Ottheinrich sorgfältig Buch geführt und seinem Tagebuch ein Verzeichnis derselben beigelegt, das auch verschwunden ist.

³) »Er legt sich ins Holz«. Dies war der Kunstausdruck für die gegen die französische Krankheit angewendete Kur mit einem Absud von Guyakholz, wovon ein Gedicht von Hutten handelt.

werden, die teils im Jahr 1530, teils 1531 heimbezahlt oder prolongiert wurden.¹) Bei der Auftreibung des Geldes für die Unkosten des Reichstags hatte sich wohl der Jude Bynnann von Günzburg Geleit, Handels- und Klagrecht vor Gericht für das Oberland der Fürsten (Lauingen, Höchstett, Gundelfingen) erworben. Bezeichnend ist von der Hand des die Vergünstigungen in das Kopialbuch Eintragenden der Stossseufzer auf dem Rande: »Je ee das Widerrufen geschäh, ye besser es für den gemeinen Nutz were.« Unter den ausserordentlichen Hilfsquellen oder Einnahmen des Landes erscheint in diesem Jahr der Ertrag des mit der Pfalz gemeinschaftlichen Eisenbergwerks in Sulzbach, aus dem durchschnittlich als halber Zehntertrag in den Jahren 1527—31 jährlich 1450 fl. einging. Das Metall wurde in der Oberpfalz und auch im Nordgau zu verzinntem Eisenblech verarbeitet, das ein im ganzen Reich gesuchter Artikel war und mit Erfolg mit Nürnberg in Weitbewerb trat²) Im Jahr 1529 hatte Ottheinrich wohl zur Mitteilung seiner Verlobung den Landtagsausschuss oder auch den Landtag selbst³) berufen, auf welchem ihm Geldbewilligungen gemacht worden zu sein scheinen. Damals sprachen die Stände den Wunsch einer genauen Erhebung der Erträgnisse des Landes aus, den die Fürsten zu erfüllen suchten, indem sie durch ein Mandat alle Beamten zur Unterstützung der zu obigem Zweck ausgesendeten Kommission, deren Mitglieder Gabriel Arnold, Rentmeister Diepold Keis,⁴) oberster Sekretär und Dr. Hieronymus von Croaria auf Tapfheim waren, am 29. Dezember 1530 aufforderten. Als einzige Frucht der Opfer, die Ottheinrich und besonders Philipp im Dienst des Kaisers gebracht hatte, erlangte Philipp von neuem eine Stellung am Hofe König Ferdinands, weshalb er am 1. Dezember 1530 Ottheinrich, wie früher Regierungsvollmacht erteilte.

Nach dem bewegten Jahre des Augsburger Reichstags liess sich das Jahr 1531 anfänglich ruhiger an; doch ist es durch zahlreiche Fahrten vom Mai an ausgezeichnet. Die Ausgaben über das Erträgnis des Landes hinaus hören zwar nicht auf, sind aber doch mässiger und meist sind die Darlehen zu 5 % zu erlangen gewesen. Die Spuren des erregten politischen Lebens im Reich, welche sich an den Reichstag und die von vielen als ungesetzlich angesehene Wahl Ferdinands knüpfen, machten sich selbst in Neuburg fühlbar. Denn der neugewählte König, dessen Wahl in Köln am 5. Januar und dessen Krönung in Aachen wenige Tage später stattgefunden hatte, kam auf der Rückreise in Begleitung des päpstlichen Legaten auf der Donau herab und übernachtete am 2. Februar in Neuburg und »S. Majestet anch jedermann war guter Ding und fröhlich«. Kurze Zeit vorher Ende Januar war Margarete, bis 1521 Äbtissin im Kloster zu Neuburg, die einzige Schwester der Mutter der Fürsten gestorben und hatte ihre Neffen zu Erben eingesetzt mit der Verpflichtung, dem Kloster eine jährliche Rente von 50 fl.⁵) oder das Kapital dazu herauszuzahlen. Das Erbe bestand auch in dem Anspruch der Ausstattung aus dem Landshuter Herzogtum, die den Lehnserben in Baiern obgelegen hätte. Der Anspruch

---

¹) Nach den Kopialbüchern wurden 80.438 fl. aufgenommen, davon waren 25,918 im nämlichen oder folgenden Jahre heimgezahlte laufende, also 54,520 fl. fundierte Schulden, die aber mit Ausnahme von 6560 fl., für die ein Amt oder Dienstgeld verliehen wurde, zu 5 %, verzinslich waren, ein Beweis für den damals nach aussen noch unerschütterten Kredit der Fürsten.

²) Die aus unbekannten Gründen verspätete Abrechnung über den Zehnterzertrag seit 1527 ergab am 5. April 1530 3500 fl. Am 3. Mai zahlte die Bergwerksgesellschaft noch 1000 fl. Zehntertrag und am 23. Mai 1000 fl. Vorschuss auf den künftigen Zehnt, also binnen 2 Monaten 5800 fl. für 4 Jahre oder 1450 fl. jährlich im Durchschnitt, was 29,000 fl. Reinerträgnis des Bergwerks ergäbe, weil es zur Hälfte der Pfalz gehörte.

³) S. Anhang 10, wo das mit der Landschaft vereinbarte Mandat aber das Supplicieren und Appellieren vom 19. Juni erwähnt ist.

⁴) Die eingeweihten Kreise hatten schon 1530 Zweifel an dem Kredit des Lands. Der oberste Sekretär Diebold Keis, der seit 1520 nach und nach 1120 fl. auf Zins dargeliehen hatte, liess sich den Zoll zu Hagenau verpfänden, und da er lange kein Dienstgeld erhalten hatte, liess er sich die Bezahlung ratenweise auf das Schirmgeld des Abts von Kaisersheim anweisen, woraus er am 4. April 1531 die erste Rate erhielt.

⁵) Eine Urkunde vom 1. März 1531 sichert dem Kloster die Rente zu.

konnte aber nie geltend gemacht werden, trotz der Verhandlung in München, die durch die ganze Regierungszeit Herzog Wilhelms hindurch immer wieder erneuert wurde, bis der Anspruch endlich in einem Vertrag mit Albrecht I. gegen anderes wettgeschlagen wurde. Der Todesfall war kein Hindernis, dass Ottheinrich mit seiner Gemahlin und deren weiblichem Hofgesinde sich zur Fastnacht mit grossem Gefolge nach Neumarkt zu Herzog Friedrich begab, wo grosse Festlichkeiten stattfanden. So schon am Abend der Ankunft ein »Mumerey in bürgerlich Kleidung und ein welscher Dantze. Dann kamen Rennen und Stechen und andere Maskeraden, an welchen sich Ottheinrich und Philipp mit Eifer beteiligten.

Nach der Rückkehr nach Neuburg rüsteten sich die Brüder zu einem Verhandlungstag mit der Pfalz in Sulzbach, wo nachbarliche Irrungen besprochen und in Neumarkt in Vertragsform gebracht wurden, worüber man schriftlich weiter verhandelte. Auf dem Weg nach Sulzbach begrüssten die Fürsten die verwitwete Königin Maria von Ungarn, welche daselbst mit einem Gefolge von 250 Pferden über Nacht war. Damals war übrigens die Verhandlung wegen ihrer Vermählung mit Herzog Friedrich, die lange projektiert gewesen, schon abgebrochen. Sie war dem Abschluss nahe gewesen, aber im letzten Augenblick an Bedingungen gescheitert, die Friedrichs finanzielle Kräfte überstiegen, eine Veranstaltung, die den Gegnern des Projekts zu verdanken war. Am 19. Mai trat Ottheinrich mit seiner Gemahlin eine Badreise ins Wildbad an. Der Besuch des Bades hängt mit dem Gesundheitszustand Susannas zusammen. Wir erfahren aus einer Denkschrift, die Herzog Friedrich nach der Krönung Ferdinands dem Kaiser in Brüssel überreichte, dass er nach dem Scheitern des Heiratsprojekts mit Königin Maria seine Absicht, sich zu vermählen, nicht aufgeben dürfe, da es ihm obliege, dem pfälzischen Hause die Aussicht auf Nachkommenschaft zu eröffnen. Denn Ottheinrichs Gemahlin habe keine Kinder und werde nach dem Ausspruch der Ärzte infolge einer zweimaligen Fehlgeburt keine Kinder bekommen, wie er nach dem Ausgang des Reichstags zu Augsburg, als er durch Neuburg kam, in Erfahrung gebracht habe.

Im Gefolge des Fürsten befanden sich 70 Personen mit 60 Pferden. Susanna hatte ihre Hofmeisterin und 6 adlige Jungfrauen zur Begleitung. Im Herzogtum Württemberg wurde der Zug schon an der Grenze mit den höchsten Ehren empfangen und ins Wildbad geleitet, wobei überall Gastfreundschaft gewährt wurde. Die Ankunft erfolgte am 26. Mai. Der Aufenthalt dauerte bis zum 2. Juli. Der Bischof von Speyer und der Markgraf von Baden, sowie Reinhard von Neuneck, des Herzogs Marschall, versorgten die Tafel mit Wildpret; zahlreiche angesehene Badgäste gewährten Unterhaltung. Ottheinrich erzählt von einem Ausflug ins Bad Liebenzell und von Herzog Friedrichs Besuch am Frohnleichnamsfeste. Mit diesem wurde am 3. Juli eine Reise nach Heidelberg über Neuenbürg, Pforzheim und Bruchsal angetreten, um Susanna dem Kurfürsten vorzustellen.

Nach einem durch Festlichkeiten und Jagden bezeichneten Aufenthalt von 9 Tagen traten Ottheinrich und Gemahlin den Rückweg über Wimpfen an. Unterwegs wurde in Neuenstein bei Graf Albrecht von Hohenlohe übernachtet und bei Bischof Heinrich in Ellwangen angekehrt, um auch ihm die Ehre eines Besuchs zu erweisen. Über Neresheim gelangten die Reisenden nach Lauingen, besuchten den Bischof von Augsburg in Dillingen und kamen von Höchstett an auf der Donau fahrend am 22. Juli nach Neuburg zurück. Die nächste Zeit wurde zu einem Aufenthalt in der Grünau, dem eine Stunde von Neuburg in waldiger Umgebung gelegenen Jagdschlosse Ottheinrichs benützt, während dessen die Hirschjagd betrieben wurde. Es war ein Lieblingsaufenthalt des Fürsten und wurde in dieser Zeit wie später durch Bauten erweitert und verschönert. Gerade in diesem Jahre erhielt laut Vertrag mit einem Augsburger Meister vom

7. April 1531 die Kapelle des Jagdschlosses bunte Glasfenster.¹) Nachdem am 5. August eine letzte glänzende Jagd mit einer Beute von 11 Hirschen gehalten worden war, zog Ottheinrich am 10. August mit seiner Gemahlin und grosser Herrengesellschaft zur Jagd nach Graispach und nach Kaisersheim, wo die Fürsten als Schirmherrn über die Jagdzeit Gastfreundschaft fordern konnten. Nach der Rückkehr der von reicher Jagdbeute begünstigten Ausflüge empfing Ottheinrich den König Ferdinand, der mit einem Gefolge von 134 Pferden einen Tag in Neuburg blieb, wozu sich auch Herzog Friedrich mit 24 Pferden einstellte. Schon auf dem Weg nach Neuburg wurde Ferdinand durch eine Jagd geehrt, ebenso an dem folgenden Tage. Die Gäste unter denen sich der Bischof von Trient befand, wurden an 80 Tischen gespeist. Bezeichnend für die Kosten solcher Gastfreundschaft ist die Bemerkung im Tagebuch: »Ich fest aber den König mit seim Stall, Bischoff von Drent, Hertzog Friedrich auss, sunst niemand.« Am 1. September zog der König weiter, Ottheinrich aber begab sich mit grossem Gefolge über Neuenmarkt, wo sich Herzog Friedrich und der Bischof von Regensburg anschlossen zur Jagd nach Deinschwang, Hirschwald und Lengfeld, aber mit sehr unbefriedigendem Erfolge, dem er in Tagebuch Ausdruck verleiht mit den Worten: »Ich fing wenig, hatte kleinen Lust.«. Nach der Rückkehr bezog er mit Susanna wieder die Grünau, da die Zeit der Hirschbrunst herangekommen war. Der Jahrestag der Hochzeit brachte den Bischof von Freisingen und Herzog Friedrich mit grossem Gefolge als Gäste und Ottheinrich bemerkt vergnügt über diese Tage: »Hab bürst, Im Ziel geschossen und sunst gut gesselschaft geleist und fröhlich gewest.«

Unmittelbar nach der Abreise der Gäste am 22. Oktober »Bin ich mitt Mein Gemahl und dem Frauenzimmer mit 46 Pferden Wallfahren geritten«. Es galt offenbar, den Himmel um einen Erben anzuflehen. Die Fahrt ging über Freising und Mühldorf nach baierisch Ötting, wo am 26. ein Hochamt gehört und auch die köstlichen Kleinode besichtigt wurden. Auf dem Rückweg wurde in Landshut bei Herzog Ludwig angekehrt, der die Gäste mit Schiessen, Tanzen und andern Lustbarkeiten ehrte. Von Landshut gings am 1. November nach München, um Susanna in die alte Heimat zu führen, wo ihre Mutter noch lebte. Auch in München wurden die Gäste mit Schiessen, Tanzen, Jagden und andern geselligen Vergnügungen geehrt und verliessen die Stadt nach 2 Tagen wieder in Begleitung Herzog Wilhelms, mit welchem sie das Kloster Indersdorf, den Begräbnisort der baierischen Fürsten besuchten. Über Reichertshofen kamen sie am 6. November nach Neuburg zurück, aber schon am 12. zogen die fürstlichen Brüder zu einer sonst unbekannten geschäftlichen Zusammenkunft mit Herzog Friedrich nach Ingolstadt.

Dieses überaus bewegte unruhige Treiben, dem sich Ottheinrich mit jugendlicher Lust und Frohsinn neben den ernsten Geschäften hingab, spiegelt sich auch in den finanziellen Verhältnissen ab. Es wurden im Laufe des Jahres 44,405 fl. durch Anleihen aufgebracht. Damit mussten im Jahr 1530 übernommene Verbindlichkeiten im Betrag von 18,650 fl. gedeckt werden, so dass für die Bedürfnisse des Jahres selbst 25,755 fl. übrig bleiben, wovon 22,155 fl. dauernde, fast nur gegen 5 % aufgenommene Schulden sind, während 4500 fl. schwebende, in Jahr 1532 heimzuzahlende Schulden repräsentieren. Ausserdem musste noch ein gekündigtes Anlehen von 3000 fl. heimbezahlt werden, so dass das Jahr 1532 schon wieder mit 7500 fl. zum Voraus belastet war. Die 22,155 fl. dauernde Schulden belasteten aber die Landesrente mit weiteren 1107 fl. 45 kr. Dies giebt ein düsteres Bild der Finanzlage, da zugleich alle Einkünfte aufgezehrt und ausserordentliche Einnahmen von etwa 1000 fl. verausgabt worden waren. Ob alles geschah, was zu einem beständigen Überblick der Lage nötig war, könnte angesichts des Umstands bezweifelt werden, dass Jakob von Brandt für seine Fischereirechnungen von 1527 bis 1529 am

13. Januar 1531 Quittung erhielt, also 2 Jahre nachher erst die Rechnungen geprüft wurden und dass auch mit dem Haushofmeister Bern von Hürnheim erst am 2. Februar 1531 für die Zeit von 1526 an abgerechnet wurde. Man suchte übrigens auch in diesem Jahre alle Finanzquellen zu eröffnen. Dahin rechnen wir die Ankündigung des Sekretärs Hans Polner am 4. Mai bei den Beamten, der mit den Lehenbüchern einen Umritt machen sollte, um zu prüfen, ob auch alle in fremden Händen befindlichen Lehen nachgesucht und übertragen seien. Zugleich sollte erforscht werden, »ob und wie auf die Lehen geliehen sei oder nit.«

Eine ähnliche Massregel ist die Anfrage vom 26. Januar 1531 bei allen Ämtern, wer von den Pfarrern im Besitze von weltlichen Possessbriefen sei. Dabei ergab sich, dass dies bei einer ziemlichen Anzahl nicht der Fall war und dass der Regierung dadurch eine nicht unbedeutende Sporteleinnahme entgangen war.

Von Ottheinrichs künstlerischen Bestrebungen ist bis ins Jahr 1530 keine urkundliche Bestätigung zu finden. Vom 23. Dezember 1530 stammt aber ein Vertrag mit dem Maler Mathias Gerung in Lauingen, welchem Ottheinrich die Ausmalung einer von ihm erworbenen deutschen, noch jetzt in Gotha vorhandenen Bibelhandschrift übertrug. Dadurch erhielt der der schwäbischen Schule angehörige, bedeutende Meister Gelegenheit, eine grosse Anzahl farbenprächtiger Miniaturen zu schaffen, die durch Lieblichkeit der Köpfe und schöne landschaftliche Behandlung hervorragen. Besonders reich ist die von einem zweiten Auftrag vom 23. September 1531 herrührende Illustrierung der Apokalypse. Der nämliche Meister gilt auch als Urheber der Kartons[1]) zu den Teppichen mit historischen Bildern, welche Ottheinrich in Lauingen herstellen liess und von denen das baierische Nationalmuseum noch eine Anzahl aufbewahrt. Schon am 10. April 1532 begab sich Ottheinrich mit grossem Gefolge auf den Reichstag nach Regensburg.[2]) Der Reichstag konnte aber erst am 15. April eröffnet werden und auch da erschienen die protestantischen Stände nicht, von deren Versöhnung die Bewilligung der Türkenhilfe abhing. Die Nähe Neuburgs gestattete Ottheinrich häufig dahin zurückzukehren. Dies geschah am 20. April wegen eines Rennens mit laufenden Rossen.[3]) Gleich darauf am 28. war er wieder in Regensburg auf einer Hochzeit und am 13. Mai ritt er mit Herzog Friedrich und Heinrich von Braunschweig dem Kurfürsten Ludwig nach Neumarkt entgegen, wo sie denselben in Begleitung seines Bruders Wolfgang am 15. Mai mit 300 Pferden trafen. Auch der Kurfürst von Mainz war mit 120 Pferden bei dem Pfälzer und eben da erschien Herzog Philipp und der Bischof von Regensburg.

Mit 486 Pferden übernachteten die Fürsten in Hemau auf Kosten Ottheinrichs und am 18. Mai wurden sie im Auftrag König Ferdinands von Christiems II. erst vierzehnjährigem Sohn Johann, die im August in Regensburg starb, an der Spitze von 1200 Pferden in Begleitung aller anwesenden Fürsten feierlich eingeholt. Von Regensburg riefen den Fürsten Ende Mai Festlichkeiten zurück, die der Einweihung des im letzten Jahr angelegten neuen Gartens gewidmet waren. Er liegt an der Südseite des Schlosses. Das Terrain war durch Ankauf von Obstgärten gewonnen und wurde in den folgenden Jahren durch weitere Käufe vergrössert. Von einem Gerüst herab, auf welchem sich Susanna mit ihren Jungfrauen und den Gästen befand, wurde er

---

[1]) S. Anhang 13.
[2]) Er hatte 60 Personen, aber nur 16 Pferde bei sich, weil er auf der Donau hinabfuhr. Unter den Räten war Dr. jur. Alber und Hans Polner als Kammerknecht.
[3]) Aller Wahrscheinlichkeit nach das von Ottheinrich nach Neuburg verpflanzte Rennen um den Scharlach. Näheres darüber in einem Codex mit Abbildungen im R. A. in München.

am 30. Mai »Fürstengarten« getauft.¹) Zur weiteren Feier folgten Jagden und Tanzvergnügungen. an welchen sich Herzog Philipp bis zum 2. Juni beteiligte. An diesem Tag reiste er auf den ihm neu verliehenen Statthalterposten nach Stuttgart, zugleich um die Rüstungen für den Türkenkrieg zu betreiben. Am 2. Juni begab sich Ottheinrich nach Regensburg zurück und folgte den beiden Kurfürsten von Mainz und Pfalz nach Nürnberg nach, wo dieselben mit Johann Friedrich von Sachsen und dem Herzog von Lüneburg über einen Frieden in Religionssachen unterhandelten. Ottheinrich rühmt, dass die Nürnberger ihm »viele Ehre angethan haben«. Er mag ein guter Käufer gewesen sein und Sinn für die Schätze der kunstreichen Stadt gezeigt haben, dürfte aber auch als Verkäufer von Land und Leuten von den ausdehnungslustigen Bürgern warm gehalten werden.

Er blieb bis zum 8. Juli und kehrte dann nach Neuburg zurück wegen der Vorbereitungen zu seinem Feldzug gegen die Türken und um Gastfreundschaft zu üben gegen die seit dem 9. Juli in grosser Zahl durchziehenden Fürsten, Grafen, Herrn und Edelleute und »auch sonst viel guter Gesellen, den Ich gut schirr hab gemacht«. Unter den durchziehenden Fürsten nennt Ottheinrich seinen Bruder, die Markgrafen Friedrich von Brandenburg und den Landgrafen von Nellenburg. Neuburg selbst war der Sammelplatz für 12 Fähnlein Knechte, die der Kaiser besoldete und die Ottheinrich zur Schau vorgeführt wurden. Die Aufregung im Reich war ganz ungewöhnlich, wie auch die Bewilligung von 40,000 Mann zu Fuss und 10,000 Reitern eine ganz unerhörte war. Ottheinrich selbst war von religiöser und patriotischer Begeisterung erfüllt an dem Türkenkrieg teil zu nehmen entschlossen. Er wollte den christlichen Glauben gegen den Erbfeind der Christenheit verteidigen und Deutschland retten helfen. Mit 60 Mann und 51 Pferden und »Tragseln« verliess er am 7. Oktober, nachdem er einen Statthalter mit Regierungsvollmacht versehen hatte, Neuburg auf Flössen die Donau hinabfahrend.²) Er sagt: »Bin auf mein eigen Kosten auszogen, dormit Ich het dest bass mögen bey allen Handlungen seyn, etwas sehen, auch zu lernen.«³)

Schon am zweiten Tage brachen die Flösse und die Pferde mussten zu Land nach Regensburg vorausgeschickt werden. Ottheinrich selbst ritt nach Kelheim, nahm einen Wagen und fuhr mit Bert von Hürnheim und einem Edelknaben Klaus Erlebeck und seinem Barbier weiter. Aber bald brach der Wagen, sie fielen herab, doch ohne Schaden zu nehmen und requirierten nun einen Mistwagen, auf dem sie bis oberhalb Straubing ins Dorf Pfatter fuhren. In Straubing fand Ottheinrich gastliche Aufnahme im Schloss Herzog Ludwigs, der ein schönes Gestüt daselbst hatte und übernachtete dann im Kloster Niederaltaich, das einst dem Fürstentum Neuburg zugeteilt gewesen war, aber nachträglich bei Baiern verblieb. Schon auf dem Weg nach Passau am 11. Oktober kamen ihm Landsknechte und Reiter entgegen, die ihm und den Seinen zuriefen: »kert wieder umb, es hot das gantz Kriegs Volk Urlaube.« Das erfuhr dann Ottheinrich zu seinem Schmerz in Passau. Er beschloss, dem Inn entgegen und von da über Landshut und

---

¹) Tagebuch: »Den 30. Tag (Mai) haben wir den Garten bey Sanct Jörgen in der Vorstatt mitt sambt dem Frauenzimmer und Diterlin, auch ander vom Adell auff ein Bau dauft und heisst der Fürstengart.« Darnach sollte man schliessen, dass ein adeliger Herr Diterlin den Plan zu dem Garten gemacht hat. Aus gelegentlichen Äusserungen Ottheinrichs in München über den dortigen jetzt sog. englischen Garten zu schliessen, dürfte dieser Muster gewesen sein. Schon am 9. April war Hans Roder von Nördlingen auf 3 Jahre als Gärtner mit 24 fl., 2 Hofkleidern, 1 Schuff Kernen und 4 Eimer Bier angestellt worden. Der Garten wurde durch Ankauf von Haus und Garten am 7. April 1533 erweitert. Kb. 112, S. 122.

²) Ihn begleiteten Jörg Wilhelm von Leonrod, Bert von Hürnheim, Wolf Eberon von Scherneck, Corbinian Bullinger, ein Böhme Namens Petersy Gutwasser, der seitdem in Ottheinrichs Gefolge erscheint, der Braunschweiger Ciriakus Hornig und 4 Edelknaben. Einer der Letztern und Hornig erlag der Pest.

³) Sein Interesse an allem Neuen und Wissenswürdigen bezeugt auch die Befreiung des Juden Groman von Oberndorf vom Judenzoll »dieweil er uns jetzo ein Kunst gelernt hat.« 3. März 1531. N. Kb. 111, S. 226.

Freisingen heimzukehren. Die ihm noch unbekannte Gegend, die Schlösser ihm bekannter Edelleute, der Salm in Neuburg am Inn, des W. Thannhäusser in Schärding und des Hans Baumgartner von Augsburg bei Braunau zogen ihn an, besonders aber die weitberühmte Ofenindustrie in Braunau, woher er alsbald für das Schloss in Neuburg eine Anzahl von den Öfen[1] bezog, die gegenwärtig das Entzücken der Kenner sind. Über Landshut und Freisingen kam er am 18. Oktober nach Neuburg zurück. Die durch den Krieg verbreitete Pest hatte ihm schon in Freisingen einen Edelknaben weggerafft und noch in Neuburg starb ein Sekretär daran, der den Zug mitgemacht hatte; doch verbreitete sich die Seuche nicht weiter.

Die unerwartet schnelle Rückkehr des Fürsten ersparte wohl bedeutende Ausgaben, doch hatten trotz der vom Land getragenen Türkensteuer, von der nur die Besitzungen der Universität Ingolstadt frei blieben, 18,371 fl. durch Anlehen aufgebracht werden müssen. Davon mussten 6594 fl. noch im Jahr 1532 zurückbezahlt werden; 11,877 fl. waren laufende im Jahr 1533 heimzuzahlende Schulden, so dass, weil 3000 fl. gekündigtes Kapital abgezahlt werden musste, noch 26,000 fl. neue hypothecierte Schulden neben der grossen Last der schwebenden Schuld sich ergeben. Von diesen mussten unter dem Einfluss des Krieges zwei Drittteile mit 6 oder 7 und selbst 10 % verzinst worden. Die wirtschaftlichen Anlagen treten gegen diesen Aufwand weit zurück. Es wurden zwei seit dem baierischen Krieg öde liegende Mühlen wieder besetzt, darunter die zu Riedensheim mit einigen Fischweihern, in welchen Ottheinrich Forellen und Sälmlinge gross zog. Der Müller hatte die Auflage, die Fische nach der Vorschrift eines Eichstädter Domherrn zu futtern. Die aus den Weihern rührenden Geschenke an die bairischen Fürsten bürgen für den schönen Erfolg der Zuchtanstalt, welche durch junge Fische aus den baierischen Flüssen und Seen ihren Nachwuchs erhielt. Eine wirtschaftliche Anlage ist auch die Konzessionserteilung für Bergwerkbetrieb an Schwabacher Bürger, die zugleich für ihr Produkt an Eisen und Stahl freie Bewegung durch die Grafschaft Graispach und auf der Donau erhielten. Der Schlossbau muss in diesem Jahr schon in einzelnen Teilen, wenn wir die Ofenlieferung richtig deuten, seiner Vollendung nahe gewesen sein. Von Ottheinrichs künstlerischem Geschmack gibt auch der Vertrag mit einem Nürnberger Plattner Hans Knigler[2] Zeugnis, der eine Prachtrüstung für Mann und Ross liefern sollte. Unter Ottheinrichs Namen existiert eine durch ihre Arbeit hervorragende Rüstung in der Ambraser Sammlung in Wien, die bei dieser Gelegenheit erwähnt zu werden verdient, ohne dass wir sie mit der Bestellung in Nürnberg in Verbindung zu bringen gedenken. Sie legt immerhin gleichfalls für Ottheinrichs Interesse an schönen Werken der Industrie Zeugnis ab.

Während das Jahr 1532 von den mit dem Angriff der Türken zusammenhängenden Angelegenheiten erfüllt ist und durch den Nürnberger Religionsfrieden dem religiösen Gegensatz seine Schärfe nahm, ist das folgende Jahr beherrscht von den mit dem Ablauf des schwäbischen Bunds zusammenhängenden Verhandlungen, von denen auch Ottheinrich nicht unberührt blieb. Teils die schweren Lasten, welche der Bund seinen Gliedern auferlegte, teils die religiösen Interessen der süddeutschen Städte, welche im schmalkaldischen Bund bessern Schutz fanden, teils der Widerstand Baierns einerseits und der Schmalkaldner andrerseits gegen die Anerkennung Ferdinands als römischer König, riefen einen weitverzweigten Widerstand gegen die von Östreich gewünschte Erneuerung des schwäbischen Bunds hervor. Mit bewusster Absichtlichkeit strebte der Landgraf von Hessen nach Auflösung des Bunds, um seinen Freund den Herzog Ulrich in sein Land wieder einsetzen zu können. Wenn auch von ganz andern Gründen bestimmt waren auch seine Nachbarn Pfalz, Trier und Mainz wenig geneigt, den schwäbischen Bund zu

[1] S. Anhang 14.
[2] S. Anhang 15.

erneuern und sagten sich schon während des Reichstags zu Regensburg zu, gemeinschaftlich auf Auflösung des Bunds hinzuwirken. Sie verabredeten eine Einung anderer Art an seine Stelle zu setzen und schlossen am 8. November 1532 die sogenannte rheinische Einung, die sich von den früher und später üblichen Erbeinungen nicht unterschied, sondern gegenseitige Hilfe und gütliche Beilegung von Irrungen an die Stelle des Bundesgerichts und anderer Institutionen des schwäbischen Bunds setzte. Köln, Würzburg, Bamberg und Brandenburg wurden sofort zum Beitritt aufgefordert und den Gesandten der Bundesglieder gemeinsame Instruktionen gegeben, die auf Hintertreibung der Erneuerung des schwäbischen Bunds durch Verschleppung infolge mangelnder Instruktion hinausgingen. Da es von Wert war, alle Fürsten des pfälzischen Hauses zum Eintritt in die Rheinische Einung zu bewegen, so sollten auch Ottheinrich und Philipp dazu zugefordert werden. Kurfürst Ludwig und Herzog Friedrich hielten aber wegen des intimen Verhältnisses ihrer Vettern zu Baiern Vorsicht für notwendig und beschlossen vorerst über die Geneigtheit zum Beitritt zu sondieren. Dazu ergab sich die Gelegenheit, als Ottheinrich um Mitteilung der Instruktion der Pfälzer Gesandten auf dem schwäbischen Bundestag bat und die Absicht, sich denselben anzuschliessen, kund gab. Ottheinrich trug jedoch Bedenken, wenn er allein an der Donau dem Bunde angehöre und deutete darauf hin, ob nicht auch Baiern zum Beitritt aufzufordern sei. Man kannte im Allgemeinen die geringe Neigung Baierns, Oestreich durch den schwäbischen Bund auch fernerhin eine Stütze zu geben, von der wahren Absicht aber, die Einwilligung von der Ausstattung Herzog Christophs in Württemberg abhängig zu machen, war Niemand unterrichtet, als der Landgraf, der aus den Verhandlungen wegen Ulrichs mit Baierns Zielen bekannt war. Es schien aber wohl des Versuchs wert, Baiern herüber zu ziehen. Ottheinrich erhielt daher den Auftrag, im tiefsten Geheimnis Baiern zu sondieren und begab sich zu dem Ende am 6. Januar nach München.[1]) Herzog Friedrich war auf den Ausgang so begierig, dass er Ottheinrich am 16. Januar nach Freisingen entgegenkam. Da Baiern keine Aussicht bot, so sollte über Ottheinrichs Lage infolge dieser Isolierung am 25. Januar in Neumarkt beraten werden. Als hier Ottheinrich seine Bedenken nicht überwinden konnte, wurde auf 5. Februar eine Zusammenkunft der meisten Pfälzer Fürsten in Heidelberg verabredet, die unter den Fastnachtsbelustigungen[2]) verborgen werden konnte. Hier erklärte sich Ottheinrich trotz der unbestimmten und wenig Aussicht bietenden Erklärung Baierns bereit, der rheinischen Einung beizutreten und hielt die Sache damit für abgemacht. Da er es aber unterliess, seinen Beitritt schriftlich anzuzeigen, so wurde er und Philipp nicht aufgenommen. Das erfuhr Ottheinrich zu seinem grossen Befremden, als beim Tod des Bischofs von Würzburg dessen Nachfolger am Sonntag nach Allerheiligen 1533 seinen Beamten durch gedrucktes Mandat die Rheinische Einung bekannt machte, in welcher Neuburg nicht unter den Verbündeten aufgezählt wurde. Auf seine Beschwerde erhielt dann Herzog Friedrich Auftrag mit Ottheinrich abzuschliessen und zu diesem Ende erschien dessen Kanzler am 3. Januar 1534 in Neuburg, worauf der Beitritt erfolgte. Brandenburg war schon 1533 beigetreten und Bamberg folgte am 25. Februar 1534, als die Hoffnung auf Erneuerung des schwäbischen Bundes verschwunden war.

Auf die unruhigen Wintertage, die Ottheinrich nach München, Neumarkt und Heidelberg geführt hatten, folgte ein ebenso bewegter Sommer und Herbst. Am 27. April trat Ottheinrich mit Gemahlin und zahlreichem Gefolge eine Reise in das Wildbad an, auf welcher er in Württemberg, wo Philipp Statthalter war, aufs zuvorkommendste empfangen wurde. Nachdem

---

[1]) Th. »Hat ein gehaim Geschäft wegen einer Aynung.«

[2]) Tb. 10. Februar 1533: »Hatten ein grossen Dantz auf dem Hauss zu Haydelberg, hatten die Edelleuth geladen.« »Am andern Tag hat mein Herr Pfalzgraff ein Dantz auf dem Schloss zu Haydelberg.«

Susanna im Wildbad installiert war, eilte Ottheinrich weiter von dem neu in ihm geweckten kriegerischen Interesse getrieben, nach Strassburg, das die in Italien umgewandelte Befestigungskunst auf deutschen Boden verpflanzt hatte. Mit dem höchsten Interesse betrachtete Ottheinrich die an die Stelle der Ringmauer¹) und der Türme getretenen Basteien, die über die Ringmauer vorsprangen, und das Arsenal der Stadt, das 80 Geschütze auf Rädern aufwies. Von der Stadt nach seinem Rang geehrt und von seinem Ausflug höchst befriedigt, kehrte er über Liechtenau und Baden, wo Markgraf Philipp krank im Bade lag, nach Wildbad zurück. Der Aufenthalt daselbst wurde durch Zusendung von Wild durch Herzog Philipp, Markgraf Philipp, Bischof Georg und andere, sowie durch die zahlreiche Badgesellschaft angenehm gemacht. Der »Badgesellen« waren über 100, unter ihnen Herzog Friedrich, der Deutschmeister von Kronberg und Herzog Wolfgang, auch viele Herrn und Frauen von Adel, die sich »mit Jagd, Spiel, Schiessen und anderer Kurtzweil« ergötzten.

Auf dem Heimweg kam Susanna zum ersten Male in Ottheinrichs Oberland und wurde dort mit besondern Ehren empfangen. Auf Frohnleichnam, den 11. Juni kam das fürstliche Paar nach Dillingen und nahm an der Prozession teil, in welcher der Bischof selbst das Sakrament trug. Die Rückkehr erfolgte am 12. Juni. Doch schon am 6. Juli führten Ottheinrich unbekannte Geschäfte wieder nach Lauingen zu einer Zusammenkunft mit Herzog Philipp. Diesem Ausflug folgte am 21. Juli ein Zug nach München zum Rennen um den Scharlach, zu dem sich auch Herzog Friedrich einfand. Herzog Wilhelm bot Alles zu Ehren seiner Gäste auf, die mit Jagen, Schiessen, Tanzvergnügen, Musik und Banketten im Garten unterhalten wurden. Am Rennen, bei dem sich Ottheinrich mit seinem »Falchen« beteiligte, nahmen 9 Pferde teil. Unter Abhaltung von Jagden an verschiedenen Orten begleitete Herzog Wilhelm mit Gemahlin seine Gäste nach Neuensteg an die Donau. In Erwartung eines Besuchs seiner baierischen Verwandten kehrte Ottheinrich nach Neuburg heim und bewirtete dieselben vom 13. August an in der Grünau, wo sie mit einem Gefolge von 100 Pferden erschienen. Es fehlte nicht an Jagden und Tanzvergnügungen, an denen ausser den 2 Fürstinnen 16 Edeljungfrauen der beiden »Frauenzimmer« sich beteiligten. Nachdem die Gäste zu gleichen Festen nach Ingolstadt begleitet worden, folgte Ottheinrich allein einer Einladung Herzog Ludwigs nach Landshut und begab sich mit diesem dann zu neuen Jagden nach München. Nun wurden in den Gegenden der Ach und Mangfall, die aus dem Tegernsee kommt bei Aibling und Hohenkirchen gejagt und auch Naturmerkwürdigkeiten besichtigt. So das halb versunkene Schloss Vallei²), der Tegernsee, an dessen Ufer das für wanderkräftig geltende St. Quirinusöl erwähnt wird und die prächtige Abtei Tegernsee selbst. Erst am 25. September machte sich Ottheinrich auf den Heimweg; seine Jagdlust war so gross, dass er pürschend nach Neuburg heimkehrte und sofort mit Susanna zur Hirschbrunst in die Grünau zog, wo damals ein Bau im Gang war, zu dem schon im März 7000 Stück farbiger Backsteine³) bestellt worden waren. In den August dieses Jahres fällt die Heimzahlung der 32,000 fl. Wittwengeld Susanna's durch den Vormund von deren Kindern erster Ehe, den Markgrafen Georg von Brandenburg. Für das Geld wurden Burg Langfeld, Kalmüntz und Schmidtmühlen verpfändet. In der Urkunde darüber verpflichtet sich Ottheinrich, wenn Susanna vor ihm sterben sollte, diese Summe 2 bis 3 Jahre nach diesem Termin heimzuzahlen und unterdessen 5% Zins zu zahlen. Er stellte auch eine Erklärung darüber aus, dass er nun nur noch 32,000 fl.

---

¹) Ottheinrich zählt 12 Basteien und Schüten (?) auf, die alle in der Ringmauer sich befinden, bis auf eine, durch welche ein Thor geht. Das ist wohl die spätere Citadelle. »Jede Bastei«, sagt er, »ist 100 Schritte lang und 45 Schritte breit«.

²) Nach ihm nennen sich die Grafen von Arco-Valley.

³) N. Kb. Vertrag mit Balthasar Vogler in Wemdingen 7000 Backsteine zu liefern, teils zu 8, teils zu 11 fl. p. mille. 3. März 1533.

Aussteuergeld und 10,000 fl. Morgengabe mit 5 % verzinslich an Brandenburg zu fordern habe. Die Verpfändung der genannten Ämter sollte den Kindern erster Ehe Susanna's ihr Erbrecht sichern und sie dürfte vielleicht die Ursache der persönlichen Zusammenkunft mit Philipp im Juli gewesen sein. Diese Ämter scheinen daher nicht bis zur Höhe des Zinsbedürfnisses verpfändet gewesen zu sein. Ueber die Verwendung des Geldes ist nichts zu finden. Es kann aber vielleicht auf dieselbe aus der Finanzwirtschaft geschlossen werden. Denn die Kopialbücher weisen Anlehen im Betrage von 28,820 fl. nach, wovon 11,877 fl. aus dem Jahre 1532 stammende laufende Schulden zu bestreiten waren und weitere 950 fl., die noch im Laufe des Jahres heimbezahlt wurden. Da nun 15,998 fl. zur Verwendung übrig bleiben, darunter 7970 fl. laufende im Jahre 1534 heimzuzahlende Schulden, so bleiben nur 8028 fl. fundierte Schulden, was angesichts des fortgehenden Schlossbaus so unbedeutend ist, dass wohl das Wittwengeld in's Schloss verbaut worden sein dürfte. Da für 1892 fl. Land angekauft und 300 fl. Schulden heimgezahlt wurden, so würde die Finanzlage günstiger als je erscheinen, wenn nicht die 32,000 fl. in Ausgabe gerechnet werden müssten.

Die am Anfang des Jahres 1534 allgemeine Beunruhigung, welche in Folge des Ausgangs des schwäbischen Bunds in Oberdeutschland herrschte, spiegelt sich in dem äussern Leben Ottheinrichs sehr wenig ab. Denn ihn beschäftigte die Ausrüstung einer Hochzeitsfeier, wie es scheint, einer der Edeljungfrauen Susannas, Veronika von Lamming, die mit Hans Christoph von Kloss vermählt wurde. Die erwarteten Gäste aus der Verwandtschaft der Braut wie Susannas blieben grösstenteils aus, Herzog Wilhelm, weil seine Gemahlin erkrankte und so erfüllte sich Ottheinrichs Erwartung von dem Feste nicht.

Ebenso lebhaft wie sonst betrieb er in diesen winterlichen Zeiten die Jagd. Unter den Resten eines Briefwechsels mit den baierischen Brüdern, der von 1534 bis 1538 reicht und schätzenswerte Nachrichten enthält, zeigen die Briefe aus dem Januar, wie eifrig die Jagd auf Wölfe[1], die sonst nicht erwähnt wird, in diesen winterlichen Zeiten betrieben wird, deren Ausbeute Herzog Wilhelm zum Ausstopfen zugesendet wird. Nachbarliche Irrungen, (»hat etliche Händel auszurichten«) führten am 20. Januar Ottheinrich nach München, wobei Jagd, Schiessen und Schlittenfahren nicht zu kurz kamen. Bald nach der Rückkehr, am 4. Februar führte die Fastnacht Ottheinrich mit Susanna zu den Verwandten nach Anspach, woselbst vom 12. bis 21. Februar zugebracht wurde. Die Gäste wurden von Markgraf Georg mit Pauken und Trompeten eingeholt und ebenso hinweggeleitet. Es war der erste Besuch Susannas bei den Verwandten und die Zeit verlief aufs Heiterste, wie auf einer »richtigen Fastnacht« mit Tanzen, Rennen und Stechen.

Die Kehrseite der Fastnacht, die Fastenzeit, zeigt uns Ottheinrich und Susanna auf Sonntag Lätare, den 15. März auf einer Wallfahrt nach Unser L. Frauen zu Beinberg bei Pötmes. Daselbst hörten sie Messe und kehrten am folgenden Tag nach Neuburg zurück. Wir werden nicht irren, wenn wir auch in diesem Zug eine Hinweisung auf die bis jetzt kinderlos gebliebene Ehe finden, aber er zeigt auch die ungeschwächt altkirchliche Richtung Ottheinrichs. In dieser Zeit begannen die Absichten Landgraf Philipps, mit welchem Baiern wegen Württemberg in lebhafter Unterhandlung stand, sich deutlicher abzuzeichnen. Diese Angelegenheit führte auch Ottheinrich am 17. April wieder nach München, um wegen einer Einung der Nachbarn an der Donau, die an Stelle des schwäbischen Bundes treten sollte, mit den Herzogen zu verhandeln, welche im Januar den schwäbischen Bund endlich auch aufgegeben hatten, weil Östreich auf

---

[1] Die Wolfsjagd wurde als Treibjagd mit Hilfe von Bauern betrieben, die Tiere in Netze gejagt und mit Schweinspiessen erstochen.

ihre Pläne der Einsetzung Christophs an Herzog Ulrichs Stelle nicht hatte eingehen wollen. Denn die Beunruhigung über Landgraf Philipps Rüstungen, die Anfang April allgemein bekannt wurden, trieb die Fürsten nördlich und südlich der Donau dazu, Schutz bei einander zu suchen. Am 30. April versammelten sich in Eichstädt Herzog Friedrich und Ludwig von Baiern, Markgraf Georg, der Bischof von Bamberg und Ottheinrich und verabredeten eine Einung, der wegen der Oberpfalz auch Kurpfalz angehörte, zur Aufrechthaltung des Landfriedens und zum Schutz der Verbündeten in ihrem Recht und Besitz, worunter namentlich wegen Brandenburgs auch der Genuss des Religionsfriedens zu Nürnberg gerechnet wird. Der Bund war definitiv auf 10 Jahre abgeschlossen. Der Vorsitz wechselte jährlich und fing mit Kurfürst Ludwig und Herzog Friedrich an. Die Zahl der zu stellenden Mannschaft ist in dem einzigen bekannten Exemplar der Einung nur für Bamberg und Baiern angegeben, scheint also noch näheren Verhandlungen überlassen gewesen zu sein. Abgeschlossen wurde er in der Zeit der drohendsten Gefahr, am 4. Mai 1534.[1]) Die Versammlung war zahlreich gewesen, da Ottheinrich 300 Pferde als Gefolge nennt. Er selbst mit Herzog Ludwig und Georg begab sich nach dem Abschluss mit einem Gefolge von 100 Pferden am 5. Mai nach Neuburg, wo er trotz der unruhigen Zeit ein Rennen mit »lauffenden« Rossen, also das bekannte Rennen um den Scharlach veranstaltet hatte. Herzog Wilhelm hatte auch erscheinen sollen, aber es ist begreiflich, dass er bei dem Stand der württembergischen Sache in diesem Augenblick München nicht verlassen konnte. Denn am 23. April war Landgraf Philipp von Kassel ausgezogen und stand am 12. Mai in Neckarsulm an der württembergischen Grenze. Herzog Philipp, der Statthalter Ferdinands, hatte frühzeitig die Gefahr erkannt, aber Ferdinand war wenig im Stande, ihn mit Geld zu unterstützen. So war der Gegner des Landgrafen um die Hälfte schwächer, stand aber schon am 1. Mai zur Abwehr des Anfalls an der Grenze. Beim ersten Zusammenstoss erhielt Herzog Philipp, dem das Pferd unter dem Leib erschossen wurde, durch eine Kettenkugel eine schwere Verwundung an der Fusssohle und am Bein und musste aus dem Treffen geschafft werden. So fehlte dem Widerstand die Seele und das Kriegsvolk verlief sich nach dem ungünstigen Zusammentreffen bei Lauffen am folgenden Tage rasch. Herzog Philipp war auf den nahen Asperg gebracht worden, der blokiert wurde, während in raschem Lauf alle festen Plätze des Landes dem Sieger in die Hände fielen. Schon Ende Mai konnte sich Landgraf Philipp vor den Asperg legen, der nach heftiger Beschiessung sich ergab. Herzog Philipp lag dort auf den Tod krank und bewilligte seiner Umgebung die Übergabe, obgleich er entschlossen gewesen, selbst die Gefahr des Sturms auszuhalten und sein Leben auch auf dem Siechenbette in die Schanze zu schlagen. Die Wunde hatte brandig zu werden gedroht, so dass seine Umgebung Ärzte von Augsburg und Nürnberg verlangte, die Ottheinrich auch ins Lager der Kriegsfürsten Philipp und Ulrich sendete. Allein diese hatten offenbar Kunde von der Absicht, Herzog Philipp auf diesem Wege auch Nachricht von Ferdinand zukommen zu lassen und verweigerten die Entlassung unter dem Vorwand, dass sie selbst einen berühmten Wundarzt hineinschicken wollten. So konnte Herzog Philipp die durch Kurfürst Ludwig bei Ferdinand erwirkte Erlaubnis, sich vom Asperg zu entfernen, nicht mitgeteilt werden. In Folge der Kapitulation am 7. Juni erhielt er jedoch die Freiheit, sich hinwegzubegeben, musste sich aber verpflichten, 6 Monate lang nicht gegen die Fürsten zu dienen. Über Schorndorf und Lauingen wurde nun Philipp nach Neuburg gebracht, wo er am 11. Juni ankam. Die Wunde heilte zwar zu, aber sie brach wegen der schlimmen Säfte des Kranken immer wieder auf und Herzog Philipp blieb sein Leben lang ein siecher Mann. Kurfürst Ludwig und sein Haus wären nach der Einung mit Östreich von 1518 verpflichtet gewesen, Ferdinand mit 200 zu

---

[1]) S. Ph. E. Spiess Geschichte des kaiserl. 9jährigen Bunds von 1535—44 S. 9.

Ross und 1000 zu Fuss zu Hilfe zu kommen. Er beeilte sich aber, seinem dem Landgrafen in Darmstadt gegebenen Versprechen[1]) nach nicht, die Hilfe zu bringen, zu welcher Ottheinrich 85 Pferde unter Haug von Parsperg abgesendet hatte. Weil die Schlacht bei Lauffen schon 2 Tage vor ihrer Ankunft geliefert worden, nahmen die Pfälzer das zum Vorwand und zogen wieder heim. Der Kurfürst, der 1521 gegen die Belehnung Ferdinand's mit Württemberg mit seinen Kollegen protestiert hatte, zeigte auch jetzt keine Lust, sich für Ferdinand einzusetzen, dagegen war er eifrig bemüht, den Frieden zu vermitteln. Doch führten weder seine Bemühungen noch die der am 17. Juni zu Augsburg von Baiern wieder versammelten Mitglieder des schwäbischen Bundes, unter denen auch Ottheinrich war, zum Frieden, sondern die Vermittelung des Kurfürsten von Sachsen, der dafür zu Kadan Ferdinand als römischen König anerkannte. Die Einsetzung Ulrichs war ganz gegen Baierns Absicht durchgesetzt worden und dessen Politik gegen Ferdinands Stellung als römischer König total missglückt. Aber der Leiter der baierischen Politik hat sich stets einen Ausweg offen zu erhalten gewusst und schon am 11. September 1534 kam ein enges Freundschaftsverhältnis mit Oestreich zum Abschluss, das trotz der Perfidie der baierischen Politik zur Versöhnung bereit sein musste, um im Südwesten des Reichs nicht ganz isoliert zu sein. Der Friede war auch Ottheinrich willkommen, der seinen Bruder aus der Gefahr gerettet sah und froh war sich seinen eigenen Angelegenheiten wieder zuwenden zu können. Er bittet schon am 5. Juli um Ueberlassung von Wilhelm's Zeugmeister Friedrich Pantner, den der Krieg nicht mehr in Anspruch nehme, da er ihn zur Wiedereinrichtung seines Wasserwerks in Neuburg verwenden möchte. Diesem Wunsche willfahrt Herzog Wilhelm und Ottheinrich dankt für die Aussicht, Neuburg nun »höchlich« mit Wasser versorgt zu sehen.

Am 19. Juli finden wir Ottheinrich zur Jagd in Grünewald bei Herzog Wilhelm und am 27. nimmt er in München mit 3 Rossen selbst an dem veranstalteten Rennen teil. Nach seiner Rückkehr am 29. Juli spielt erst die Hirschjagd eine grosse Rolle, dann begiebt er sich am 16. August zu Herzog Friedrich auf ein Schiessen nach Neumarkt. Unterdessen war Herzog Wilhelm in Braunau gewesen und sendete von da seinen Vertrauten Sigmund Lösch zu Ottheinrich damit er ihm am 23. zu ihm nach Starnberg geleite, wo er ihm »mit Fischen, Jagen und in ander wegs freundliche und guete Gesellschaft« leisten wolle. Als Begleiter bittet sich Herzog Wilhelm Jörg von Wemdingen und den Jägermeister Ulrich Porsch aus. Der 22. August findet Ottheinrich schon unterwegs, wobei er das Schloss Hilbertshausen bei Schellenberg besichtigt und kommt am 23. nach Starnberg zu Herzog Wilhelm und Gemahlin. In den folgenden Tagen werden Fahrten auf dem See gemacht und die Umgegend bis nach Weilheim und Murnau besucht. Auch dem berühmten Wallfahrtsort mit dem heil. Blut des Klosters Andrechs dem sog. Heiligenberg am Ammersee stattet Ottheinrich einen Besuch ab, der keinen merkwürdigen Ort unbesichtigt lässt. Erst am 12. September kehrt er über München vollbefriedigt nach Hause zurück. »Ich hab auch alle Kurtzweil gehabt mit Jagen, Fischen, Birsten und was zum gejägd gehört.«

Nach seiner Rückkehr bezog Ottheinrich mit Gemahlin und Bruder die Grünau und lud Herzog Wilhelm dringend zur Hirschbrunst ein, da die Hirsche »hie oben« erst später zu »schreyen« anfangen, während Herzog Wilhelm am 24. September, nachdem er bei Grünwald einen Vierzehnender geschossen, berichtet, »dass die guten Gesellen vast age verpuelt haben«.

Die Veränderung aller Verhältnisse in Folge der Auflösung des schwäbischen Bundes zeigt sich auch in der Erneuerung des Schirmvertrags zwischen Neuburg und dem Kloster Kaisersheim, der unter Beihilfe Herzog Wilhelms vom Bischof von Augsburg zwischen Ottheinrich und dem Abt Melchior zu vermitteln begonnen und nach dessen Tod mit Abt Konrad am 26. November zum glücklichen Abschluss gebracht wurde. Das Kloster anerkennt darin Ott-

---

[1] Wille, Philipp von Hessen, S. 158.

heinrich und Philipp als Schirmherrn und diese verpflichten sich, die Religion des Klosters zu erhalten. Die Ansprüche des Klosters auf Gerichtsbarkeit werden geregelt und das Kloster zur Stellung des Aufgebots nach dem Ausschreiben der Fürsten, sowie zur Aufnahme der fürstlichen Jäger je 14 Tage zur Hirsch- und Schweinsjagd verpflichtet. Auf Johanni jedes Jahres zahlt es 600 fl. Schirmgeld. Für die Vermittlung des Vertrags werden an Dr. Leonhard von Eck zu Wolfseck, den baierischen Kanzler, 3 Güter, die diesem wohl gelegen sind und die die Fürsten deshalb vom Kloster Liezheim gekauft hatten, verkauft zum eine Summe, die der Käufer voll bezahlt hat«. Dies ist die Art, wie ein Geschenk in dieser Zeit in versteckter Weise unter dem Schein eines Kaufes gemacht wurde und Eck war berüchtigt für seine Empfänglichkeit für solche Käufe. Im Oktober besuchte Herzog Wilhelm mit Gemahlin Ottheinrich, um an dem Ausfischen des Tattenhäuser Sees Teil zu nehmen. Während dieser Zeit gingen in Augsburg wichtige Dinge vor, da der Rat im Begriff war, zum Protestantismus überzutreten. Mit Besorgnis verfolgte man baierischer Seits diese Absicht, die, seit Württemberg reformiert wurde, bestimmte Gestalt gewann und eine dem Protestantismus günstige Bewegung an der Donau einleitete. Denn am 5. Oktober befragte der Rat die Zunfte und verhandelte selbst wegen der Religionssache. Dies veranlasste Herzog Wilhelm, den Rat nach Ingolstadt zu sich zu bescheiden und verzögerte seine Ankunft in Neuburg. Aber alle Bemühungen Baierns waren vergebens. Augsburg reformierte doch.

Auch zur Zeit der Schweinshaz, wegen der Ottheinrich mit seinem Bruder in Neuenstadt von dem Wald weilte, dauerte derrege Verkehr mit den baierischen Herzogen fort. Beide Fürsten melden wiederholt, dass sie »Herzog Wilhelm und Ludwig einen »guten starken Trunk« gebracht haben. Als Wilhelm im Anfang Dezember sich bei Ingolstadt befand und Ottheinrich zum Schiessen einlud, schrieb er dessen Gemahlin, dass er sich einstellen werde und das Best gewinnen wolle und verspricht Neues von Augsburg. Kaum war Ottheinrich nach Neuburg zurückgekehrt, so sendet Herzog Wilhelm schon wieder einen Edelmann, um die Brüder nochmals zum Schiessen nach Ingolstadt zu bitten, eine Einladung, der auf zwei Tage entsprochen wird. Das freundschaftliche Verhältnis zu Baiern hatte sich also in diesem Jahre nur noch gesteigert.

Die finanziellen Verhältnisse gestalteten sich auch in diesem Jahr, in welchem eifrig am Schloss weiter gebaut wurde, wie die Lieferungsverträge zeigen, wieder ungünstiger, da der ausserordentliche Zuschuss von 32,000 fl. fehlte. Es waren 7980 fl. schwebende, im Jahr 1534 zu zahlende Schulden aus dem Jahr 1533 herübergenommen worden, wofür Deckung gesucht werden musste. Nun wurden im Laufe des Jahres 62,432 fl. geliehen, unter welchen sich aber 2040 fl. befanden, die noch im Jahr 1534 zurückzuzahlen waren, so dass 10010 fl. von den 62432 fl. als Heimzahlung laufender Schulden abzurechnen sind. Von der noch übrigen Summe von 52,422 fl. sind wieder 21,252 fl. schwebende, binnen Jahresfrist d. h. im Jahr 1535 zu zahlende Schulden, so dass auf Pfandschaft geliehene Schulden im Betrag von 31,170 fl. übrig bleiben, die alle zu 5 %, ausser einer Summe von 4000 fl., die 8 % kostete, aufgebracht worden waren. Es war also eine Besserung des Kredits eingetreten, die mit der grösseren politischen Ruhe zusammenhängen mag. Die Förderung der wirtschaftlichen Verhältnisse durch Verleihung von Schürfrecht in der Grafschaft Graispach, durch Verleihung des den Fürsten gehörigen Bergwerks auf Gold und Silber bei Schwandorf, das eine Zeit lang nicht bebaut worden, durch Ankauf von Fischweihern und deren regelmässige Besamung dauerte fort. Für das rüstige Fortschreiten des Schlossbaues im Jahr 1534 spricht die Vergebung der Lieferung von steinernen Fenster- und Thüreinfassungen[1]), der Vertrag über die Deckung des Schneckenturms[2]) des Schlosses mit Kupfer, die

[1]) S. Anhang 16.
[2]) S. Anhang 17.

Bestellung von kupfernen Gefässen auf den Altan, um Wurzgärten zu machen und der Vertrag über die Abholung von »drey puchsen und zugehör, auch ein Thürgerüst!«[1]) und Fenster von Stainwerch in Passau und von 11 Öfen in Braunau, endlich die Bestellung einer Schlagglocke für das Schloss[2]). Unter der Pflege des Bruders war Herzog Philipp im Laufe des Sommers von seinen Wunden wieder hergestellt worden und wir haben beide Brüder wohlgemut im Monat November der Jagd pflegen sehen. Wie es nun kam, dass Herzog Philipp nicht länger die gemeinschaftliche ungeteilte Regierung des Fürstentums gefiel und er auf eine Teilung antrug, ob es ihm an ausreichender Beschäftigung fehlte, oder ob er in Folge seiner langen Abwesenheit neben Ottheinrich zu sehr in den Hintergrund trat, ist aus den vorhandenen Quellen nicht nachzuweisen. Ottheinrich musste sich dem Wunsche des Bruders fügen,[3]) und nach der Sitte der Zeit wendeten sich die Brüder an das Familienhaupt Kurfürst Ludwig, der unter persönlicher Anwesenheit der Brüder in Heidelberg an Weihnachten 1534 einen Vertrag vermittelte, der am 4. Januar 1535[4]) abgeschlossen wurde und die Grundsätze der Teilung feststellte. Es wurde bestimmt, dass Ottheinrich als der ältere $^2/_3$, Philipp $^1/_3$ der Landeserträgnisse erhalten sollte. Alle Akten und Urkunden sollten aber nach wie vor gemeinsam erlassen werden, keiner sollte allein das Land belasten, davon verpfänden oder verkaufen. Das bei den baierischen Herzögen ausstehende Kapital von 140,000 fl. wurde in gleicher Proportion geteilt, aber auch die Lasten und Schulden mussten zu $^2/_3$ und $^1/_3$ von Ottheinrich und Philipp übernommen werden. Auf besonderes Andrängen des Kurfürsten musste Philipp zugestehen, dass nicht nur Geschütz und Zeug in Neuburg ungeteilt blieb, sondern auch, dass die Kleinode und das Silbergeschirr als unveräusserlicher Besitz in Ottheinrichs Hand gelassen wurden. Philipp sollte nur das Notwendigste von Hausrat und Geschirr erhalten. Die Berufung der Landschaft durfte auch nur gemeinschaftlich geschehen; sie musste in Neuburg zusammentreten und ihre etwaige Bewilligung sollte den Brüdern in der gleichen Proportion von $^2/_3$ und $^1/_3$ zu gute kommen.

Nachdem auf diese Weise die Grundsätze der Teilung in Heidelberg festgestellt worden waren, erfolgte in Neuburg die spezielle Teilung durch Vertrag vom 30. März 1535.[5]) Nach diesem Vertrag betrug das Gesamterträgnis des Fürstentums 28,510 fl. Davon erhält Ottheinrich vorweg als Ertrag von Susanna's Wittwengeld von 32.000 fl. den Jahreszins von 1600 fl., so dass 26,445 fl. zur Teilung übrig bleiben. Ein Drittteil davon mit 8815 fl. fällt Herzog Philipp zu, der dafür Lengfeld, Calmüntz, Schmittmühlen, Hemau, Laber, Regenstauff, Schwandorf, Flosserburg Vohendras, Parkstein, Weiden und Sulzbach und 2430 fl. aus dem baierischen Zins erhält. Da diese Aemter und Zinsen aber nur 8643 fl. tragen, so werden ihm für 172 fl. Weinnutzungen

---

[1]) S. Anhang 18. Die Hauptmasse der Steine, marmorartiger Kalk, wurde von baierischen Flössern von der oberen Isar herabgebracht; doch bezog Ottheinrich auch von Hallein Steine für feinere Arbeit.

[2]) S. Anhang 19.

[3]) Leben Philipp's 18: »Im 36 Jahr (ist wohl für 1535 verschrieben) sah ich mein Leuth an meinem Bruedern da ich muesst mit maihnem Brueederen Theillen, den wir wahren vir schuldig Und wass das einkhommen khlein noch wolts mein Brueder damit halten, dann ich gedacht wol, dass zur Regierung vil khente ertragen, Und erkent mir miessen mit grower Schuldt das landt widergeben, wie dan laider geschehen ist, Ich hatte 2 Exemplel vor mir mit der Theillung Pfalzgraf Ludwigen und Pfalzgrafen Friedrichen auch mit Herzog Wilhelm Und Ludtwigen in Bayren, abszuhalten sich Taiblen so fiengen sich die schulden zu mehren.«

[4]) M. H. A. Urkunde 3945. Am 16. Dez. 1534 scheint Ottheinrich noch in Neuburg gewesen zu sein, da Raymund Fugger an diesem Tag einen binnen Jahresfrist zu zahlenden Schuldschein über 600 fl. etlicher Cleinodien wegen erhält. Vom 16. Juni 1534 ist ein Schuldschein über 200 fl. vorhanden für Conrad Grueber wegen Lieferung von »ain guldin Creutzlin mit etlichen Rubinen und andern Edelsteinen besetzt.«

[5]) M. H. A. No. 3946.

[6]) M. H. A. Urkunde 3945.

in Regensburg zugewiesen.[1]) Ottheinrich erhielt den Rest des Landes, der weitaus fruchtbarer und reicher war, aber nicht mehr als ⅖ des Gesamtertrágnisses einbrachte, námlich den Rest des baierischen Zinses und 1600 fl. im voraus eingerechnet, 19,402 fl. Bei der Aufnahme des Ertrags und der auf dem Lande ruhenden Verbindlichkeiten stellte sich heraus, dass 9648 fl. von den Einnahmen für Schuldzinsen und 2530 fl. für Dienstgelder, d. h. Besoldungen und Wartegelder der »Diener von Haus aus« jährlich schon im voraus in Anspruch genommen waren. Von den Schuldzinsen hatte Ottheinrich 6383 fl., von den Dienstgeldern 1686 fl. 42 kr.; Herzog Philipp von den Schuldzinsen 3165 fl. und von den Dienstgeldern 843 fl. 20 kr. zu übernehmen. Dies ergibt die Summe von 12,178 fl. Lasten, bei 28,540 fl. Einnahme, so dass Ottheinrich 11,223 fl. reine Einnahmen übrig blieben, wozu noch die Zinsen aus Susannas Heiratsgut und Morgengabe im Betrag von 42,000 fl. mit 2100 fl. kommen. Demnach konnte Ottheinrich über jährlich 13,333 fl. verfügen. Herzog Philipp hatte 3165 fl. Schuldzinsen und 843 fl. Dienstgelder, zusammen 4008 fl. Lasten bei 8643 fl. Einnahen; ihm bleiben also jährlich 4635 fl. übrig.

Die Gesammtschuldzinsen (9648 fl.) ergeben zu 5 % ein Kapital von 192.960 fl. und wenn die Dienstgelder in Betracht gezogen werden, so betrug der Zins für das Gesammtkapital nicht ganz 6⅓ %[2]). Bei Beurteilung dieser Einnahmen darf aber nicht ausser Acht gelassen werden, dass die Erträgnisse zu einem guten Teil in natura eingingen und dass diese bei Teilungen nach einem sehr mässigen Durchschnitt gerechnet wurden, so dass thatsächlich der Ertrag des Landes bedeutend höher war, als der Anschlag. So traten die Brüder mit dem Jahr 1535 in ganz neue Verhältnisse ein.

Wir sind aber über diese Zeit einstweilen, weil schon 1538 die eigenhändigen Aufzeichnungen oder Briefe Ottheinrich aufhören, mangelhafter unterrichtet, als über die früheren Jahre. Von äusseren Angelegenheiten wird der Abschluss eines Vertrags wegen nachbarlicher Irrungen zwischen Neuburg und Brandenburg vom 3. April 1535 erwähnt, in welchem es sich um »Frais Malefiz und Wildpanrecht« zu Hohentrüdingen und Heidenheim in der Grafschaft Graispach handelt.

Wo sich Ottheinrich aufgehalten, nachdem er Anfang des Jahres wegen des Teilungsvertrags in Heidelberg gewesen, ist bei dem Mangel an Nachrichten nicht zu sagen. Jedenfalls befand er sich wieder in Neuburg als seine Räte am 22. Januar 1535 in Donauwörth mit Ferdinands Abgesandten zusammentrafen und am 30. Januar[3]) mit diesem, dem Kaiser, Kardinal und Erzbischof Mathäus von Salzburg, Bischof Wigand von Bamberg, Gabriel von Eichstett und Christoph von Augsburg, Herzog Wilhelm und Ludwig von Baiern und Georg von Brandenburg, sowie den Domkapiteln der genannten Bischöfe einen Bund auf 9 Jahre schloss in Folge einer vom 18. November 1534 schon an die Obigen ergangenen Aufforderung zu einer Zusammenkunft. Durch diesen Bund suchte sich Österreich, das 1534 mit Baiern seinen Frieden gemacht hatte, aus der durch die Auflösung des schwäbischen Bunds und die rheinische Einung entstandenen Isolierung zu befreien. Die Teilnahme Neuburgs, das in Mitte der paktierenden Staaten lag, ist im Ganzen natürlich, doch ist bei dem Fehlen der Oberpfalz eine gelinde Absonderung von den rheinischen Vettern und der Einfluss Baierns auch hierin zu erkennen. Der 9jährige Bund kam trotz sehr häufiger Bundestage zu keiner rechten Bedeutung und war nicht einmal im Stande, die Streitigkeiten

---

[1]) Nach dem Ingolstädter Vertrag war die Lieferung von 55 Eimern Vogtwein, den das Kloster St. Emmeram in Regensburg an seinen Vogt, den Inhaber von Lengfeld, zu liefern hatte und 42½ Morgen Weinberge bei Regensburg als dem Fürstentum Neuburg zugehörig, erklärt worden. Aus diesen Weingefällen erhielt Herzog Philipp 172 fl. zugewiesen.

[2]) Genau 6,311 %. Wenn die Gesammtlasten zu 5 % kapitalisiert werden ergiebt sich eine Summe von 243,560 fl.

[3] Spiess, Gesch. des kais. neunjährigen Bundes. S. 13.

zwischen Nürnberg, das nachträglich beigetreten war und Brandenburg zu schlichten. Es war recht ein Bund der Fürsten, die sich zuerst einigten und dann erst die Städte auf ihre Bedingungen zuliessen, während diese, der Adel und die Prälaten, im schwäbischen Bundesrat einen bedeutenden Einfluss ausgeübt hatten.

Über die finanziellen Zustände geben die Kopialbücher hinreichenden Aufschluss. Zunächst waren von 1534 noch 21,252 fl. schwebende Schulden vorhanden, die im Jahre 1535 abgezahlt werden mussten, wozu natürlich Geld geliehen wurde. Die Summe aller von beiden Fürsten im Jahr 1535 gemachten Geldaufnahmen beträgt 71,125 fl. Davon sind zunächst 21,252 fl. laufende Schulden im Jahre 1535 heimgezahlt worden. Von dem Rest mit 49,120 fl., von welchen 22,000 fl. auf Herzog Philipp fallen, waren 1000 fl. nur auf einige Wochen geliehen und unter dem Rest von 48,120 fl. befinden sich wieder 9300 fl., die teils im Jahre 1536 (mit 3800 fl.), teils im Jahre 1537 und 38 (mit 5500 fl.) heimzuzahlen waren; also bleiben 38,820 fl. auf Hypotheken aufgenommenes Geld, das grösstenteils (21,300 fl.) nur mit Versprechen von Dienstgeld zu einem dadurch auf 7 und 7$\frac{1}{2}$ % sich erhebenden Zinsfuss erlangt wurde und nur der kleinere Rest von 17,520 fl. konnte zu 5 % aufgenommen werden. Wir werden nicht irren, wenn wir die ungünstige Geldaufnahmen auf Herzog Philipp's Anteil rechnen, der den verhältnismässig grösseren Bedarf hatte.

In den Herbst des Jahres 1535 fällt Herzog Friedrichs Vermählung mit Dorothea, Tochter Christian's II. von Dänemark. Die Hochzeit, bei der Ottheinrich mit dem Kurfürsten die Braut führte, wurde vom 12.—18. September mit grosser Pracht und vielen Festlichkeiten in Heidelberg gefeiert.

Schon früh im Jahre 1536 liess sich der Wiederausbruch des Kriegs mit Frankreich verspüren. Französische Agenten scheinen selbst Ottheinrich angegangen zu haben; er fragt am 9. Januar 1536 Herzog Wilhelm, was er antworten soll. Während Herzog Ludwig Ende Januar zum Kaiser nach Italien reiste, rüstete sich Herzog Ottheinrich zu einem Besuch mit Susanna in München; er musste aber wegen deren Erkrankung abschreiben. Dafür kam Herzog Wilhelm mit Gemahlin vom 26.—28. Februar 1536 zur Fastnacht nach Neuburg, die Ottheinrich in alter Weise mit Rennen und Stechen feierte. Er hatte dazu von Herzog Ludwig 4 Stechgäule und Zeug sich erbeten, die dieser zu schicken versprach, ehe er zum Kaiser reiste, dem er gegen Frankreich dienen wollte. Auch Herzog Philipp hatte wegen des Kriegs in Italien dem Kaiser 1000 Reiter zuzuführen übernommen und die Bestallung erhalten, als seine Wunde wieder aufbrach und seine Dienstfähigkeit zweifelhaft machte. Nun erbot sich Ottheinrich an seines Bruders Stelle zu treten und begab sich deshalb nach Innsbruck, wo er sich am 31. März befand. Doch konnte er seines Bruders Bestallung nicht erlangen und so unterblieb die Anwerbung der Reiter. Da aber Philipp's Gesundheit sich besserte, so entschloss dieser sich, auf eigene Faust dem Kaiser Zuzug zu leisten. Er kam am 18. Mai 1536 mit 130 wohlgerüsteten Pferden und 150 Mann durch Neuburg und traf den Kaiser in Asti, der ihm monatlich 500 Kronen Sold zugestehen wollte. Aber Philipp wies diese Zumutung als Beleidigung zurück, weil Herzog Ludwig von Baiern und Heinrich von Braunschweig den doppelten Sold erhielten und doch hatten diese nicht wie er im Dienste Östreichs Leben und Gesundheit auf's Spiel gesetzt und konnten nicht wie er sich auf ihre Thaten berufen. Aber alle seine Vorstellungen waren vergebens. Noch im Jahre 1537 hatte er nichts erlangt und seine persönlichen Bemühungen in Spanien um auskömmliche Anstellung waren erfolglos. Er hatte seine spärlichen Mittel aufgewendet und es waren ihm nicht einmal die Reisekosten, wie sonst üblich, durch ein Gnadengeschenk ersetzt worden. Diese Umstände verursachten zunächst die Zerrüttung seiner Finanzen, die dann durch seine kostspieligen Reisen nach England, wo er sich um Heinrich VIII. älteste

unheilvollen Kriegszug kam indessen Philipp am 4. November mit zugeheiltem Fuss zurück und hatte wenigstens in dem milden Klima des Südens seine Gesundheit wieder befestigt.
Ottheinrich war den Sommer über mit dem Schlossbau beschäftigt, der noch nicht durchweg unter Dach gewesen zu sein scheint, da er noch am 7. Oktober zwei Schiffe voll Steine aus Salzburg erwartete, die er probeweise kommen liess, so dass daraus noch auf grösseren Bedarf zu schliessen ist. Mit Herzog Wilhelm dauerte der freundliche Verkehr fort, der sich im Austausch von Geschenken und gegenseitigen Einladungen kund gibt. Auf Ende Juni wurde Ottheinrich zum Fischen nach Schliersee geladen, er ist im Juli zur Jagd in München und erhält im August Herzog Wilhelms Besuch zur Hirschjagd in Neuburg. Als Wilhelm sich im Herbst zu Ingolstadt aufhält, sendet Ottheinrich von seinen in Neuburg selbst gezogenen Trauben und später Wein vom eigenen Gewächs nach München. Anfang September ist Ottheinrich wieder bei Wilhelm in Törring und Ende September Herzog Wilhelm mit Frau in Neuburg. Während Ottheinrich im April um Zusendung eines eisernen Schlüssels bittet, mit dem man wütende Hunde brennt, verlangt Wilhelm im November die Zusendung von Ottheinrichs Kirchenschmuck, besonders eines Kruzifixes mit Maria und Johannes, um es copieren zu lassen und Ottheinrich bittet um Überlassung des Meisters Melchior, des Malers Herzog Wilhelms, der ihm sein kleines Stübchen, offenbar im neuen Bau, ausmalen soll und sendet einen Knaben nach München, damit er von dem Hoflautemeister Laute, Geige und Zwerchpfeife spielen lernt, da am Münchner Hofe die Musik eifrig gepflegt wurde. Von allen Vorfallenheiten des äussern Lebens geben sich die Fürsten Nachricht. Als Ottheinrich mit Gemahlin am 26. August beim Bischof von Eichstädt zu Besuch weilt, berichtet er Herzog Wilhelm über die gebotenen Tanzvergnügungen und das unmässige Trinken, zu dem der Bischof ermutigte. Er hat dem Bischof selbst eine ganze Mass Wein zugetrunken, aber man konnte ihm im Trinken dennoch nie genug thun.

Die Geldwirtschaft zeigt in diesem Jahr eine deutliche Minderung des Kredits indem die Zinsen in der Regel durch hohe Dienstgelder vergrössert wurden. Im Ganzen wurden 42,700 fl. aufgenommen, wovon laufende Schulden heimbezahlt und neue derartige Schulden für 1537 gemacht wurden, so dass 35,900 fl. hypothekarische Schulden sich ergeben. Von diesen sind 12,200 fl. zu 5 %, 23,700 fl. zu 7—9 % wegen der versprochenen Dienstgelder verzinslich, so dass die Rente um 1962 fl. gegen 1535 zurückging. Die nutzbaren Anlagen traten gegenüber den Schulden, an denen Philipp mit seinem Kriegszug einen guten Anteil hat, zurück. Zwei Ankäufe von Häusern für 50 fl. und 100 fl., davon eines am Fürstengarten gelegen, kommen nur insofern in Betracht, als sie von der ferneren Pflege des Fürstengartens Zeugnis ablegen. Die Übergabe von 12 Morgen Weinberg am Horrlingberg an einen Weingärtner, der gegen Ablieferung des halben Weinertrags den Weinberg bebauen sollte, deutet auf Versuche, nutzbare Anlagen zu machen, hin. Der Vertrag mit Wörth vom 9. Oktober, welcher gegen Zahlung von jährlich 80 fl. alle im Besitz von Wörth befindlichen geistlichen und weltlichen Güter auf Neuburger Gebiet von Steuern befreit und nur künftige Erwerbungen für die Besteuerung vorbehält, zeigt das Bestreben, sichere Renten an die Stelle zufälliger Einnahmen zu setzen. Mit Baiern werden 1536 ebenfalls nachbarliche Irrungen bei Rain, Burgheim, Neuburg und wegen des Donau Mooses bei Graispach und Wemdingen beigelegt.

Im Jahr 1537 gingen einzelne Teile des Schlosses in Neuburg ihrem Ende entgegen. Eine Anzahl Verträge, die sich darauf beziehen, weisen deutlich auf die innere Ausstattung und letzte Handanlage. Am 9. Juni 1537 verdingt Ottheinrichs Baumeister Hieronymus Wager [1]) die Anfertigung eines eisernen Geländers an den Altan des neuen Baues. Ottheinrich selbst bestellte bei dem

---

[1]) S. Anhang 20.

Organisten Hans Schachinger[1]) in München eine Orgel mit 16 Posaunenpfeifen und verdingt auch die Parketböden[2]) und Wandtäfelung wie die Thürverkleidung in der »grossen Stuben«, der »clainen Stuben« und der Kammer, die demnach geschnitzte Thüreinfassungen erhielten. Von Regierungsmassregeln ist ein scharfes Mandat gegen die Juden in Günzburg zu erwähnen. Ottheinrich hatte eine entschiedene Abneigung gegen die Juden, deren nur ganz ausnahmsweise einer oder der andere in seinem Lande Wohnsitz hatte. Aber im Norden an der Grenze in Franken und im Westen in Günzburg waren sie zahlreich. Sie erhielten, weil man das nicht verweigern konnte, gegen den Judenzoll Geleit und Berechtigung zum Handel; aber Wucher wurde ihnen streng verboten. Sie konnten sich aber desselben nicht enthalten und da sie nur vor den Neuburger Gerichten klagen durften und Klagen in Wuchergeschäften daselbst aussichtslos waren, so versuchten sie es immer wieder, vor dem kaiserlichen Hofgericht in Rottweil wider das neuburg'sche Privilegium zu klagen. Das hatten sie im Jahr 1537 wieder gethan und riefen dadurch ein scharfes Mandat hervor, das sie mit Verweigerung des Geleits und andern Strafen bedrohte, wenn sie nicht sofort ihre Klagen zurückzögen. Als aber die Fürsten in finanzielle Schwierigkeiten kamen, schlichen sich die Juden als Vermittler doch wieder ein und verursachten neue Unannehmlichkeiten. Das geringere Geldbedürfnis dieses Jahres deutet auch auf die Beendigung des Schlossbaues hin. Es wurden nur 20,600 fl. aufgenommen, aber die Bedingungen wurden trotzdem lästiger. Von den 20,600 fl. dienten 2000 um schwebenden, 1536 übernommenen Verbindlichkeiten zu genügen. Von den 18600 fl., die übrig bleiben, mussten 2000 fl. nach einem Jahr heimbezahlt werden, 9600 fl. waren zu 5 % und 9000 nur mit Versprechung von Dienstgeld zu erlangen, so dass sich der Zinsfuss auf 7 % erhebt. In zwei andern Fällen ist das Dienstgeld nicht für fiktive Dienste, sondern für Räte und Diener bestimmt, die nach Tüchtigkeit gewählt waren. Immerhin kosteten auch ohne Einrechnung dieser 2 Ratsbesoldungen die Anleihen von 1537 wieder 1200 fl. der Jahresrente.

Viel grösser war das Bedürfnis im folgenden Jahr 1538, veranlasst vorzugsweise durch Herzog Philipps Werbung um Heinrich VIII. Tochter Maria in England. Es wurden 61,890 fl. aufgenommen, von denen nur 2000 als Abzahlung schwebender Schulden von 1537 und 8000 im Jahr 1538 heimzuzahlenden abgehen, also 51,890 fl. dauernde Schulden sind. Von dieser Summe sind 29,500 fl. zu 5 % verzinslich und 16,320 ausser diesem Zins noch mit Dienstgeldern belastet, so dass im Ganzen 3033 fl. Rente in Anspruch genommen wurden. Dabei sind die 10,000 fl. laufender Schulden, die teils 1537, teils 1538 zur Heimzahlung kamen und 1520 fl., die erst 1540 abbezahlt werden mussten und wie laufende Schulden in der Regel mit 10 % zu verzinsen waren, nicht einmal angerechnet. Durch sie wuchs die Zinsenlast vorübergehend um weitere 1152 fl., die allerdings von den Kapitalaufnahmen getragen werden mussten. Da der Schlossbau im Jahr 1538, wie es nach der an verschiedenen Stellen des Baues auftretenden Jahreszahl 1538 zu sein scheint, auch in seinen jüngsten Teilen im Rohbau, vollendet wurde, so hat auch er an den Kapitalaufnahmen Teil. Das Bedürfnis von Baumaterial in grösserer Menge ist durch den versuchsweisen Bezug einiger Schiffe voll Marmorsteine aus Hallein, den Aufkauf von Eisen und Stahl und von 80,000 Stück Nägeln im Juni 1538 bezeugt.

Im Frühjahr 1538 hatte Ottheinrich, wie früher zu wiederholten Malen einen Bauverständigen des Kurfürsten Ludwig, Namens Opfrigheim, bei sich in Neuburg, in welchem wir vielleicht den Urheber des Planes zum Schlossbau sehen dürfen. Da Herzog Wilhelm von seiner Anwesenheit wusste, so bat er Ottheinrich beim Kurfürsten die Erlaubnis auszuwirken, dass Opfrigheim einen von Wilhelm in Ingolstadt angefangenen Bau besichtige und eventuell die Leitung desselben übernehme. Denn Ottheinrich selbst von Wilhelm um ein Gutachten des

---
[1]) S. Anhang 21.
[2]) S. Anhang 22.

Baues angegangen, hatte als ein »schlechter Werchmann« zur Beiziehung des Heidelberger Bauverständigen geraten. Er erwirkte auch die Erlaubnis, dass derselbe nach Ostern wiederkehren durfte und die Leitung des den Einsturz drohenden Baues in die Hand nahm. Um was für ein Bauwerk es sich in Ingolstadt gehandelt hat, ist nicht zu erkennen, doch deutet das Verlangen Ottheinrichs, dass Wilhelm auf die Zeit der Ankunft des Heidelberger Bauverständigen 300 Mann mit Kärchen, Hacken, Hauen und Schaufeln bereit halten soll auf Erdarbeiten wie bei einem Festungsbau. Eine andere Angelegenheit, die Landgraf Philipp bei Ottheinrich angeregt, beschäftigte Ottheinrich Ende März und seine Vermittlung deutet auf eine engere Verbindung mit Philipp. Von Ottheinrich, der wohl 1537 in Reichenhall gewesen und dort, wie er Philipp schreibt, den Bau, den Herzog Wilhelm dort zum Zweck der Salzgewinnung hatte aufführen lassen, selbst besichtigt hatte, verlangte Philipp, er möge bei Herzog Wilhelm erwirken, dass ihm dessen Bauverständige, um eine Soolquelle zu fassen, überlassen werden möchten. Dies erlangte Ottheinrich leicht, Herzog Wilhelm bedauerte nur, dass er seinen alten 70-jährigen Leonhard Halder nicht selbst schicken könne, sondern die, welche nach dessen Angabe den Bau ausgeführt hätten, einen Zimmermann und einen Maurermeister. Diesen beiden gibt Ottheinrich am 13. April einen Einführungsbrief an Landgraf Philipp mit und rühmt die Grossartigkeit und den Nutzen des Baues in Reichenhall. Neben diesem geschäftlichen Verkehr geht der Austausch von Geschenken fort. Wilhelm sendet Anfang März einige Legel Oestreicher, Ottheinrich einen Salm eigener Zucht und hat schon früher Wilhelm's Gemahlin Fische gesendet. Er selbst erhielt mit den Geschenken durch seinen Edelknaben von Herzog Wilhelm die gewünschten Gartensämereien.

Am 10. Mai trat Ottheinrich mit Susanna eine Badreise nach Gastein an, für welche er sich von Landgraf Philipp einen Zelter hatte schicken lassen, der übrigens später, 26. September lahmte und von Herzog Ludwig verschmäht wurde. Er hatte auf die Kunde von dem Zustande des Tieres Ottheinrich, der ihm denselben dennoch anbot, in seiner derben Weise erwidert: »Hinkende Pferde zu reiten ist nicht unsere Gelegenheit«.

Ueber die Reiseroute verständigte sich Ottheinrich mit dem Bischof Ernst von Passau, der ihm den Weg Donau abwärts und Inn und Salza aufwärts bis Hallein anriet und die Vorbereitung traf, dass Ottheinrich mit Gemahlin von Passau aus in 5 Tagen nach Hallein kommen konnte. Am 17. Mai ist Ottheinrich in Schärding über Nacht, das erste Quartier hinter Passau. Von hier verlangt er Zollfreibriefe für 38 Dreilinge Östreicher, die er für seine Hofhaltung und für 72 Zentner Eisen und die schon erwähnten 80,000 Nägel, die er für seine Bauten in Passau gekauft hat und bittet auch um freie Durchfuhr für einige Schiffe voll Marmorsteine aus Hallein und für 200 Scheiben Salz und für Eisen und Stahl, was er probeweise kommen lassen will. Herzog Ludwig sendet die Freibriefe und wünscht zum Bad alle Wolfahrt, »So dass Sy nach dem auspaden zu Essen und Trinken noch lustiger werden«. Die Badkur, schrieb Ottheinrich aus Gastein am 20. Juni an Wilhelm, habe ihm und Susanna sehr gut gethan, und er werde die Rückreise am 25. Juni antreten, die von Salzburg an ganz zu Wasser vor sich gehen werde.

Der gute Erfolg der Badreise nach Gastein machte Wilhelm Lust, Näheres darüber zu hören, weshalb er auf 26. Juli zu einem Besuch nach München einladet, zum Rennen und zur Jagd und zum Fischen in Wasserburg, Öttingen und Braunau. Ottheinrich hatte aber in Folge seiner Abwesenheit zu viel zu thun und versprach später zu kommen, wenn Herzog Wilhelm nicht etwa selbst nach Gastein wolle und deshalb Ottheinrich sprechen möchte; denn in diesem Falle werde er Alles liegen und stehen lassen. Der Besuch unterblieb, dagegen sagte Ottheinrich ein Zusammentreffen in Augsburg zu, wofür die Ursache nicht bekannt ist. Auch die projektierte Zusammenkunft der Fürsten mit Ludwig zur Hirschjagd in Kehlheim erweist sich als unmöglich, da Wilhelm sich zu krank fühlt. Unterdessen musste sich Ottheinrich auf einen Einungstag mit

Württemberg nach Giengen begeben, wo Markgraf Ernst von Baden, der Stifter der Durlacher Linie, die Vermittlung übernommen hatte. Der Vertrag vom 8. Oktober, datiert von Giengen, zeigt, dass die Reise von Erfolg war. Es hatte sich um Irrungen über Forst und Jagd in den Ämtern Höchstett und Heidenheim gehandelt. Endlich auf 10. November verspricht Ottheinrich nach München zur Schweinsjagd zu kommen, wozu Wilhelm ihn Anfang November eingeladen mit der Bemerkung, dass er die ganze Zeit krank gewesen. Der Besuch fand statt und wurde ziemlich ausgedehnt. Am 30. November sendet Herzog Wilhelm 200 »Lachseln« durch seinen Fischmeister, die aus dem Wurmsee kommen und schreibt, dass er für Ottheinrich »einen starken Trunk gethan« hat. Darauf dankt Ottheinrich am 7. Dezember, erwidert den Trunk und gedenkt auch Wilhelms Mutter und Gemahlin, denen er einen zweifachen starken Trunk bringt. Er hat unterdessen den Besuch des Bischofs von Freisingen gehabt, ist auf der Schweinsjagd in Graispach vom Glück begünstigt gewesen und auch Wilhelm meldet von seinen Jagden, wobei er mit Gemahlin und Fräulein Margareta (vielleicht eine Tochter Markgraf Ernsts von Baden) Ottheinrich wieder einen Trunk zubringt. Der erwähnte heitere und freundschaftliche Briefwechsel wird am 10. Dezember 1538 plötzlich ein sehr ernster. Herzog Wilhelm bezieht sich auf ein Gespräch mit Ottheinrich in Hohenkirchen bei ihrer letzten Zusammenkunft, in welchem Wilhelm wegen Ottheinrichs religiöser Haltung Vorstellungen gemacht hatte. Er will gern glauben, dass, was Ottheinrich ihm über Kurfürst Ludwigs und Herzog Friedrichs religiöse Haltung gesagt hatte, sich thatsächlich so verhalte, wie er ihm gesagt und sendet Ottheinrich die ihm geliehenen Schriften zurück mit der Bemerkung, dass in denselben Gift und Honig gemischt seien. Er will mit seinem Bruder Ludwig reden und sich mit Ottheinrich in dem Handel weiter einlassen und fügt hinzu: »Ist demnach unser vetterlichs vertraulichs und hoch pitten, Euer lieb wöllen sich von dem alten Christenlichen glauben und hergebrachten Ceremonien nit abwenden lassen, sondern standhaft dabei bleiben, wie wir uns genzlich getrösten, Auch gleicherweis hallten und umb Euer lieb freundlich und vetterlich verdienen wöllen.« Datum Pöring den 10. Dezember 1538. Offenbar ist auf die Zulassung lutherischer Prediger in den Hauptorten der Oberpfalz durch Kurfürst Ludwig und Friedrich, die am Ansuchen der Beteiligten im Jahr 1538 gestattet wurde, angespielt. Ottheinrich scheint die katholische Haltung Ludwigs und Friedrichs behauptet zu haben trotz dieser Erlaubnis und bei dieser Gelegenheit Kunde von seiner Lectüre controverser Schriften gegeben und selbst reformatorisch angehauchte Bücher mitgeteilt zu haben. Seine unbefangene Würdigung der Gegner erregt aber Herzog Wilhelms Gemüt und er hatte eine richtige Ahnung von dem Ausgang in Ottheinrichs damals noch schwankender Gesinnung. Diese Angelegenheit verursachte übrigens keine Verstimmung, denn am 24. Dezember ladet Wilhelm seinen Schwager zum Besuch am Sylvester und zur Hochzeit eines seiner Diener, die auf 8. Januar angesetzt war, ein, indem er bedauernd meldet, dass die Zeit zum Waidwerk nicht tauge und dass er deshalb die Feiertage mit seinem Bruder zubringe. Ebenso freundschaftlich bleibt das Verhältnis zu dem derben Ludwig, der über das Geschenk von 2 Fässlein Wein, den Kurfürst Ludwig gesendet, sich äusserte: »Die angezeigten Wein sind irer Guete nach der Fuer kaum wert.« Er sendet Ottheinrich einen rothen Filz zu einem Regenmantel wofür am 26. Dezember Ottheinrich dankt und bedauert, durch eine Tagfahrt wegen Vermittlung einer Heirat 3—4 Tage aufgehalten zu sein und erwähnt, dass er die Absicht gehabt, wegen der württembergischen Sache zu Wilhelm zu reiten und bittet, die darin thätigen Räte bei der Hand zu behalten. Das meldete Ottheinrich auch Wilhelm und sprach ihn zugleich um eine Summe Geldes an, die ihm am 31 Dezember 1538 bewilligt wird. Bei dieser Gelegenheit bittet Wilhelm, Ottheinrich möge sich erinnern, wie sie jüngst zu Fussberg von einander Abschied genommen, wobei es zwischen ihnen bleiben solle. Endlich sendet er seine, seiner Gemahlin, Schwester und Muhme Neujahrsglückwünsche.

So war denn, die eine auf religiöse Wandlung hinweisende Äusserung ausgenommen, der Verkehr der Schwäger so herzlich geblieben wie immer. Aber doch stiegen Wolken auf, die ihr Verhältnis zu trüben drohten, da Ottheinrichs Eifer sich zu unterrichten ihn auf dem betretenen Weg weiter führen musste. War doch damals auch in Deutschland eine gewisse Krisis, indem sich der schmalkaldische und der Nürnberger Bund drohend gegenüber standen, und obgleich König Ferdinand wegen der Hinneigung seiner Stände und seiner allgemeinen Lage sich den Schmalkaldnern genähert hatte, war ihm doch nicht möglich gewesen, sich dem Nürnberger Bund von 1538 fern zu halten. Er musste beitreten um seiner Verbündeten besonders Baierns Eifer zu mässigen. Dieser Tendenz entsprach auch die eben damals zwischen dem Kaiser, der dem Nürnberger Bund sich auch nicht entziehen konnte, und den Schmalkaldnern unternommene Vermittlung Brandenburgs und des Kurfürsten Ludwig in Frankfurt, die zu der bekannten Erweiterung des Nürnberger Religionsfriedens auf $1\frac{1}{2}$ Jahre und zum Eintritt vieler Stände in den schmalkaldischen Bund, sowie zum Überwiegen reformatorischer Tendenzen in der Oberpfalz führte. Die neu belebte reformatorische Strömung ergriff zuletzt auch Ottheinrich und das Fürstentum Neuburg. Über die innere Angelegenheiten des Fürstentums ist aus dem Jahre 1538 nur wenig bekannt. Da Baiern am 4. Juli für den Abt von Scheuern eintritt, weil gegen das Übereinkommen den Gütern desselben im Amt Reichertshofen eine von den Landständen bewilligte Landsteuer auferlegt worden war, so haben die Stände vielleicht einen Beitrag zu den Kosten der Landesregierung bewilligt. Es ist aber immerhin möglich, dass nur Reichsumlagen Veranlassung zu der Reklamation gaben. Unter den Regierungshandlungen interessiert auch die Genehmigung der Übertragung eines Hauses und einer Hofstatt als Lehen an Hieronymus Leicht, den »Physikus«[1]) Ottheinrichs, der der »Ertznei Doktor« war.

Was das Resultat der Abrechnung mit dem Richter zu Reichertshofen wegen des Zehnterzertrags aus dem Rammelsberg vom 2. Februar 1535 bis dahin 1538 war, ist aus den Kopialbüchern nicht zu ersehen. Doch ergiebt sich wenigstens, dass das Bergwerk Erträgnisse abwarf. Mit der Pfalz wurde wegen nachbarlicher Irrungen ein Vertrag am 26. Januar 1538 geschlossen, in welchem namentlich auch der Hammerwerksordnung gedacht wurde, die eine Vereinbarung über die wichtige Weissblechproduktion in der Oberpfalz und dem Nordgau enthält. Die finanzielle Lage verschlimmerte sich im Jahre 1539 mit Riesenschritten. Die Notwendigkeit, grosse Summen aufzubringen führte zu wichtigen Zugeständnissen auf Kosten der Zukunft an die Stadt Lauingen, welche dafür 15,000 fl. schenkungsweise gab, und ein Anlehen von 6825 fl. gegen Versatz von Kleinodien weist auf den Nachlass des Kredits hin, der auf's bedenklichste erschüttert werden musste, da 158,109 fl. durch Anlehen aufgebracht wurden, von welchen zwar 2160 fl. im Laufe des Jahres heimgezahlt wurden, der Rest von 155,949 fl. aber besteht aus 27,200 fl., die im Jahre 1540, aus 18,600 fl., die im Jahre 1541 und aus 11,574 fl., die im Jahre 1542 heimzuzahlen waren, also 57,374 fl. sog. laufende Schulden und dazu kamen noch 21,175 fl., die geradezu als Wechselschulden bezeichnet werden müssen. Da die laufenden und Wechselschulden mindestens 10 % kosteten, wobei der Zins auf den Wechselbetrag geschlagen erscheint, so steigerte sich die Zinslast ungeheuer. Denn neben den laufenden Schulden zu 10 % gingen die mit Dienstgeldern erhöhten fünfprocentigen Schulden her, deren Summe 47,400 fl. und deren Zinsbedarf 3717 fl. erreichte und nur 30,000 fl. konnten zu dem üblichen Zinsfuss von 5 % geliehen werden. Die Rente wurde daher mit 5217 fl. dauernd belastet, ungerechnet die 57,374 fl., deren Zins allein schon dieselbe Summe verschlang, welche die neuen Hypothekenschulden erforderten.

---

[1]) Was mit dem Wort »Physikus« gemeint ist, bleibt ungewiss. Ob ein Astrolog oder ein Dr. medicinae ein Leibarzt? Bei einem Anlehensvertrag wird ein Dr. der Ertznei von Lauingen in Dienst genommen und ihm auferlegt, einige Monate in Neuburg ärztliche Dienste zu leisten, so dass wohl in dem Physikus kein Leibarzt zu sehen ist.

Dieses ungeheure Erfordernis von 158,109 fl. ist aus den bis jetzt vorliegenden Akten nicht zu erklären, wenn auch die Abzahlung des auf den Schlossbau nötigen in Anschlag gebracht wird. Doch darf vermutet werden, dass die Hauptschuld auf Herzog Philipp fällt, der 1539 abermals in England war und seine Vermählung mit Heinrich VIII. ältester Tochter betrieb. Die zur Aufbringung des Geldes nötigen Finanzoperationen waren bei dem erschütterten Kredit sehr teuer und steigerten sich durch die Natur dieser Schulden in beschleunigtem Tempo. Denn mit 80,000 fl. Schulden etwa hatte Philipp seinen Landesteil übernommen und mit 416,000 fl. musste Ottheinrich 1541 ihm denselben abnehmen.

Von Verwaltungsmassregeln ist wenig bekannt. Neben kleineren Ankäufen von Häusern und Wald ist nur ein Verbot an die Unterthanen, das Waidwerk ohne Berechtigung zu treiben und ein Vertrag mit Brandenburg wegen nachbarlicher Irrungen in der Herrschaft Hilpoltstein Stauff, Tutting und Wilzberg zu erwähnen.

Im Jahr 1540 werden die Bedingungen der Geldaufnahme noch lästiger. Von 96,700 fl. geliehenen Gelds mussten 27,200 fl. schwebender Schulden des Jahres 1539 gedeckt werden und 14,400 fl. neue schwebende Schulden, 1541 zahlbar, kamen dazu. Es bleiben somit 55,100 fl. hypothekarisch gesicherte Schulden, von denen nur 16,100 fl. zu 5 % der Rest nur mit Hinzufügung von Dienst- und Gnadengeldern zu erlangen war, so dass die Zinsen der Hypothekenschulden die Landesrente mit 6130 fl. jährlich belastete. Neben diesen Kapitalaufnahmen verschwinden die nutzbaren Anlagen, von denen wir für das Verhältnis zu Baiern als bemerkenswert den Ankauf eines Hauses und eines Gartens in München am 29. September 1540 anführen. In der trostlosen Öde der Anleihen begegnet unter den Kopialien des Jahres 1540 die Bestellung eines Reliefs aus Eichstädter Stein, Christus und die Schächer und am Fuss des Kreuzes Maria und Johannes darstellend, das der Steinmetz Martin Hering[1]) für 80 fl. liefern sollte. Es deutet auf die Ausschmückung einer Kirche oder Kapelle und zeigt Ottheinrich noch auf altkirchlichem Boden, wenn auch sein künstlerisches Interesse hier wie später den streng protestantischen Standpunkt zurückgedrängt haben mag, dessen allmälige Ausbildung wir wenigstens von 1538 an annehmen müssen. Wir kennen aus diesen Jahren keine weitere dahindeutende Spur, doch wird aus dem Jahr 1538 erwähnt, dass Herzog Wilhelm sich ein in geschmelzter Arbeit ausgeführtes Kruzifix zum Kopieren ausbittet, das ihm als »Kirchenzier« bei seinem Schwager aufgefallen war. Ottheinrich selbst wollte allerdings an dem Kruzifix nichts besonderes finden. Bei den spärlichen Nachrichten ist die Thatsache immerhin erwähnenswert. Die Äusserung Ottheinrichs dürfte jedoch darauf führen, dass er das Kruzifix nicht selbst angeschafft hat, da er doch wohl nur Dinge, die ihm gefielen, erworben haben wird.

Unter die Geldgeschäfte muss wohl der Ankauf eines Kleinods um 5000 fl. bei Joachim Gundelfinger gerechnet werden, wenn auch das Kleinod ein Kunstwerk gewesen zu sein scheint. Denn Gundelfinger verpflichtet sich, wenn Ottheinrich es wieder verkaufen will, den Verkauf zu vermitteln, so dass das Ganze einem Anhang an ein anderes Geldgeschäft gleicht, bei dem das Kleinod mit in Kauf genommen werden musste. Es trägt zwar die Spur des Wuchergeschäfts nicht so deutlich wie eines aus demselben Jahre, wo ein Schuldschein von 1540 fl. ausgestellt wird und dafür 700 fl. bar und 700 fl. in Hartpanzern und anderem Kriegsmaterial empfangen werden. Die 140 fl., die noch fehlen sind dann gerade 10 % Zins, die auf die Wechselschuld geschlagen sind. Auch das Jahr 1541 zeigt den fortschreitenden finanziellen Verfall. Es wurden 93,198 fl. geliehen; davon sind 14,400 fl. schwebende im Jahre 1541 zu zahlende Schulden bestritten worden. Das neue Erfordernis war also 78,798 fl. Von dieser Summe sind 33,089 fl. zu durchschnittlich 7 %, erlangt worden, wenn die belästigenden Nebenbedingungen von Dienst- und Gnadengeld in Betracht kommen. Der Rest von 60,100 fl. ist ohne Zinsangabe, also Wechselschuld, in welcher die Zinsen mit mindestens 10 % schon enthalten sind. Die laufenden Schulden, die durch fundierte Anlehen nicht mehr gedeckt werden konnten, waren also zu der erschreckenden Summe von über 60,000 fl. angewachsen.

Die Höhe der Erfordernisse ist gewiss zum kleinsten Teil der Anwesenheit auf dem durch das Religionsgespräch denkwürdigen Reichstag zu Regensburg 1541 veranlasst und wird wol mit der durch Erhöhung der Wechselschuld erlangten Prolongation der Wechsel zusammenhängen. Der Reichstag in Regensburg, eine Fortsetzung des 1540 zu Hagenau abgebrochenen Religionsgesprächs sollte schon am 23. Februar eröffnet werden. Obgleich der Kaiser pünktlich eintraf, konnte der Reichstag wegen der zögernden Ankunft der Stände erst am 5. April eröffnet werden. Während auf die Stände gewartet wurde, vermittelte Herzog Friedrich zwischen Ottheinrich und Philipp, der Schulden halber sich nicht länger in seinem Lande behaupten konnte, einen neuen Vertrag anstatt des am 4. April 1541 ablaufenden sechsjährigen Teilungsvertrags, nach welchem Ottheinrich die sich auf 416,392 fl. 26 kr. belaufenden Schulden Philipp's, unter welchen 7831 fl. 20 kr. 1 pf. Dienstschulden waren, übernahm, Philipp für 14 Personen und Pferde Futter und Mahl und eine Jahresrente von 1200 fl. versprach und ihm das nötige Hausgeräte und Silbergeschirr überliess. Er übernahm nur schweren Herzens und höchst ungern diese Last und Verbindlichkeit, aber er musste es thun, wenn er den Verkauf von Philipp's Drittell an die Gläubiger verhindern wollte. Dabei war Ottheinrich auch selbst mit bedroht, weil alle Schulden auf Pfandschaft nicht ohne den anderen Bruder laut Vertrag von 1535 gemacht werden konnten, das Land also noch immer gemeinschaftlich war.

Ottheinrich entschloss sich dennoch zur Übernahme der Schulden und des Landesteils seines Bruders nur auf Zureden der pfälzischen Vettern und Herzog Wilhelms, der ihm mit einem Anlehen von 200,000 fl. zu 5 % zu helfen versprach. Denn Baiern verlor die Aussicht nie aus dem Auge, das Fürstentum Neuburg auf die eine oder andere Art wieder an sich heimfallen zu sehen, da Ottheinrich keine Kinder hatte und mit den Herzogen im intimsten Verkehr stand. Schlimmsten Falls, erachtete der schlaue Leiter der baierischen Politik, Leonhard von Eck, könnte Neuburg in seiner Bedrängnis nur bei Baiern Hilfe finden und müsste ihm als reife Frucht in den Schoss fallen. Als Ottheinrich die Schulden Philipps übernommen hatte, unterhandelte er mit dessen Gläubigern, welche Zahlungsfristen bewilligten. Um denselben genügen zu können, zählte er auf das baierische Anlehen. Allein Baiern hielt die Zahlungsfristen[1] nicht, brachte Ottheinrichs Wort in Misskredit und stürzte ihn in Kosten für Aufbringung hoch verzinslichen Gelds und für Schadloshaltung der Bürgen, welche nach dem Schuldrecht der Zeit sich in einer vorher bestimmten Stadt in einem Wirtshaus gleichsam in persönlichen Versatz begeben mussten und da auf ihre Kosten zehrten, bis die Forderung des Gläubigers befriedigt war. Die Zahlungen Baierns kamen aber im Jahr 1543 ganz ins Stocken, als Ottheinrichs Absicht, sein Land zu reformieren, bekannt wurde und den grössten Zorn der bisher so eng befreundeten Fürsten erregte.

Ottheinrich hatte seit Jahren schon die früher so eifrig vertretene strengkatholische Ueberzeugung bei sich schwinden sehen. Leider sind wir bis jetzt nicht im Stande den Gang dieser

---

[1] Nach seinem Versprechen sollte Baiern am 29. September 1541 eine namhafte Summe von dem Anlehen von 200,000 fl. zahlen. Die durch Verhandlung mit den Ständen verlorne Zeit, dann die immer sicherer auftretende Absicht Ottheinrichs, zu reformieren, bewirkte solche Zögerungen, dass, als Baiern sein Anlehensversprechen über 200,000 fl., zurücknahm und statt sein Wort zu halten im Vertrag von Ingolstadt vom 25. Juni 1542 die an Neuburg seit 1500 schuldigen 140,000 fl. zurückzuzahlen versprach, erst 60,500 fl. bezahlt waren, die man als Anzahlung für die 140,000 fl. gelten. Am 10. August sollten weitere 21,000 fl. bezahlt werden, am 8. September noch 30,000 und am 10. Oktober der Rest. Auch diese Fristen wurden nicht gehalten.

Wandlung zu verfolgen, von der wir eine Spur schon am 10. Dezember 1538 gefunden haben, die schon auf frühere Zeit zurückdeutet. Denn es ist wohl glaublich, dass Ottheinrich seinem Freunde Herzog Wilhelm erst Mitteilung von der Wirkung der Lektüre reformatorischer Schriften machte, als dieselbe seine Überzeugung zu ändern anfing. Wenn aber die Aufmerksamkeit eines so alle Seiten des menschlichen Interesses verfolgenden Mannes, wie Ottheinrich, einmal nach dieser Richtung in Anspruch genommen war, so lässt sich erwarten, dass er nicht an der Pforte stehen blieb, sondern den Gegenstand seines Interesses zu ergründen suchte. Da seit 1535 ein neu erregter reformatorischer Geist sich allenthalben besonders aber auch im Süden Deutschlands zeigte und diese fortgesetzte Bewegung mit der Andeutung einer Sinnesänderung Ottheinrichs zusammenfällt, so dürfen wir wol annehmen, dass diese in der Nation vorhandene Strömung auch auf Ottheinrich nicht ohne Einwirkung geblieben ist. Der Verkehr mit Dr. Gereon Seiler aus Augsburg, der dem Landgrafen Philipp nahe stand, die Vermittlung in allerlei politischen Angelegenheiten zwischen Landgraf Philipp und Herzog Wilhelm haben die Gelegenheit von der Reformation ergriffene Männer zu sehen und zu sprechen vermehrt, dazu die Vorgänge in der Oberpfalz seit 1538, die Bewegung, welche der Übertritt Augsburgs und Regensburgs gleich nach dem Schluss des Reichstags von 1541 erregte, musste auf einen so empfänglichen Geist wie Ottheinrich eingewirkt haben. Die Stellung Baierns zu Augsburg, dem von dieser Seite schon 1535 unter Autorisation des Kaisers Gefahr drohte, die Konflikte mit dem Bischof wegen der Gefälle, die den augsburger Pfründen nicht mehr ausgefolgt wurden, waren stets erneute Hinweisungen auf die diesen Vorgängen zu Grunde liegenden Prinzipien. Wir finden nun zwar Ottheinrich bis Ende 1538 ohne Andeutung vom Gegenteil im Fahrwasser Baierns, aber der Briefwechsel mit Herzog Wilhelm zeigt auch, wie aufmerksam Ottheinrich den Vorgängen in Augsburg folgte, mit dem er durch seine Geldbedürfnisse, wie durch den Bezug von Industrieprodukten, ebenso wie mit Nürnberg[1]) in vielfachem Verkehr gestanden haben muss. Man hat sich daher weniger darüber zu verwundern, dass Ottheinrich schon längere Zeit vor 1538 reformatorische Schriften las, als darüber, dass er seit 1538 nicht rascher zu dem Schritt kam, der 1542 zu Tage trat. Die finanziellen Verhältnisse können ihn davon weder abgehalten noch dazu getrieben haben. Denn wenn er auch durch die Bürgschaft der Klöster seines Landes eine Anzahl von Anlehen erlangte, so sind dieselben gegenüber der Zahl und Höhe seiner Anlehen überhaupt von wenig Bedeutung. Die Unterstützung durch die Organe der alten Kirche kann ihn also nicht zurückgehalten haben. Sein Verfahren aber seit Einführung der Reformation zeigt auch nirgends die Benutzung der Kirchengüter zu weltlichen Zwecken. Nur ganz zuletzt, als er in der höchsten Not war, gab er in einem Fall eventuell den Rückgriff auf Güter eines Klosters als Sicherheit. Die Annahme, dass Ottheinrich aus finanziellen Gründen Protestant geworden, ist also nach unserer Kenntnis seines Verfahrens ausgeschlossen. Vielmehr tragen alle seine Äusserungen und sein Festhalten an der Reformation, trotz der Nachteile, die ihm das brachte, den Stempel aufrichtiger Überzeugung, der er in den schlimmsten Lagen seines Lebens, als seine Begnadigung durch den Kaiser und die Zurückgabe seines Landes davon abhing, standhaft treu geblieben ist.

In der That hielten auch weder die Bitten und Vorstellungen noch die Drohungen Baierns, Ottheinrich gänzlich fallen zu lassen, diesen ab, seiner Überzeugung zu folgen, und nachdem er

---

[1]) Am 22. Februar 1539 lieh Jörg Raiger zu Nürnberg Ottheinrich 4000 fl. gegen 200 fl. Zins und wurde zugleich Ottheinrichs Diener und Faktor zur Besorgung der Einkäufe des Fürsten, ohne dass er für die Bezahlung der Einkäufe zu bürgen hatte. Dafür erhielt er ein Dienstgeld von 200 fl. N. Kb. Daraus ergiebt sich, dass Ottheinrich einen ständigen Faktor in Nürnberg hatte und es ist nicht zu zweifeln, dass er in dem ebenso wichtigen Augsburg auch einen Vertreter hatte, schon wegen des Ankaufs von Kleidungs- und anderen Luxusstoffen.

im Mai Andreas Osiander[1], Prediger der St. Lorenzkirche in Nürnberg 3 Wochen lang zur Vorbereitung der reformatorischen Massregeln in Neuburg bei sich gehabt hatte, erschien am 22. Juni 1542 ein von Osiander[2] verfasstes, gedrucktes Ausschreiben an die Geistlichen und Laien seines Landes, worin er seinen Entschluss aussprach, im Geist des »reinen Worts Gottes in seinem Evangelium« zu reformieren und Jedermann ermahnte von den Irrtümmern abzulassen.

Schon vor dieser Bekanntmachung, als Ottheinrichs Entschluss feststand, erklärte Baiern seinen Rücktritt von dem 1541 in Regensburg gegebenen Versprechen, das es so schlecht gehalten hatte, dass Ottheinrich, wie schon erwähnt, die von den Gläubigern bewilligten Fristen nicht hatte einhalten können und begann statt dessen wegen Heimzahlung des seit 1509 schuldigen Kapitals von noch 140,000 fl. halb Silber, halb Gold zu verhandeln, um in Zukunft, wie Herzog Wilhelm erklären liess, mit Ottheinrich nichts mehr zu thun zu haben. Dies führte wenige Tage nach dem Religionsmandat, am 25. Juni 1542 zu dem neuen Ingolstädter Vertrag. Nach demselben trat an die Stelle des 1541 gemachten Versprechens eines fünfprozentigen Kapitals von 200,000 fl. das mittlerweile auf 100,000 fl. herabgesetzt worden war, die Heimzahlung der 140,000 fl. vom Jahre 1509. Die bereits bezahlten 69,566 fl. wurden als Abschlag darauf erklärt und 6 oder 8 Tage vor Laurentius (10. August) 21,000 fl., auf 8. September 30,000 fl. und der Rest auf den 16. Oktober versprochen.

Schon als Baiern in seinen Zahlungen sich säumig erwies, wie es denn auch die im Ingolstädter Vertrag zugesagten Fristen wieder nicht einhielt, hatte Ottheinrich auf Flüssigmachung weiterer Mittel gedacht. Er bot mit Einwilligung seiner Landschaft Nürnberg, das allzeit auf Landerwerb begierig war, Heideck, Hilpoltstein und Allersperg zum Verkauf an und erhielt dafür laut Vertrag vom 31. August 1542[3]) sofort baar die Summe von 130,000 fl. in Gold. Dafür wurden die genannten Ämter auf 36 Jahre an Nürnberg verpfändet. Da nun aber auch diese Summe nicht ausreichte, weil durch Versäumung der Fristen bedeutende Kosten entstanden waren, so musste Ottheinrich noch auf andere Weise Geld aufzutreiben suchen und wendete sich um Rat und Hilfe am 12. August an Landgraf Philipp von Hessen. Zum Schutz gegen die Feindseligkeit Baierns suchte er um Aufnahme in den schmalkaldischen Bund nach und um Geld aufzutreiben bot er sein Land dem schmalkaldischen Bund selbst an oder suchte von demselben zu erwirken, dass die oberdeutschen Bundesstände, Württemberg und die Reichsstädte Augsburg und Ulm sich entweder auf den Kauf seines Landes oder auf Vorstreckung von Geld gegen Verpfändung einliessen.

Die Verhandlungen wegen Aufnahme in den schmalkaldner Bund nahmen den bei deutschen Verhandlungen gewohnten schleppenden Verlauf. Auf die Werbung der Räte Ottheinrichs

---

[1]) Altingii Historia de ecclesiis palatinis nennt Cap. 122 noch andere Männer als Mitarbeiter. Usus autem hic est opera cum Nobilis a Venningen, tum in primis theologi Augustini Michaelis Dilleri, qui ipsi a sacris fuit et initia quaedam nodiri coepit; nec non consilii Wolfgangi Musculitune in vicina urbe Augusta Evangelium praedicantis qui principi familiariter notus erat. Darnach hätte Diller, als Ottheinrichs Kaplan schon im Kleinen in Neuburg zu reformieren begonnen, worüber wir bis jetzt nichts gefunden haben.

[2]) Laut Kaufbrief vom 31. August 1542 kaufte Nürnberg Haideck, Hilpoltstein und Allersperg um 140,000 fl. häftig in Silber, häftig in Gold gleich 130,000 fl. Gold auf 30 Jahre. Wenn nach Verfluss dieser Zeit die Erben Ottheinrichs und Philipps die Ämter wieder einlösen wollen, so haben sie ausser obiger Summe noch 5000 fl. — 4285 fl. Gold als Bauaufwand zu zahlen und die Rechte, welche den damaligen und jetzigen Unterthanen Nürnbergs im Vertrag von 1529 (Verkauf von Hersbruck) gewährt sind, gelten auch für die Künftig zu erwartenden. Da Hilpoltstein nach Ottheinrichs Ehevertrag, wenn die 140,000 fl. von Baiern abgelöst würden, als Sicherheit für Susanna's Beibringen diente, so musste Susanna beim Verkauf des Amts an Nürnberg eine andere Sicherheit erhalten. Für ihren Verzicht auf Hilpoltstein (Urk. 3957 vom 5. September 1542) erhält sie Lengfeld, Calmuntz und Schmultnuhlen als Pfand und Wittwensitz und zu den 800 fl. Widerleggeld von Ottheinrich dankbar noch 400 fl. gewissermassen als Preis der Einwilligung zugesichert.

bei den Schmalkaldnern während des Nürnberger Bundestags von 1542 und Ottheinrichs besonderes Ansuchen bei Sachsen und Hessen, wurde sein Antrag Ende August 1542 auf dem Bundestag zu Braunschweig vorgebracht, und im Abschied vom 12. September 1542 erklärte sich der Bund bereit den »christlichen Fürsten« aufzunehmen. Sachsen und Hessen erhielten Auftrag mit ihm über die Bedingungen zu unterhandeln. Am 28. April auf dem Bundestag in Naumburg liess Ottheinrich durch die Bundeshäupter fragen, wie er angeschlagen werden sollte. Es wurde beschlossen ihn mit 6000 fl. für einen Kriegsmonat, wie Herzog Ernst von Lüneburg anzuschlagen und mit 750 fl. für einen gewöhnlichen Monat. Da Ottheinrich diese Forderung zu hoch schien, so verwendete er sich bei Landgraf Philipp um Verringerung der Summe und dieser sagte zu, für die Hälfte obiger Anlage einzutreten und gewann auch Sachsen dafür. Als nun Ottheinrichs Abgesandter Ludwig von Seinsheim auf dem Bundestag von Schmalkalden um Aufnahme Ottheinrichs mit der Hälfte des Anschlags Ernsts von Lüneburg bat, waren die Bundesstände, welche den Nutzen wohl erkannten, an der Donau in Augsburgs Nähe festen Fuss zu fassen, bereit, auf Ottheinrichs Aufnahme mit dem halben Anschlag Lüneburgs einzugehen. Da sie aber auf einen Anschlag von 6000 fl. von Hause aus instruiert waren, musste neue Instruktion geholt und darum die Sache vom 21. Juli 1543 auf den nächsten Bundestag verschoben werden. So wurde erst auf dem Bundestag zu Speyer am 11. Juni 1544 der Beschluss gefasst, Ottheinrich wegen Unvermögens halb so hoch als Lüneburg anzuschlagen, so lange, bis er mehr vermöge oder Kurfürst geworden sei[1]. Der Eintritt, der Ottheinrich nun offen stand, erfolgte dessen ungeachtet nicht, weil er eben um jene Zeit sein Land durch Vertrag vom 20. August 1544 an seine Landschaft abtrat. So konnte Ottheinrich in der Zeit seines Exils mit Recht sagen, dass er nie Mitglied des schmalkaldischen Bundes gewesen sei und den Kaiser nicht bekriegt habe, wenn auch sein Eintritt unzweifelhaft erfolgt wäre, wenn er die Regierung behalten hätte.

Gleichzeitig mit seiner Aufnahme in den Bund betrieb Ottheinrich die Aufbringung von Geld durch die Bundesverwandten, um sich in seinem Lande behaupten zu können[2]. Denn als er in Folge von Baierns Rückstand im Bezahlen des versprochenen Anlehens den Martinitermin von 1542 nicht einhalten konnte, begannen die Einmahnungen der Bürgen zur »Leistung« und damit wuchsen rasch die Kosten und Verbindlichkeiten an. Ottheinrich wendete sich nun wieder an seine Landschaft und erhielt von ihr die Erlaubnis sein Oberland, d. h. Lauingen, Höchstädt und Gundelfingen zu verkaufen. Er bot es Augsburg und den Fuggern an, die es gerne gekauft hätten, wenn nicht Baiern gedroht hätte, dass es den Verkauf niemals anerkennen würde. Als sich Ottheinrich nun nach München begab und den Herzogen sein Oberland unter denselben Bedingungen anbot, wie es Augsburg und die Fugger kaufen wollten, nämlich für 1,150,000 fl., wurden ihm erst nur 300,000 fl. geboten. Ottheinrich verminderte nun seine Forderung auf eine Million und bat, wenn Baiern so nicht kaufen wolle, wenigstens ihn nicht zu hindern, sein Land anderswo zu verkaufen. Da erklärten die Herzoge endlich, dass ihre Landstände nur 600,000 fl. bewilligt hätten, sie wollten aber von sich aus noch 400,000 fl. zugeben, wenn ihnen das Oberland und ebenso das ganze übrige Fürstentum huldige. Sie forderten ausserdem die Übergabe aller Briefe und Siegel und den Heimfall des ganzen Fürstentums an Baiern, wenn Ottheinrich ohne männliche Erben sterben sollte. Den Rückkauf wollten sie den Pfalzgrafen offen halten.

Darauf wollte nun Ottheinrich sich nicht einlassen und legte die Sache dem Kurfürsten vor, welcher alle Glieder seines Hauses zur Beratung auf Anfang Februar 1543 nach Umstadt einlud, wo auch ein Abgesandter des Landgrafen Philipp auf Ottheinrichs Wunsch zu seiner

---

[1] M. A. Abschiede der protestantischen Einungsverwandten 1536—46 (381,1273).
[2] M. A. Briefwechsel Landgraf Philipps mit Ottheinrich durch Dr. Gereon Sayler eingeleitet.

Unterstützung erschien. Die Pfalzgrafen fanden die Forderung Baierns unannehmbar, wollten und konnten aber selbst kein Geld darleihen. Der Kurfürst selbst war zwar der Ansicht, dass Ottheinrich noch Kleinode und Silbergeschirr genug behalte, wenn er für 100,000 fl. verkaufe, aber dieser wollte davon nichts wissen. Schliesslich rieten die Pfalzgrafen, die schmalkaldischen Bundesstände um ihr Eingreifen anzugehen, damit Augsburg sich über die Drohungen Baierns hinwegsetze oder damit die oberdeutschen Bundesstände das für den Augenblick notwendige Geld vorstreckten. Da aber dies fehlschlagen konnte, so wurden auch Baiern neue Vorschläge gemacht, über welche aber die Verhandlungen von diesem endlos hinausgezogen wurden. Es schützte nämlich die Notwendigkeit der Einwilligung der Landschaft in den Kauf vor, weil diese das Geld bewilligen sollte. Als die Landschaft endlich am 31. März 1543 in Landshut wieder zusammentrat, zeigte sich bald, dass von ihr nichts zu erwarten sei, weil die baierischen Herzoge Ottheinrich nicht aus seiner Not helfen wollten, sondern aus derselben Vorteil zu ziehen suchten. Mitten in der durch Baierns Wortbruch entstandenen schweren Finanznot wurde Ottheinrichs Gemahlin Susanna lebensgefährlich krank, so dass der unglückliche Fürst auch noch den härtesten häuslichen Kummer zu den andern Sorgen hatte. Über die Art der Krankheit Susanna's ist nichts zu finden gewesen. Zu ihrer Behandlung erbat sich Ottheinrich den Leibarzt des Kurfürsten Ludwig, Dr. Pantaleon Priegen (oder Springer?), den Ottheinrich über die Zeit seines Urlaubs in Neuburg zurückhielt, weil seine Anwesenheit Susanna zu grossem Troste gereichte und Ottheinrich sie desselben nicht berauben wollte. Sie starb am 24. April 1543 zwischen 8 und 9 Uhr Vormittags, mit allen Sakramenten versehen, also in katholischem Glauben. Ihr Wunsch, neben ihrer als Kind verstorbenen Schwester gleichen Namens in München zu ruhen, wurde erfüllt. Ottheinrichs Vasallen geleiteten die Leiche nach München, wo sie am 30. April anlangte. Die Bestattung fand am 1. Mai 1543 früh 7 Uhr statt in Gegenwart Herzog Wilhelms und seiner Gemahlin, sowie des Markgrafen Albrecht[1]) und seiner Schwester Kunigunde, der Kinder erster Ehe. Ottheinrich selbst fehlte bei dem Leichenbegängnis. Es ist anzunehmen, dass ihn nicht nur die katholischen Ceremonien, sondern auch vorzugsweise die treulose Handlungsweise seiner Schwäger zurückgehalten haben.

Als er des häuslichen Kummers einigermassen Herr geworden war, betrieb er die Unterhandlungen mit dem schmalkaldischen Bunde, um von diesem Geldhilfe zu erlangen, mit neuem Eifer. Er wendete sich am 15. Juni 1543 durch einen seiner Räte an Landgraf Philipp mit dem Anerbieten an den schmalkaldner Bund das Fürstentum Neuburg zu übernehmen. Er führte dafür religiös-politische Gründe an, indem er das Interesse des Bundes für Erhaltung Neuburgs bei der Reformation anrief. Selbst um den Preis, dass er auf sein Land zeitlebens verzichten müsste, wollte Ottheinrich sich bemühen, es bei der wahren Religion zu erhalten, die er selbst, wie er erklärte, aus aufrichtigem Drang seines Gewissens angenommen habe. Denn wenn er vom Protestantismus abgefallen wäre, so hätte er sofort von Baiern alle nötige Hilfe erhalten. Er bot daher dem schmalkaldischen Bunde sein Land auf Wiederlösung durch seine Erben an, und zu dem Ende sollte es in 3 Teile zerschlagen, jeder mit einem Teil der Schulden belastet und um eine bestimmte Summe dem Bund übergeben werden, damit das Land auch abteilungsweise eingelöst werden könnte. Aber auch auf andere Weise erklärte Ottheinrich dem Landgrafen, wäre

---

[1]) M. H. A. Die dritte Tochter Susanna's, Maria, war seit 1537 mit Pfalzgraf Friedrich, später als Friedrich III., Ottheinrichs Nachfolger vermählt und damals mit dem spätern Pfalzgrafen Joh. Kasimir im Wochenbett. Nach der Beendigung kam Markgraf Albrecht nach Neuburg, wo am 4. die Hinterlassenschaft Susanna's aufgenommen und dem Ehevertrag vom 14. Juli 1529 gemäss, weil die Ehe kinderlos geblieben war, Ottheinrich ?) und Albrecht und seinen Geschwistern (= des Nachlasses zugeteilt wird. M. H. A. Die Urkunde 3069 zählt Kleinode und 587 fl. baar Geld auf und eine Menge seg. Schaupfennigen oder seltener Münzen. Urkunden 3071 und 72 vom 8. und 9. Mai 1543 enthalten die Quittung Albrechts und den Teilzettel.

Hilfe möglich. Wenn er auf 25. Juli 1543 sich 150,000 fl. verschaffen könnte, so würde er bis März 1544 Ruhe vor seinen Gläubigern haben. Um sich aber vollständig zu helfen und das Land unverkauft zu erhalten, müsste er auf eine Anzahl von Jahren noch weitere 300,000 fl. unverzinslich in die Hände bekommen.

Der Landgraf erkannte wohl, dass der schmalkaldische Bund sich auf solche Unternehmungen bei allem religiös-politischen Interesse nicht einlassen könne und wies auf die grosse Zahl verschuldeter Fürsten hin, die nicht daran dächten aus ihrem Land zu weichen, sondern ihre Gläubiger um Aufschub angingen und von den Ständen Unterstützung mit Steuern und anderes verlangten.

So war weder Aussicht auf Übernahme des Landes durch den Bund, noch auf einen Verkauf unter annehmbaren Bedingungen an Baiern, dessen Landschaft im Juli endlich erklärte, dass sie sich über den Ankauf definitiv erst erklären werde, wenn thatsächlich ein Käufer vorhanden sei. Mit der Hoffnung auf den Kauf durch Baiern oder dessen Zustimmung zum Verkauf des Landes an Andere waren die Gläubiger bisher noch von Zwangsmassregeln zurückgehalten worden. Als diese Hoffnung schwand, begannen Ende 1543 die Einmahnungen der Bürgen von neuem. Dem Rate des Landgrafen folgend versuchte Ottheinrich nochmals Verhandlungen mit den Gläubigern und es gelang ihm am 1. Februar 1544 einen Stillstand der Zwangsmassregeln bis zum 4. Mai zu erwirken, indem er von befreundeten Fürsten unterstützt auf die Erlangung der Erlaubnis des Kaisers zum Verkauf seines Landes über den Kopf Baierns hinweg Hoffnung machen und damit Liebhaber für sein Land in Aussicht stellen konnte. Dies wurde in der That auf dem am 20. Febr. 1544 eröffneten Reichstage zu Speyer erlangt, nachdem Baiern von den auf dem Reichstag vertretenen, Ottheinrich befreundeten, Fürsten vergebens zu einer offenen Erklärung zu drängen versucht worden, entweder selbst zu kaufen oder andere kaufen zu lassen. Erst am 18. Mai, nachdem der Stillstand mit den Gläubigern schon am 4. Mai abgelaufen war, gab Baiern den Bescheid, dass es ohne die Landschaft keine Antwort geben dürfe, und diese sei jetzt nicht versammelt.

So beschloss Ottheinrich, der nach Art. 5 des Stillstandes den Gläubigern die Antwort Baierns mitteilen sollte, am 19. Mai seinen Gläubigern zu eröffnen, dass er von der am 29. April 1544 beim Kaiser erwirkten Erlaubnis Gebrauch machen und sein Land ohne Rücksicht auf Baiern ganz oder geteilt zum Verkauf ausbieten werde. Der Bewilligungsbrief des Kaisers gestattete, vorbehaltlich der Leistungen an das Reich, den Verkauf des Landes auch an andere als die Agnaten, wenn es diesen vergeblich angeboten worden wäre, eventuell auch an die Gläubiger und wenn die einzelnen verpfändeten Orte sich nicht selbs frei kaufen könnten, so sollte das auch von der Gesammtheit geschehen dürfen d. h. die Landschaft konnte eventuell die Schuldentilgung übernehmen. Der Kaiser forderte zugleich die Gläubiger auf, zur Vermeidung der Kosten vorerst die eingemahnten Bürgen zu entlassen. Wenn sie aber die Einmahnungen nicht einstellen würden, so drohte er mit weiteren kaiserlichen Massregeln, um es zu erzwingen.

Mit Beziehung auf diese kaiserliche Erklärung forderte der Ausschuss der Landschaft am 21. Mai alle Gläubiger auf sich am 10. August zu weitern Verhandlungen in Neuburg einzustellen. Ottheinrich hat nun die befreundeten Fürsten, ihm am 10. August ihre Räte zum Beistand bei den Verhandlungen zuzusenden und benachrichtigte sie am 26. Juni von seinen letzten Versuchen, Baiern wie andere Agnaten zur Erklärung zu bringen, dass sie selbst nicht kaufen wollten. Er hatte trotz allem Vorangegangenen am 1. Juni seine Räte, Dr. jur. Pomerlin und seinen Rentmeister Gabriel Arnold, nochmals nach München geschickt und den Kauf seines Landes zum letzten Mal angeboten. Diese erklärten daselbst in Ottheinrichs Namen, dass ohne

Baierns Zögern Ottheinrich sich mit dem Verkauf des Philipp zugeteilt gewesenen Gebiets und eventuell der Grafschaft Graispach hätte helfen können. Nachdem dieser Moment versäumt worden, sei das Land weder für die Pfalz noch für Baiern mehr zu retten. Da nun der Brief des Kaisers gebiete, das Land zuerst den Agnaten anzubieten, so wird Baiern zum letzten Mal zu einer runden Erklärung aufgefordert, ohne längeres Hinausschieben auf die Landschaft, [ob es selbst kaufen oder kaufen lassen wolle. Am 21. Juni erwiderte Baiern, dass es sich auf eine solche Antwort nicht einlasse. Unter Berufung auf den Nürnberger Vertrag von 1524, nach welchem die wittelsbacher Besitzungen nur an Familienglieder verkauft oder verpfändet werden dürfen, protestiert es gegen jeden andern Käufer und beansprucht, da die kaiserliche Bewilligung Baiern kein Recht nehmen könne, Neuburg, Reichertshofen, Burgheim und Marchheim für Baiern und besteht auf dem Recht, einen Käufer des Übrigen zu genehmigen oder zu verwerfen, wozu eine vollständige Versammlung aller baierischen Agnaten allein berechtigt sei.

Mit Zustimmung des Kurfürsten widerlegte Ottheinrich alsbald die Einreden Baierns, zeigte sich aber bereit, Baiern Neuburg und das Oberland vorzubehalten, wenn es unter dieser Bedingung auf den Vorbehalt der Billigung des eventuellen Käufers verzichte und meldet seinen unwandelbaren Entschluss, wenn Baiern dies letzte Anerbieten zurückweise, am 10. August die Cession des ganzen Landes an die Gläubiger, die Bürgen oder die Landschaft oder auch an alle drei zugleich vorzuschlagen und um Enthebung von allen Verbindlichkeiten und Aufhören aller Einnahmungen der Bürgen anzusuchen, nur mit dem Vorbehalt, innerhalb fünf Jahren die Regierung wieder antreten zu dürfen. Zur Vorbereitung auf die Gläubigerversammlung am 10. Aug. suchte Ottheinrich die im kaiserlichen Bewilligungsbrief gemachten Vorbehalte auch bei den pfälzischen Agnaten zu erfüllen, wenn auch von diesen keiner das Land kaufen konnte oder wollte, so bat er sie um Zustimmung zum Verkauf oder zur Cession des Landes.

Der Kurfürst und Wolfgang der Ältere, sein Bruder, gaben diese Zustimmung schon am 5. Juli mit der Erklärung, dass ihnen kein Bewilligungsrecht zustehe, dass sie aber einwilligten, so weit es ihnen überhaupt zustehe. Der Kurfürst wendete sich auch sofort an Herzog Johann[1]) von Simmern-Sponheim mit der Aufforderung, unbedenklich zuzustimmen, wie er und alle andern Agnaten zu thun sich entschlossen hätten. Er kannte den zögernden und kleinlich geizigen Vetter, der in der That erst auf wiederholtes Andringen des Kurfürsten, Ottheinrichs und Wolfgangs[2]) von Zweibrücken endlich am 28. Juli seine Zustimmung gab, als Ottheinrich bereits in der höchsten Unruhe über den Erfolg war. Er machte die ganze Sache fast scheitern, da diese Erklärung erst am 8. August in Ottheinrichs Hände kam. Die Verhandlung mit Johann lässt einen Blick in die verzweiflungsvolle Stimmung des bedrängten Fürsten thun, der die endliche Befreiung aus seiner Not noch im letzten Augenblick an der Hartnäckigkeit des simmern'schen Vetters scheitern zu sehen fürchtete. Die am 10. August begonnenen Verhandlungen mit den Gläubigern führten dazu, dass mit dem Rat aller befreundeten Fürsten das ganze Land gegen Übernahme der Schulden an die Landschaft abgetreten und diese ermächtigt wurde zur Abtragung der dringendsten Schulden einzelne Stücke zu verkaufen. Die Übergabsurkunde vom 20. August 1544 überlässt das Land wie die Fahrnisse der Landschaft, welche dafür die 1,006000 fl. betragenden

---

[1]) Ottheinrich an Herzog Johann, Neuburg, 12. Juli 1544. »Bitten wir in dieser höchsten und letzten not, ihre Einwilligung und ter Jhrem Innsiegel verfertigt zu schicken«. Es bedurfte wiederholten Drängens durch den Kurfürsten Herzog Wolfgang von Veldenz und Ottheinrich, ehe Johann sich entschließen konnte.

[2] Wolfgang von Zweibrucken Veldenz gab am 19. Juli 1544 seine Zustimmung. Er hat »mit erschrecktem gemuete Ottheinrichs Brief gelesen, es ist ihm trewlich leydt«, er wollte, es stünde deren gelegenheit in behaglicherem Stand«, doch ist er der tröstlichen Hoffnung, »weil E. L. die warheyt des heiligen Evangeliums angenommen, es werde unser Heyland Jesus Christus sie in keiner not stecken lassen, sondern aus ihren Beschwerden heilsamlich erledigen«.

Schulden übernimmt, während die Einnahmen nur in 32—33,000 fl. bestanden. Ottheinrich erhält ein Jahrgeld von 6000 fl. und das Recht, die Regierung wieder anzutreten, wenn die Schulden abgezahlt wären. Vom 20. August 1544 bis 22. September 1546 wurde nun von dem Ausschuss der Landschaft, welche Regenten zur Verwaltung des Landes einsetzte, Alles aufgeboten, um Ordnung in das Schuldenwesen zu bringen. Es gelang ihr durch Massregeln aller Art 300,000 fl. in 2 Jahren abzutragen und es wäre die Ordnung hergestellt worden, wenn nicht in Folge des Schmalkaldischen Kriegs der Kaiser das ganze Fürstentum, nachdem ihm am 18. September 1546 Neuburg in die Hand gefallen war, am 22. September mit Beschlag belegt und die Schuldentilgung zum Stillstand gebracht hätte. Neben dem Verkauf des Geschützes und anderer Fahrnisse bis auf die Prachtgewänder Ottheinrichs hinaus, legte sich die Landschaft, um der Not des Augenblicks zu begegnen, eine Kontribution von 50,975 fl. auf, forderte die Auslieferung alles Silbergeschirrs, das eingeschmolzen wurde und in 2 Jahren wieder ersetzt werden sollte, legte ein bedeutendes «Umgeld», d. h. eine Konsumsteuer auf Wein und Bier und erlangte vom Kaiser das Recht, von jedem das Land passierenden Pferde den sog. Rosszoll zu erheben, der bei dem lebhaften Handelsverkehr nicht unbedeutende Summen zur Erhöhung der zur Zinszahlung dienenden Einnahmen abwarf.

Von dem Rechte, durch Landverkauf drückender Schulden sich zu entledigen, wurde wiederholt Gebrauch gemacht. Kurfürst Friedrich übernahm Sulzbach, Parkstein und Weiden, wovon die beiden letztgenannten Gebietsteile schon zur Hälfte der Oberpfalz gehörten, für 100,000 fl., damit sie nicht in fremde Hände kämen, was für die Pfalz noch lästiger gewesen wäre, als die Übernahme einer Anzahlung von 100,000 fl., die nur äusserst schwer und erst nach Jahren aufgebracht werden konnten. Die Kaufsabrede wurde in Sulzbach im Dezember 1544 getroffen, aber erst am 1. Mai 1546[1]) wurde eine Vereinbarung über den Wortlaut des Kaufbriefs erzielt und hierauf das Gebiet am 4. Juni an des Kurfürsten Kommissarien übergeben und Huldigung geleistet. Eine Verkaufsurkunde selbst aber wurde nicht ausgeliefert, weil der Schmalkaldische Krieg ausbrach, ehe sie untersiegelt werden konnte, was erst lange nach dem Passauer Vertrag geschehen ist. Die Stadt Lauingen verkaufte, um Deckung für Schulden zu erlangen, für die sie gebürgt hatte, Pfandobjekte für 17000 fl. und an die Fugger wurde bei Donauwörth Wald für 10,000 fl. verkauft. Trotz dieser Verkäufe wurde die Einziehung des Silbergeschirrs nötig, um verfallene Termine nicht zu versäumen. Wiederholt wurde die Hilfe Kurfürst Friedrichs bei Durchführung dieser Massregel angerufen, die auch mit dessen Beistand durchgesetzt wurde. Denn seit 30. Januar 1545, gleich nach der Kaufabrede hatte die Landschaft ihn zu ihrem Erbschutz- und Schirmherrn gewählt. Obgleich Ottheinrich nach Abschluss des Übergabsvertrags sein Land alsbald verlassen und sich nach Baden zur Kur begeben hatte, so blieb er doch geschäftlich von der Abwicklung der Schulden nicht unberührt, da er häufig Auskunft ertheilen und mahnen musste, sein Wort nicht in Misskredit kommen zu lassen und auch der Verkauf der Fahrnisse grosse Schwierigkeiten darbot. Gerade deren Verkauf schnitt ihm am meisten ins Herz, da es Dinge waren, die er mit vieler Mühe zusammengebracht hatte und die nun verschleudert werden sollten. Der Verkauf des Geschützes und Zeugs mochte ihn weniger berühren, wohl aber der Schmuck des Schlosses die Sammlungen von Büchern, Kunstwerken

---

[1] In dem 1546 vereinbarten Kaufvertrag über Sulzbach übernahm der Kurfürst die Zahlung von 77600 fl. hat. Davon hatte er schon Anfang 1545 der Landschaft für das dringendste Bedürfnis 50,000 fl. vorgestreckt. Für 22,400 fl. übernahm er Schulden; 19,000 fl. streckte er am 20. Juni 1546 vor, um der Landschaft die Heimzahlung von 32,000 fl. Wittwengeld an Markgra Albrecht von Brandenburg zu ermöglichen, die schon am 24. April fällig waren. Für den Rest des Wittwengelds mit 12,000 fl. war Ausstand bis 20. Juli bewilligt gewesen, es wurde aber wegen Ausbruch des schmalkaldischen Kriegs nicht bezahlt und erst am 22. Februar 1547 5000 fl. davon abgetragen. Der Rest war noch ein Jahr später unerledigt. M. H. A. Urk. 3955.

und Raritäten, die gewirkten Teppiche, die Schmuckgegenstände, seine Schöpfungen, wie der Garten mit seinem Figuren-Schmuck[1]), der Thiergarten[2]) und das Naturalienkabinet[3]) oder Raritätensammlung[4]), wenn wir mit dem Wort nicht zu weit gehen. Das Gestüte und Ähnliches kam nun unter den Hammer. Doch scheint der Verkauf, obwohl die Dinge zum Teil verschleudert werden mussten, sehr langsam gegangen und am 18. September 1546 bei Erstürmung und Plünderung des Schlosses durch die Spanier noch vieles Wertvolle vorhanden gewesen zu sein, da Ottheinrich nach dem Passauer Vertrag auf die einst von den plündernden Spaniern verschleuderten Dinge in Neuburg fahnden liess.

Welche Schätze das Schloss barg ist zum Teil aus einem Verzeichnis von verschiedenen Fahrnissen[5]), Kleidern, Stoffen, Teppichen und anderem zu ersehen, die man, weil sie sonst nicht zu verwerten waren, Ottheinrich zum Kauf anbot. Es befanden sich darunter Anzüge, die auf 500 fl. geschätzt waren, andere auf 300, 200 und 150 fl., viele auf 50 fl., der Teppichschmuck der Prachtgemächer im Schloss, die Garderobe Susannas und zahlreiche gewirkte Teppiche, deren Ottheinrich eine grosse Anzahl, man kennt 19, in Lauingen hatte anfertigen lassen und von denen 4 noch wohlerhalten im baierischen Nationalmuseum, 5 in Neuburg in fast unkenntlichem Zustande aufbewahrt werden. Wir behalten uns die Schilderung der weiteren Massregeln zur Abzahlung der Schulden durch die Landschaft für später vor und begleiten Ottheinrich noch auf kurze Zeit nach Heidelberg, wohin auch die Kurangelegenheiten ihn zogen, nachdem er den September in Baden zugebracht hatte. Denn gerade damals erhob Herzog Wilhelm Ansprüche auf die Kur unter Berufung auf die alten Familienverträge, die durch den Erbeinigungsvertrag von Nürnberg im Jahre 1524 nach seiner Deutung desselben bestätigt worden wären. Ottheinrich hatte auch sonst alle Ursache die Politik des Kurfürsten in nächster Nähe zu beobachten, deren Aufrichtigkeit nach der jüngsten Erfahrung mit der Konfirmation des Kurvertrags von 1524 nicht über alle Zweifel erhaben war.

Noch am Ende des Jahres 1544 (am 26. Dezember) kaufte Ottheinrich sich in Heidelberg auf dem jetzigen Kornmarkt, auf welchem damals das Spital mit dem Spitalbrunnen davor stand, ein Haus[6]), das er am 24. und 29. Juni 1545 durch zwei anstossende Häuser vergrösserte, nachdem

---

[1]) Im Fürstengarten war eine Anzahl Figuren von Peter Vischers Arbeit, jetzt zerstreut in München, im Garten hinter der Residenz, im Hof des Nationalmuseums und in der Villa der Königin Wittwe in Berchtesgaden. Nach mündlicher Angabe Häfner-Altenecks.

[2]) In einem Briefe an Herzog Wilhelm erwähnt Ottheinrich einen Strauss, der Eier legte, ein Geschenk des Herzogs von Ferrara, der Wilhelm ein männliches Exemplar geschenkt hatte. In einem Brief an Statthalter und Regent in Neuburg, 6. November 1544, wird der Empfang eines Steinbockes für den Kurfürsten erwähnt und von dem Gestüte gesprochen, aus welchem die Statthalter gegen ihr Versprechen einige Stuten und Fohlen, die sich Ottheinrich vorbehalten hatte, verkauft hatten, statt sie zu schicken, da doch noch genug andere Stuten und Fohlen vorhanden gewesen wären, um den Abt von Echenbrun zu befriedigen.

[3]) Ottheinrich sammelte, wo er es in Natura nicht halten konnte, wie z. B. Wölfe, die er in München ausstopfen liess, Abbildungen merkwürdiger Thiere und vermerkte deren Masse, wie schon auf der Reise nach Palästina in Venedig mit einem Krokodil geschah. Am 1. September 1541 lässt er sich vom kurfürstlichen Hofmaler 2 kolossale Ochsen, die der Bischof von Trier dem Kurfürsten geschenkt hat, mit Massangabe auf Leinwand abmalen. S. Anhang 23. Hofmaler ist am 24. Juni 1545 Erhart Grave. K. A.

[4]) Im Anzeiger für Kunde der deutschen Vorzeit 1877 S. 82 erwähnt J. Baader in München, dass nach einer Urkunde im R.A. (wo?) Ottheinrich im Jahr 1549 den Alexander von Suchten zu einem Diener oder Conservator seiner Kunstkammer aufnahm. Nach dem Bestallungsrevers musste dieser zu allen Arbeiten gewärtig sein, die ihm der Pfalzgraf auftrage, auch soll er weder aus unsern Kunstbüchern noch Andern, damit er umgehen und unter Hand haben wird, für ihn oder andere ohne unser Vorwissen nichts ausschreiben oder verzeichnen, viel weniger desselb Andern weiter sehen noch ausrichten lassen. Für seine Dienste erhielt Alexander von Suchten 30 fl., 2 Hofkleider und die Naturallieferung wie andere Hofbedienstete.

[5]) S. Anhang 24.

[6]) S. Anhang 25.

er vielleicht auch das zwischen den 2 gekauften Behausungen gelegene Gräflich Hohenlohische Haus gekauft oder gemietet hatte, so dass er fast die gesammte Häuserfront dem Spitalbrunnen gegenüber sein eigen nennen konnte. Hier lebte er in den folgenden Jahren, vom Kurfürst als sein Erbe eifersüchtig beobachtet, aber doch in Ehren gehalten und von Einfluss auf den Beginn der Reformation in der Pfalz, deren Anschluss an den schmalkaldischen Bund er eifrig betrieb, wie er auch der Entwicklung der deutschen Angelegenheiten seit Ankündigung des Konzils mit gespannter Aufmerksamkeit folgte.

Als die Katastrophe für den schmalkaldischen Bund eintrat und der Kaiser Neuburg mit Beschlag belegte und Ottheinrich selbst mit seiner Ungnade belud, obgleich er an der Politik seiner Landschaft keinen Anteil hatte, ward Heidelberg sein Aufenthaltsort im Exil, wo er vom Kurfürsten mit missgünstigen Blicken betrachtet und in seinen Bemühungen des Kaisers Gnade wieder zu gewinnen nur zögernd und oft widerwillig unterstützt wurde, von den Agnaten gedrängt, lieber gegen Geldentschädigung seinen Ansprüchen zu entsagen, als die Kur der rheinischen Linie zu gefährden. Aber er hielt den Ansturm auch in den schlimmsten Zeiten aus und gab keines Haares Breite mehr nach, nachdem er einmal im Jahre 1524 von seinem Rechte zurückgetreten war. Die schweren Tage der Verbannung, die er teils in Heidelberg, teils in Weinheim zubringen musste, dürfen wir als die Zeit ansehen, in der er sich an dem Studium astronomischer Dinge, und der Sammlung von Schätzen der Literatur und Kunst[1]) schadlos hielt für die ungewissen politischen Aussichten, die der plötzliche Tod des alternden und kränkelnden Kurfürsten unerwartet vernichten konnte. Endlich 1552 erfolgte der Umschlag in der politischen Lage durch Kurfürst Moritz von Sachsen und Ottheinrich durfte in sein Fürstentum zurückkehren, wo er im Verein mit seinen Ständen mit der Ordnung der Finanzen beschäftigt weilte, bis ihn der Tod Friedrich II. am 26. Februar 1556 in sein »wartend Kurerbe« nach Heidelberg zurückführte und seinen Wahlspruch »Mit der Zeit« zur Erfüllung brachte.

---

[1]) In diese Zeit fällt die Sammlung römischer Münzen und seine Korrespondenz mit Hieronymus zum Lamb. S. Rockinger in dem M. H. A. Diese Münzen dienten offenbar als Vorlage zu den Kaisermedaillons des Ottheinrichs Baues und die Vortrefflichkeit der einzelnen vorhandenen Stücke allein war wohl die Ursache der sonderbaren Wahl eines Vitellius, Antonius (sic.!) Pius, Tiberius Claudius Nero, Cäsar, C. Marius, M. Antonius, Numa Pamphilius (sic!) Marcus, Brutus. —

Anhang.

1. Das Matrikelbuch der Universität Heidelberg (Cod. Heidelb. 358, S. 72- 76, Tom. III.) zeigt dass Alexander Curricius (= Wagner) de Brettheym Dioecesis Spirensis am 2. Mai 1507 immatrikuliert wurde; am 24. November 1508 (12 Kal. Dec.) bestand er mit Sebastian Kamperger das Baccalaureatsexamen und am 7. Oct. 1510 (nonis Oct.) wurde er Magister oder Licenciatus Artium mit 7 anderen, als deren vierter er aufgeführt wird. Dann heisst es weiter: Inceperunt sub venerabili Mgstro Joanne Billikam sancte theologie baccalaureo Idibus Octobribus. Nach der Zeit zu urteilen, in welcher im Anfang des 16. Jahrh. gewöhnlich die Universität bezogen und die Magisterwürde erlangt wurde, dürfte Wagner, als er 1512 als „Zuchtmeister der jungen Herren" bestellt wurde (am 20. Mai 1512) etwa 22 Jahre alt gewesen sein, also wohl als Lehrer an den jungen Fürsten seine Sporen verdient haben. Seine Bestallungsurkunde lautet wie folgt: Der Jungen Fürsten zuchtmaisters bestallung.

Wir Friderich von gottes gnaden Pfaltzgraue bey Rein hertzog in Bairn der hochgebornen fürsten unserer lieben vettern, herrn Ottheinrichs, vnd herrn Philippsen auch Pfalzgrauen bey Rein, hertzogen in Baiern, gebrüdere verordenter vormünder etc. Bekennen das wir vnserm lieben getruen Maister Alexandern Wagner von Brethaim zu der yts benielten vnserer fruntlichen lieben vettern zuchtmaister, vnd pedagogen, von heut dato, ain Jarlang vnd darnach bis auf vnser widerruffen, oder sein des zuchtmaisters abkünden, das albeg ain viertl Jars von ydem tail, vor ausgang des Jars, beschehen sol, aufgenommen, vnd bestelt haben, vnd thun, das In vnd mit crafft ditz briefs Also das Er, auf dieselbigen vnser vettern getrulich vnd fleissig nach seinem bessten vermögen tag vnd nacht warten vnd sonderlich sol Er Sy zu gottesforcht, auch zu gebürlicher zeit, zu kirchen zu geen, vnd dem studirn vleisslich obzuuein, anhalten, auch latein vnd teutsch lernen, vnd vnderweisen, leichtvertigkeit, mit worten vnd wercken zu vnderlassen. vnd ain gut zichtig wesen zu fürn, gegen ydermann zu halten, wie Ine dann Irm stand nach, gezimbt vnd gebürt, vnd wo Sy icht fürnemen wolten, das Ine nit wol anstuend, Ine gutlich vndersagen, vnd wo das nit verfienge, aledann das in vnserm abwesen, vnserm Stathalter, oder wo der auf dieselbe zeit, auch nit alhie werr, dem, so an seiner, stat, zu handeln gwalt vnd beuelh hat, anzaigen, vnd mit demselbigen Sy darnach etwas ernsthaftiger, mit worten zu vnderrichten, vnd davon zu weisen, vnd wo das auch nit helffen wolt, vns, das schreiben, oder vertreulich anbringen lassen. Desgleichen, wo berürt vnsere vettern einichen mangel, abgang, oder gebrechen haben würden, den oder dieselben, sol berürter Maister Alexander yderzeit, ytzgeschribner mas auch anbringen. Er sol auch darob sein, das gedacht vnser vettern zu rechter zeit aufsteen, vnd nidergeen, auch mit zuetrincken oder anderer vngschicker essen, sich nit überheben. Es sol sich auch berürter Maister Alexander, dieweil Er angenuetermassen in vnserer Jungen vettern dinst ist, für sich selbs, erberlich vnd wesenlich halten, leichtvertigkeit vermeiden, vnd dermassen, dass vnser vettern vnd die bey Ine sein, ain gut exempl von Ine nemen vnd sich des destes auch fleissen zu tun, hierauf hat vns gemelter Maister Alexander ain leiblichen Aid zu got vnd den heiligen gesworn, vns vnd vnsern vorbestimbten Jungen vettern hertzog Ottheinrichen vnd hertzog Philippsen getreu vnd hold zu sein vnsern vnd Irn schaden zu warnen, fromen vnd bessten getrulich zu werben ob Er in ratsweis etwas erfür, ewigclich verswelgen vnd alles das zu tun, so hirinn begriffen, vnd ain getruer diener vnd fürstlicher zuchtmaister seiner herschaft schuldig vnd pflichtig ist, vnd billich tun sol, on all geuerde vnd vmb solh sein dinst vnd wartung, sol Im Jars, von vns oder berürten vnsern vettern, zu lon werden fünfundzwaintzig guldin Reinisch, zway claid, vnd sein cost. Zu vrkund haben wir vnser vormunderschaft Secrets auf disen brief thun drucken, der geben ist zu Neuburg, an dem heiligest Auffarttag Nach Christi vnsers lieben herren gepurd Funfzehenhundert vnd im zwelfften Jar. N. Kb. 103, S. 185.

2. Ordnung zu Freiburg Herzog Philippsen Studierungshalben gemacht.

Zu merken wie es mit meim gnedig Herrn Hertzog Philippsen in Baiern füran des Studirns halben gehalten

Erstlich soll Her Jörg Kratzer Capellan seinen fürstlich gnadn alle Tag ausgenlossen die gaponnen Feiertäg des morgens ungeverlich zwischen Sechs und Siben Uren anfahen und ain stund oder anderthalben in grammatica und annderm wie dann hernoch clerlicher angezeigt wirdt, resumirn.

Item so Doctor Zasius list sol sein gnad propter investigare aliquos juris terminos dieselben Lektionen Visitirn und mit Fleiss aufmerken.

Item sein gnad sol auch in Maister Philipps Eugentini lektion die er in poesi oder literis humanis macht, geen.

Item Her Jörg sol seinen fürstlichen gnaden dieselben Maister Philipps Lektion ungeverlich umb ain Ur nachmittag mit Fleiss und nach seinem besten versteen repetirn verteutschen und verstentlich machen. Item nach dreyen Uren sol her Jörg seinen gnadn ein prosa, als Erasmum Rotherdamium de Justituendo principe oder ainen andern auctorem der seinen gnaden am dienstlichsten und nützlichsten ist, machen, dieselben seinen gnaden exponiren und verteutschen.

Item sein fürstlich gnad sol auch Hern Jürgen alle morgen, ee in der grammatica zu resumirn angefangen wirdet Maister Philipps Lection recitirn und ansagen.

Item die Declinationes Conjugationes constructiones congruitates oder dergleichen, so sein gnad des Morgens wie vorsteet in grammatica könnten, sol Her Jörg seinen gnaden des Abends darvor, (so die lection in der prosa aus ist) aigentlich aufzaigen declarirn und erclären und sein gnad morgens in demselben examinirn.

Item damit mein gnedigster her Im Latein facundior oder dest geschickter und gebreuchlicher werde, so sol in allweg darob gehalten werden, das sein fürstlich gnad und alle die mit seinen gnadn studirn continue oder stets mit einander latein reden und kainswegs teutsch zu redn gestatt wordn, dann an dem stück nit wenig gelegen ist.

Item darob zu sein, das sein fürstl. gnad alle wochen zwo teutsch Epistl die seinen gnadn fürgeschriebn, werden solln lateinisch mach, dieselben solln dem Hofmaister Jnn yeder wochn überantwort beyeinander behalten und so oft Er Botschaft hat, dem Statthalter gein Neuburg zuegeschickt werden, damit man sehn mög, Ob sich sein gnad Im studirn besser oder nit.

Item so oft sein fürstlich gnad Im latein incongrue redt oder schreibt, das sol Her Jörg allwegen seinen gnaden anzaign unndersagen emendirn und bessern, dergleichen sol auch mit den annderen so sambt seinen gnaden studirn gehalten werden. Zum leisten dieweil kain ordnung bestendig bleibt, es werde dann ernnstlich darob gehalten So ist des Statthalters zu Neuburg mainung und bevelh das der verordnent Hofmaister diese ordnung Ihrer Innhalt mit fleiss handthaben und wo Ime dar Inn ichts widerwertigs, das Er nit wennden könnt begegnen würd, dasselb fürderlich bey aiguer Botschaft berüertem Statthalter zueschreiben, dar Inn niemands verschonen und alsdann verrers darauf gewertig sein sol.

Act. Freiburg im Preysgew am Sonntag Lucie Anno decimo septimo (13. Dezember 1517). N. Kb. 127. S. 93.

3. Herzog Philipp blieb bis 1518 in Freiburg, wo man ihn schon 1516 zum Rektor wählte und eine lateinische Anrede an Kaiser Maximilian halten liess, als dieser wegen des Reichstags nach Freiburg kam. Da 1518 eine ansteckende Krankheit in Freiburg ausbrach, flüchtete sich Herzog Philipp auf das Schloss eines bewährten Dieners seines Hauses, Ritter Reinhard von Neuneck zu Glatt[1], damals Grosshofmeister Herzog Friedrichs. Da die Seuche nicht nachliess kehrte Herzog Philipp auf Lichtmess 1519 nach Neuburg zurück und begab sich von da am 15. September nach Padua in Begleitung seines Hofmeisters Friedrich von Wolmershausen und des Licenciaten jur. Mathias Alber[2], als Präceptor, der mit Philipp Lateinisch reden und seine juristischen Studien leiten sollte. Als Kaplan begleitete ihn Georg Kratzer, der auch mit in Freiburg gewesen und nach Philipps Studienordnung[3] vom 13. Dezember 1517 an Wagners Stelle als Pädagog getreten war. Als adelige Standesgenossen begleiteten Philipp nach Padua Karl Schenk von Limburg, ein Nothaft, ein Hürnheim und Hans Adam von Wisperk. Herzog Philipp wurde in Padua und Venedig seinem Stande gemäss vom Herzog und den Behörden geehrt und erhielt das den Studenten versagte Recht sammt seinen Begleitern Waffen zu tragen. Als Friedrich von Wolmershausen Padua verliess, trat der Dr. jur. und Rat Hieronymus von Croaria auf Tapfheim an seine Stelle, ein Mann, der Professor in Ingolstadt gewesen war, unter die angesehensten Vasallen des Herzogtums gehörte und auch auf den Landtagen eine grosse Rolle spielte.

An Ostern 1520 begab sich Herzog Philipp um der Hitze zu entfliehen in die Alpen nach Bruneck im Pusterthal, wo das Bistum Freisingen, dem sein Oheim vorstand, Güter hatte. Nach Padua zurückgekehrt, zog er sich eine schwere Krankheit[4] zu, in welcher er das Gelübde einer Pilgerfahrt nach Jerusalem machte. Er konnte aber

---

[1]) Die Herrn von Neuneck waren im Schwarzwald und im Hohenzollern'schen begütert. Neuneck, ein Pfarrdorf mit alter Burg, liegt im Oberamt Freudenstadt und Glatt ist ein Dorf mit Burgruine in Hohenzollern-Sigmaringen am Flüsschen gleichen Namens.
[2]) Bestallung des Math. Alber als Pädagog Philipps mit 40 fl. und 2 Hofkleidern am 11. Mai 1519. N. Kb. 127
[3]) Die Bestallung Kratzers ist vom 13. Dez. 1517. N. Kb. 127, S. 93.
[4]) Herzog Philipp hatte die damals furchtbar verbreitete französische Krankheit, an der er sein Leben lang litt.

die Einwilligung der Selnen nicht erlangen, weil damals Ottheinrich schon die Erlaubnis zur Pilgerfahrt nach Jerusalem erhalten hatte und man nicht beide Brüder den Gefahren einer solchen Reise aussetzen wollte. Philipp verzichtete nur ungern auf die Reise, zu der ihn wohl seines Bruders Beispiel angereizt hatte. Nun wollte er durch Vermittlung Jakob Fuggers an den päpstlichen Hof gebracht werden, woselbst er Aussicht auf die höchsten Ehrenstellen in der Kirche gehabt hätte. Da sich die Sache verschlug, so kehrte Herzog Philipp auf Frohnleichnam 1521 (16. Juni) nach Neuburg zurück.

4. Herzog Ottheinrichs Prusonbrief (Provisionsbrief) von Kunig Carln.

Carl von Gottes gnaden Erwelter Römischer kunig und künftiger kaiser etc. Unserm lieben getreuen Vetter gros und ertzamen Oberster superintendent über unsern finanzen dem Marggraven zu Arschot Graven zu Graumont herr zu Chiures. Unser grus und liebe. Wir fügen Ėch zu wissen, das wir in ansehung das unser vetter Herzog Ottheinrich komen ist in disem unsern hispanischen kunigreichen gesellschaft mit uns zu halten und zu dienen, wie Im günstig sein Und damit er sich mocht dester bas enthalten und fürkommen die costen, die er werdt müssen tragen, dieweil Er persönlich in unserm dinst sein werdt, haben wir darauf gehabt Eur gutbedünken und unserm vorgenannten vetter der Ursachen und anderhalben, darzu uns bewegende verordnet und zugelassen ordnen und lassen zu aus sundern Gnade mit urkund diss briefs zunemen und haben von uns zwey tausent Philippsgulden von fünf und zwaintzig schilling zway grossen das stuckh unserer Flandrischen Müntzen Jerlichs solda von welchen wir wellen das Im bezahlung geschehn soll durch unsern lieben getreuen Rat Pfennigmeister und verordneten zu halten die rechnung der extraordinarien costen unnsers herberg Niclasen Riffland yetzigen oder künftigen und von den pfennigen seins aufhebens vom halb Jar zum anndern gleich geteilt anfangende auf den ersten tag des Monats Januarii nechstkünftig und fürter und so lang das Er der vorgenant Herzog Ottheinrich bei uns sein werdt und soll uns persönlich dienen auf die Reisen, die wir werden thun oder als lang als uns gefallen werdt. So wellen wir undt verordnen, wann Ir dem vorgemelten Herzogen Ottheinrich mit unser Zuelassung und Verordnung freud thun werden. In dermassen wie vor, das Ir Im durch unsern vorgenannten Pfenningmeister ytzigen oder künftigen von den Pfennigen seiner recepte thun bezalen und geben die vorgemelten zway Tausend Philippsguldin müntzen Jerlichs solden und zils wie vor. So lang als Er bei uns sein werd uns dienen oder so lang alls uns gefallen werd wievor gemeld ist. Welchem unserm Pfenigmeiter ytzigen oder künftigen wir bevelhen mit diesem brief also zuthun und durch zeiger diss briefs vidimus oder desselben glaubwürdigen copien vor ein das erstmals und so oft als von nöten sein werdt quittung von den vorgemelten Herzogen Ottheinrich allein darauf dienende wan zu empfangen. Wir wellen all das Jhen das Im derhalben bezalt und gegeben werd das ausgenommen, ausgegeben und abgerechen sey von der Recepte unsers gegemelten pfenningmeister ytzigen oder künftigen, der das bezalt solt haben durch unsern verordenten dieselbigen zu verhüren, welhen wir befelhen also zu thun, Wann uns gefelt uns unangesehen alle andere ordnungen mandato oder verbot die wieder sein mögen. Geben zu Molin de Rey am 16. Tag des Monats Dezembris nach Chr. 1519 unserer Reiche des Römischen im ersten und Hispanien im 4. Jaren. Per regem. Der Margrave zu Arschot gros und erzkammerer Oberster superintendent der finanzen und andern gegenwertigen. Haunart.

Der oberste superindent der finanzen: Unsers Herrn kunigs Pfennigmeister thu den Königs willen und meynung in der massen wie Er gebiet mit diesem geschribnen unnder handzeichen des vorgenanten obersten superintendent 18. Decembris 1519. N. Kb. 122, S. 43.

NB. Das eigentümliche Schriftstück ist mangelhaft deutsch, also wohl ursprünglich Übersetzung aus dem Französischen. Vielleicht ist es auch mangelhaft aus dem Original copiert.

Wie deshalben an die kai. Mt. supplicirt worden ist.

Allerdurchlauchtigster Grossmächtigster Kais. Allergnädigster Herr E. kay. Mt. tregt onzweifl noch in guten gedechtnus, welher mass und aus was ursachen Eur Mt. dem Durchlauchtigen Fürsten meinem gnedigen Herrn Herzog Ottheinrichen in Baiern ect. Jerlich zway Tausend Philippsgulden zugehen gnediglich zusagen und deshalb notdürftig brief und Sigl aufrichten lassen, Nun hat sein gnad solh gelt an die so desshalb von Euer Mt. beveh haben, ervordert, Weil aber auf Eur kay. Mt. sonder kaiserlich erlaubnus und bewilligung sein gnad allhie weg und das heilig Land zu besuchen willens ist: ist mir darin durch sein gnad besolhen solh gelt verrer zu ervordern und von seiner gnaden wegen einzubringen derhalb mir auf mein mermals beschehens ansuchen durch E. kay. Mt. verordnet zu antwort worden. Weil gemunt mein gnediger Herr das gantz Jar nit bey E. Mt. gewest, sonnder von derselben Jun Hispanien verner inn annder Eur Mt. künigreich und Launde für sich selbs gezogen sey wo Ich dann von seiner gnaden wegen Tausend Undten Reinisch nemen und für die prusion diss vergangen verfallnen Jars volkomenlich quittirn, woll man sein gnaden die schankungsweis geben ect. Allergnedigster Herr Nun ist gleichwohl war, das sein gnad von Eur kay. Mt. in Hispanin zu besichtung annder Euer Mt. Künigreich und Lande gezogen. Aber Euer Mt. hat sein gnaden durch meinen gnedigen Herrn Herzog Friederichen in Baiern ect. gnediglich zu Mulin de Re zusagen lassen, sein gnad von derselben anseins wegen mit zu rogirn. Als nun sein gnad widerumb zu Eur Mt. komen, ist Sy nachmals förderlich anheims und förter auf Euer Mt. kuniglich Crönung gen Ach geritten und biß ungeverlich auf den Sonntag Palmarum an Euer Mt. kayserlichen Hof alhie mit mit wenigem costen bliben. Dieweil nu allergnedigster Herr solche alles durch Euer kay. Mt. Vergönnung dermassen geschehen. So Bit Euer kay. Mt. Innamen benanntis meines gnedigen Herrn. Ich gehorsams und Underthenigs fleiss aus kayserlicher güte gnediglich zu verschaffen damit von seiner gnaden wegen mir die zwei tausend Philippsgulden zugestellt und behendigt werden. Und dieweil sein fürstlich gnad vor seiner gnaden wegziehen Eur kay. Mt. aufs unterteuigst angesucht und gebeten hat sein gnad mit bezalung solcher pension hiefür Inn den deutschen stat zu stellen, Sovern dann Eur Mt. Ime zu gnaden solhs alles bewilligen und derhalb ein genugsame Bestallung aufrichten lassen, Will Ich mich auf das anzaigen mir verfallner pension halb gegeben von seiner gnaden wegen auch unabschleglig hallten, ditzmals die Tausend guldin annemen und genannten mein gnedigen Herrn Herzog Friederichen derhalb notdürftiglich quittiren lassen, das umb (Eur kay. Mt. wirdet gedachte mein gnediger Herr Herzog Ottheinrich Inn allem unterthenigem gehorsam williges fleiss verdienen. Eur kay. Mt. Gehorsamster und underthänigster Conradt von Rechberg von Hohenrechberg zu Staufneckh.

6. In der Belehnungsurkunde werden, was wir zur Vergleichung mit der früheren Aufzählung anführen, folgende 22 Stücke aufgeführt: „Schloss Stadt und Landgericht Höchstet, Stadt Laugingen, Schloss und Stadt Gundelfingen, Schloss Stauffen, Tattenhausen, Grafschaft Slos und Landgericht Graispach, Stadt Monheim, Schloss, Stadt und Landgericht Hilboltstein, Schloss und Markt Allersperg, Schloss Chonstein, Schloss und Stadt Neuburg, Markt und Gericht Burckheim, Sloss Markt und Landgericht Reichertshoven, Sloss Markt und Landgericht Lengfeld, Sloss und Markt Callmüntz, Sloss Stadt und Gericht Velburg, Stadt und Gericht Hembauer, Sloss und Markt Regenstauff, Stadt Swandorf, Markt Schmidtmülen, Sloss und Markt Laber, Sloss Hailsperg.

Maximilians Sprach wird bestätigt, ebenso der Ingolstädter Vertrag zwischen Herzog Friedrich und Herzog Wilhelm von Baiern. Ottheinrich darf die Gerichtssitze ändern nach Bedürfnis. Weder Ottheinrich und Philipp noch die Seinen dürfen vor ein fremdes Gericht, z. B. das kaiserliche Hofgericht Rottweil geladen werden. Die Fürsten dürfen nur vor dem Kaiser verklagt werden, seine Unterthanen nur vor den Gerichten des Fürstentums ausser bei Rechtsverweigerung. Wormbs 9. April 1521. N. Kb. 122. S. 1.

Beigefügt ist: Ain Schrift in in hallendt was ain Fürst so er Lehen empfangt den kays. Amptleuten geben soll.

Nämlich 63 Mark Silber und ainen vierdung (¼ Mark); davon erhält der Hofmeister des kays. und kgl. Hofs 10 und der Canzler 10, die „Maisterschreiber" und „Briefdichter" 3 Mark, der Sigler ½ Mark für Wachs.

7. Die Prälaten des Fürstentums waren: Die Äbte Konrad von Kaisersheim und Rudolf von Echenbrunn, die Äbtissinnen von Hargen, Monheim, Lietzheim, Puelenhofen und Neuburg; die Priorinnen zu Medlingen, Medlingen, Lauingen und Bettendorf. Ferner gehörten dazu der Abt von St. Ulrich in Augsburg und der Abt von Enszdorf wegen Engelmannsdorf, der Abt des Klosters zum heil. Kreuz in Donauwörth wegen Münster und andern Gütern, der von Reichenbach wegen Yllswang. Der Landschaft gehörten ferner an alle Edelleute und Besitzer von Gütern mit Recht und Pflicht dem Landtag anzuwohnen d. h. alle sog. Landsassen. Die Städte und Märkte sendeten Bevollmächtigte, gewöhnlich ihre Bürgermeister. Auch Donauwörth hatte wegen Zirgisheim und Nürnberg wegen Hauseck zu erscheinen.

Von der oft lästigen Pflicht des Besuchs des Landtags suchte sich mancher loszuschälen, so z. B. Hans von Hürnheim zu Hohelingen und Wilhelm von Korringen wegen ihres Mündels Walter von Hürnheim, die wegen Gosheim als Landsassen entboten waren. Die Zugehörigkeit zum Fürstentum wurde durch das Bekenntnis des früheren Besitzers von Gosheim Hans von Seckendorf vom Jahre 1506 von den Fürsten nachgewiesen.

In den Ausschuss wurde gewählt Abt Rudolf von Echenbrunn, der Dechant und Pfarrer zu unserer lieben Frau in Neuburg, Maister Wolfgang Aigner für die Frauenklöster Lietzheim, Medingen, Medlingen und Lauingen. Die obern Frauenklöster wählten Georg Gräber zu Schemgrueb (wohl auch ein Geistlicher). Die Ritterschaft wählte: Georg von Wendlingen zu Flüstätt, Dr. Hieronymus von Croaria zu Tapfheim, Sebastian Stieb zu Rosenberg, Sebastian von Parsberg zu Luppurg, Hans Sintzenhofer zu Teublitz, Jobst von Brand zu Neidstein. Die Städte wählten: Melchior Visl, Bürgermeister zu Laningen, Velten Kirner von Neuburg, Lienhard Zeller von Sultzbach. Der Ausschuss erhält Vollmacht bei Einberufung durch die Regierung zu raten und im Namen der Landschaft zu beschliessen unbeschadet der Rechte und Freiheiten derselben. Im Todesfall darf der Adel ein neues Mitglied berufen, die Städte ersetzen ihre Vertreter selbst.

8. Vermerkung meins gnedigs Herrn Herzogs Ottheinrichs ordnung seiner gnaden Haushaltunge zu Heidelberg wie hernach volgt:

„1. Je Auf 3 person gesinde soll zu suppen, Untertrunk und slaftrunken je ain mass wein Heidelberger und darzu ein zimlich notdürftig brot gegeben werden."

2. „All morgen zu flaistagen soll Edlleuten und wer zu des gnedl. Herrn Camer gehört in der mittelstuben und dem gesind in der understuben ain Supp und darin ye auf 4 person ungeferlich ain Pfund flaisch gegeben werden."

3. „An Freitagen, Sambstagen und andern tagen, an den man nit pfligt flaisch zu geben, soll ain gemaine Supp on Visch gegeben werden und solhe yts zur Zeit umb 8 und im Sommer umb 7 ur beschehen, nachdem man zu Hof zu Winterzeit umb 10 und im Sommer zu 9 Ura das morgenmal nimbt. Das Untertrünkhen soll geben werden umb 2 nachmittag und das Slaftrünkhen gleich nachdem man gewönlich zu nacht gefütert hat. (Wer zur Suppe etc. nicht kommt kömmt, erhält nichts.)"

4. „An Sontagen und andern gebannen Tagen soll kain supp noch suppendrunk, sondern allein die undei und slaftrunkh gegeben werden."

5. „An den Tagen, „wo man zu Hof vastet" und „nur ain mal" gibt, an denen will Ottheinrich auch kein Suppen, doch nachts „ein Collatz und dazu je auf 8 person 1 Mass Wein für Collatz und slaftrunk" geben lassen, „doch hierin ausgeslossen die hohen Veste, Weihnachtstag, Ostertag, Pfingsten, unser l. Frauen Himmelfahrt, zu den vier Quattember, in der vasten die wochen drey tag und aller heiligentag abent, an den soll weder suppen noch collats gegeben werden."

6. „Ottheinrich will für 18 seiner eignen und der Edelleute Pferde Hoffutter nehmen lassen, das soll vom „Drosser" übernommen und vom Marstaller auf die Pferde zu geeigneter Zeit verfüttert werden und die Knechte der Edelleut sollen auf dem Marstaller ein Aufsehen haben, da sie ja doch in einem Stall sind, damit jedes Pferd gleichmässig und zu gleicher Zeit gefüttert wird."

7. „Ist ein Pferd oder mehr" von des 18 über nacht weg, so soll kein futter für diese genommen werden.

8. Ottheinrich will auf das churpfälz. Hoffutter, sich „Zubuesfutter" geben lassen, „damit das neuburger mass erreicht wird, wie denn dazu ein neuburger mess vorhanden ist."

9. Ottheinrich will für die Edelleute das Beschlaggeld zahlen, da er sein Huflager nicht hier hat.

10. Niemand von Edelleut Camerling oder Knecht soll ohne Wissen des Camerschreibers etwas machen lassen oder neu kaufen ohne besondern Befehl Ottheinrichs. Was unumgänglich ist, soll durch den Camerschreiber „aufs genauist" bestellt werden.

11. „Es soll auch durch Edelleut Cämerling oder Knechte gäst zu laden oder in Hof zu fürn vermitten werden dann Camerschreiber bevelch hat auf dieselben nichts zu geben, sondern wie obsteht zu verfahren."

„Solh Ordnung ist dem gesind von meinem gn. Herrn seiner gnaden Hofmeister und Herr Renharten fürgehalten und verlesen worden." Zu Haidlberg am Erchtag nach Andree 1524.

9. Die schon vor dem 8. Mai 1528 mit Susanna, der Wittwe Markgraf Casimirs wegen ihrer Heiratsabsichten begonnenen Verhandlungen über ihre Entschädigung für die Vorräte auf ihrem Wittwensitz zu Neustadt an der Aisch, wofür ihr 1168 fl. ausgezahlt wurden, sind in dem Abschied von Onolzbach vom 6. Juni 1528 zusammengefasst, nach welchem Susanna ihre Töchter gegen Unterhaltsgeld von 60 fl. jährlich und die nötige Kleidung noch 2 Jahre behielt, wegen ihrer Schulden ein Austrag in Aussicht gestellt und ihr 200 fl. für Bauaufwand auf dem Wittwensitz erstattet wurden. Jhre Kleinode darf sie ohne Prüfung des Eigentumsrechts mitnehmen, erhält für ihre von dem † Markgraf Kasimir stammende Morgengabe von 10,000 fl. eine Hypothek zugewiesen, sowie auch einige kostbare Teppiche und Küchengeschirr, endlich die Nutzung ihrer Vorräte auf ihrem Wittwensitze für ein Jahr. M. H. A. Report 7, pag. 25.

10. Die Heiratsabrede Ingolstadt (14. Juli 1529) M. H. A. Urkunde 3950 ist von Wilhelm und Ludwig und Ottheinrich und Susanna unterschrieben und untersiegelt. Sie bestimmt:

1. Die kirchliche Einsegnung und das Beiliegen soll an einem noch zu vereinbarenden Tage stattfinden.

2. Sofort nach dem Beiliegen erhält Ottheinrich alle Abnutzungen aus dem ehemaligen Heiratsgut Susannas von 32,000 fl. für die Ehe mit Kasimir von Brandenburg und die 32,000 fl., welche dieser ihr „widerlegt" hat und die ihr bei Kasimirs Tod als Wittum zugewiesen wurden. Stirbt Susanna vor Ottheinrich, so fallen die 32,000 fl. an Baiern zurück, aber Ottheinrich erhält eine Rente von 1600 fl. von Baiern. Wenn Kurfürst Ludwig stirbt, erhalten beide Gatten von dem Heiratsgut der † Gemahlin desselben Sibylla, 5000 fl. zur Nutzniessung und wenn Ottheinrich und Susanna Kinder haben, werden die 5000 fl. deren Eigentum. Stirbt Susanna kinderlos, so fallen die 5000 fl. sofort an Baiern zurück.

3. Ottheinrich sichert Susanna jährlich 800 fl. als „Widerlage" zu, wofür die 7000 fl. Zins oder Quatembergeld, die Ottheinrich und Philipp durch Vertrag von Landshut, 4. Nov. 1509, jährlich von Baiern zu fordern haben, haften. Stirbt Ottheinrich vor Susanna, so erhält sie von dessen Erben jährlich 800 fl. und die Nutzung aus 64,000 fl. des „Zuegelds" Susannas und der „markgräfischen Widerleg", dazu alle zugebrachte und erworbene fahrende Habe und die Mobilien des Frauenzimmers. Werden die 7000 fl. Quatembergeld von Baiern abgelöst, so erhält Susanna Hilpoltstein und anderes als Pfand im Wert von jährlich 800 fl. an Ottheinrichs Erben. Wird Susannas „Eesteuer" von Brandenburg

abgelöst zu, dass sie ihre Widemgüter abtreten muss, so soll Ottheinrich das heimgezahlte Kapital mit Wissen der Herzoge von Baiern auf sein Land in der Art verschreiben, dass Susanna aus dem verpfändeten Land 5 % bezieht. Darüber soll sie eine Widerverschreibung nach baierischer Sitte erhalten und soll nach Ottheinrichs Tod diese Güter als Wittwensitz beziehen. Wenn sie sich wieder verheiratet, so verlässt sie den Sitz, bezieht aber die 800 fl. weiter.

4. Die ehelichen Kinder erben nach pfälzisch-baierischem Fürstenrecht. Aber ihr mütterliches Erbe nach Susannas Tod, das von den 32000 fl. des Markgrafen Kasimir stammt, vererbt sich nach gemeinem Recht und Billigkeit.

5. Susannas Kinder I. Ehe haben ihr mütterliches Erbrecht. Bei Streit über Punkt 4 und 5 versprechen Wilhelm und Ludwig die Irrung beilegen zu helfen. Jedenfalls erben die Kinder I. Ehe alle von Susanna eingebrachte fahrende Habe; sind keine Kinder 2. Ehe da, so erhält Ottheinrich ⅓ der fahrenden Habe.

6. Die Verzichtleistung Susanna's auf weiteres Erbe von Baiern her, Onolzbach 18. Februar 1519, bleibt in Kraft.

7. Über Kasimirs Morgengabe darf Susanna frei verfügen. **Ingolstadt 14. Juli 1529.**

b. In einer zu Neuburg am 17. Oktober 1529 ausgestellten Urkunde verspricht Susanna an dem im Ehevertrag ausgemachten festzuhalten, dessen Artikel über ihr Beibringen und Ottheinrichs Zusage von 800 fl. wiederholt werden. Näher wird bestimmt, dass, wenn Susanna nach Ablösung des baierischen Zinses von 7000 fl. ihre 800 fl. jährlich nicht erhält, sie Herrin von Hilpoltstein wird und dass die Beamten und Unterthanen ihr eventualiter huldigen. Wenn bei Heimzahlung der auf ihren Wittwengütern stehenden 32000 fl. durch Brandenburg Ottheinrich schon tot ist, so hat sie ganz freie Verfügung über dieses Geld; aber auch die Versicherung auf die 7000 fl. hört auf und Susanna erhält dafür Stadt und Schloss Hilpoltstein und freien Genuss ihrer 64,000 fl. Beim Aufzug in Hilpoltstein soll sie 800 fl. an Vorräten finden. An gegenwärtigen und künftigen Schulden Ottheinrichs hat sie keinen Anteil.

Im Übrigen Wiederholung der Bestimmung des Heiratsvertrags.

c. Urkunde vom 17. Oktober 1529. Herzog Wilhelm und Ludwig versprechen Ottheinrichs und Susannas Kindern nach Recht und Billigkeit zu ihrem Erbrecht an dem mütterlichen Beibringen in der Ehe mit Kasimir zu verhelfen.

10. Unser Ottheinrichs und Philipps gebrüder von gottes gnaden etc. Ordnung unser Hofmeister, Statthalter, Rete und Cantzlei zu Neuburg an der Thonau hofordnett auf unser lieben frauen Liechtmesstag anno domini fünfzehnhundert und im dreissigsten fürgenomen und zu halten bevolhen.

Statthalter und Räte sollen in Abwesenheit der Fürsten von mehr als 14 Tagen auch die Ausfertigung der Schriften besorgen.

Jeder Diener hat einen Eid zu Gott zu schwören mit aufgehobenen Fingern oder auf das Evangelium, dass er die Interessen der Fürsten wahrnehmen, in Niemands Dienst treten, noch Geld oder Geschenke annehmen wolle.

Die niedern Diener schwören zu Gott und seinen Heiligen.

Die Kanzleizeit der Räte ist: Werktags nach der Preymmess oder so sin Pfinstag ist nach dem Umbgangamt; Nachmittags so nit Fast- oder Freitag ist, sollen sie um 12 resp. 1 Uhr erscheinen und 2 Stunden bleiben, wenn so lang zu thun ist. Die Secretäre und Beamten abwärts kommen von 12—4 Uhr, resp. 1—4. Es wird rasche Erledigung der Geschäfte und freundliche Behandlung der Parteien verlangt. Alle Processe sollen schriftlich geführt werden, aber stets ist gütliche Beilegung zu versuchen. Kein Beamter soll ohne Urlaub über Nacht von Neuburg weggehen. Alle Schlussbescheide sind schriftlich und den Parteien zu lesen zu geben.

Das Supplicieren und appellieren betreffend ist durch gedrucktes **Mandat** vom 19. Juni 1529 eine Vereinbarung mit der Landschaft getroffen.

NB. Der Charakter der Kanzleiordnung ist durchaus human, sie bestrebt sich, der Geschäftserledigung förderlich zu sein.

11. a. Der Vertrag Ottheinrichs mit Mathes Gerung zu Lauingen lautet im Wesentlichen so:

Mathes Gerung hatte Auftrag „sr. fürstlichen gnaden Biblisch buch durchaus mit Materien und Buchstaben zu figurieren wie und wo dann spacium oder ort und end dazu verordnet gewesen würden bis auf Johannem Apocalipsam umb 60 fl. Da der Meister aber meint, dass er um dies Geld nur 67 figuren und etwas bei 200 buchstaben zu machen abgezelt worden und ins verding komen sollen, wie er dan dieselben also gemacht bracht, das demnach sein fürstlich gnad mit ime Meister Matheesen durch sr. fr. gnaden Hausvogt und Secretarien Jörgen Widmann und Hansen Pollner underhandlung pflegen und auf ein neus verdingen lassen hat, wie hernach volgt. Nämlich das vermeldet Meister Mathes all übrig ungemacht figuren und Buchstaben, welcher figuren noch bey 200 und dreissigen und der Buchstaben bei fünf und dreissigen sein, ungeferlich bis auf berürten Johannem Apocalipsam mit höchstem vleiss und nichts mynder dan die vorigen geretttigt sein, zu machen, darzu die leisten in vorigen und jetzigen figuren desgleichen die Buchstaben bas und zierlicher mit guwechssen und sonst, dann sy ytzt ersehen werden, auszustreichen schuldig sein."

Dafür erhält der Meister statt 60 fl. deren 70 und ein Winterhofcleid, Rock, Hosen und Wams und in zwei Malen hat der Maler 55 fl. und das cleid erhalten, so dass ihm noch 15 fl. gebühren.

Neuburg am 23. Dezember 1530.

b. Ottheinrich verdingt an den Maler Mathes Gerung zu Lauging die Figurierung und Malung der Buchstaben des Bibelbuchs, das er bis zur Apokalypse gemalt hat, auch für die Apokalypse um 20 fl. und ein Hofsommerkleid, Rock, Hosen und Wams. Neuburg 24. September 1531.

12. Ottheinrich lässt in die Kapellen zur Grünenaw ein Glaswerch machen von Hans Praun, Glasschmeltzer zu Augsburg.

„Zu wissen, dass Ottheinrich ect. Maister Hannsen Praun Glasschmeltzer zu Augsburg ein Glaswerch von geschmeltzter Arbeit siebenerlay Veldungen in die Capellen zur Grünenaw Inhalt gegebener Vizierungen zu machen angedingt hat, dieselben solcher vizierung nach zum lustigsten und künstlichsten zu vorfertigen, wie sich wol gebürt." Dafür erhält der Maister 40 fl. wovon er schon 5 fl. hat, den Rest nach Ablieferung und wenn Ottheinrich nicht zufrieden, soll etwas abgedingt werden können. Neuburg Freitag Epiphanie 1531. N. Kb. 112, S. 43.

13. Wie viele Fürsten seiner Zeit liess Ottheinrich gewirkte Tapeten mit reichem Figurenschmuck anfertigen. Wir werden anderswo den Beweis versuchen, dass diese Industrie von wandernden niederländischen Meistern betrieben wurde, die die Herstellung nach gegebenen Kartons in Verding nahmen und dann am Wohnort des Bestellers arbeiteten. Dabei bleibt nicht ausgeschlossen, dass einzelne Meister auch längere Zeit für denselben Besteller arbeiteten.

Ottheinrich liess in Lauingen eine Reihe von gewirkten Teppichen herstellen, von denen die die nachfolgenden Gegenstände darstellenden, teils als einst vorhanden, bekannt sind, theils noch erhalten sind.

1. Vier genealogische Teppiche, welche die Ahnen Ottheinrichs und Philipps von väterlicher und mütterlicher Seite darstellen. Drei derselben sind im National-Museum in München, woselbst sich auch 4 Farbenskizzen derselben aus dem vorigen Jahrhundert befinden; denn damals waren noch alle 4 Teppiche erhalten. Einer der Teppiche hat die Jahreszahl 1540.

2. Die heiligen Orte von Jerusalem, eine Darstellung der Stadt, in deren Vordergrund Ottheinrich und seine Begleiter knieen. Der Teppich im National-Museum trägt die Jahreszahl 1521 mit der Legende: „der durchlauchtig hochgeboren Fürst und her her Ottheinrich pfalzgraf bei rein herzog in nidern und obern bairn zoge über mer gein jerusalem zum heiligen grab im iar nach der gepurt cristi 1521." Am untern Saume des Teppichs ist ein von Engeln gehaltener kleiner Schild mit der Jahrzahl 1541.

3. Die Belagerung von Wien im Jahre 1529. Auf diesem verloren gegangenen Teppich, der aber vor Jahren noch (wann?) vorhanden war, hat sich der Maler selbst genannt: Mathias Gerung von Nördlingen, Maler zu Lauging.

4. Scenen aus der Belagerung von Wien — plündernde Türken in einer Vorstadt Wiens. (Jetzt auch verloren.)

5. Das Treffen bei Lauffen am Nekar, in welchem Herzog Philipp verwundet wurde. (Verloren.)

6. Die Stadt Bethlehem mit Umgebung. (Verloren.)

8. Grosse Ahnentafel des Kurfürsten Ottoheinrich vom Jahr 1560, im Vordergrunde die sitzende lebensgrosse Gestalt des Kurfürsten. (In Neuburg.)

8. Drei grosse, 11 Fuss breite und 13 Fuss hohe Tapetenstreifen mit den Bildnissen Otto Heinrichs, seiner Gemahlin Susanna und seines Bruders Philipp. Es scheint, dass die in Neuburg vorhandenen sehr zerstörten 3 Teppiche, welche der Katalog der schwäbischen Kreisausstellung zu Augsburg vom Jahr 1886 anführt, Nr. 1990—91 mit Nr. 8 identisch sind. Sie sollen nach dem Katalog um 1540 in Lauingen von M. Gerung gezeichnet und in Nördlingen gefertigt sein. Ob es nicht umgekehrt heissen soll: in Lauingen angefertigt?

9. Ein ähnliches Stück, wie die drei obigen, Scene aus Ottheinrichs Pilgerreise nach Jerusalem, dem historischen Verein in Neuburg gehörig. Es wäre möglich, dass Ottheinrich auch in Nördlingen einen Meister beschäftigt hätte. Doch ist es wahrscheinlich, dass der Verfasser des Katalogs sich verschrieben hat.

Endlich bemerkt Jules Guiffrey, Histoire de la tappisserie, Tours 1886, dass im November 1884 bei Versteigerung der Sammlung Parpart in Köln 2 in Lauingen angefertigte Teppiche, welche biblische und allegorische Gegenstände darstellten, um 6600 ℳ verkauft worden seien.

Man kennt also im Ganzen 19 verschiedene Teppiche, die sich auf Ottheinrich und wahrscheinlich alle auch auf Gerung zurückführen lassen. Von diesen sind 9 noch teils in München, teils in Neuburg, letztere in sehr zerstörtem Zustand vorhanden und im Jahr 1884 sind also weitere 2 an unbekannte Besitzer verkauft worden:

S. Arretin, Altertümer und Kunstdenkmale des bayrischen Herrscherhauses 1862 Liefr. 4.

14. Ottheinrich verdingt an Lorenz Kolb, Hafner zu Praunau „Acht halb Öfen in seiner fürstl. gnaden slos alhie und in die grünaw zu machen wie folgt: Es sollen der Öfen zwen geschnieten drei gemalt und drei geschmölzt, mit farben auch der höch und gröss und sunst allerding gemacht werden, wie von seiner fürstl. Gnad selbs mit ihm abgeredt auch zum teil des hierneben sin verzeichniss durch seiner gnaden Hausvogt Jörgen Widmann begrifen übergeben ist; dagegen oder umb solch 8 Öfen soll ihm s. f. g. 120 fl. müns bezahlen unter abschlag der ihm bar übergebenen 30 fl." Neuburg 4. November 1532. N. Kb. 112, S. 43.

— 89 —

15. Ottheinrich lässt bei Hans Knigler, Plattner zu Nürnberg machen: „einen gantzen swarzen küris, geätzt mit allen toppl stücken darzu gehörig, Mer ain stählen geliger Stirn und Kamm auf ain heungst auch dergleichen geätzt, wie der Küris alles aufs seiberist wie sein fürstlich gnad Im persönlich die form und gestalt anzaigt hat" um 110 fl. Wenn Ottheinrich zufrieden ist, will er bis zu 10 fl. mehr geben. 15 fl. Abschlagszahlung. Neuburg, 9. November 1532. N. Kb. 112, S. 110.

16. Ottheinrich verdingt durch seinen Hausvogt Hans Widman an den „Stein Metz Maister Mangen Träer allhie 40 runde Fenster, wie sie im neuen Slospau stehen, 7 gevierte Fenster mit kreuzen wie ebenda, 11 Thüren darunter zwei 8 Schuh weit dazu fasen (?) und spundt (?) haben item eine wie sie in der neuen Silberkamer steht, item eine wie in dem neuen Schnegken und 5 wie sie in der Grünau sind zu machen." Zum Vorans erhält er ein Claid und wenn er fertig 310 fl. Neuburg, Montags nach Judica 1534. N. Kb. 112, S. 221.

17. Ottheinrich verdingt dem Kupferschmied Thoman Flickle die Deckung des undern Dachs auf dem Schnegken des neuen Hans im Sloss mit Kupfer in ziemlicher Dicke, die Rynnen unden und auf der Maurpaukel herumb und oben die 48eul mit Zugehör, dazu „3 gefäss auf den Altan zum Wurtzgärtten machen Nemlich das die 2 gefäss 8 Schuh lang und das dritt Siebenthalb schuh auch jedes ungeverlich 3 Schuh prait seyn sollen kain poden haben aber oben mit ain Raiff sein, unten wird mans mit eysen versehen, auch das alles zum eisten es geschehen kann verfertigen." Dafür erhält er 200 fl., doch muss die Arbeit dem Gewicht nach das wert sein, sonst erfolgt Abzug. Sonntag Reminiscere (1. April) 1534. N. Kb. 112, S. 221.

18. Verding mit dem Schiffmann Conz Rieder, dass derselbe zu Schiff von Passau nach Neuburg befördern soll um 32 fl. unzerbrochen: „drey puchsen und zugehör 10- 11 halbe und ganze Öfen, auch ein Thürgeräst und Fenster von Stainwerch zu Passau und Braunau abzuholen." Neuburg, 15. Mai 1534. N. Kb. 112 S. 221.

19. Verding mit Glockengiesser Laux Zotman in Augsburg durch Hans Widmann, Ottheinrich „eine gute Schlagglocke auf Barholomei zu giessen von hellem Ton 12- 20 Zentner schwer per Zentner 10 fl. 1 Ort." Garantie auf ein Jahr. Neuburg, 14. Juni 1534. N. Kb. 112 S. 221.

20. Ottheinrich hat durch seinen Paumeister Jheronymus Wager mit Leonhard Schmelher zu Augsburg folgendes verdingt: Nach der von Schmelher gemachten und dem Paumeister übergebnen Visierung soll er „das Olenn auf den Altan des neuen Pauws hie im Slos mit 67 werckschicht ain jede 4 schuch 8 Zoll lang sammt ain schönestzlen auch auf und under ain jede werckschicht ain gesimbs zu machen und solch alles auf sein costen slaben, brennen und arbeiten". Dafür erhält er per „werchschicht" 3 fl. Der Transport geschieht auf Kosten Ottheinrichs. Wager hat „das Olenn bis an die Stadt zu versetzen", auch „ain Stainfarb anzustreichen". Das Gerüst und Kost und ein Arbeiter zu einem Gesellen wird ihm gestellt. Neuburg, 9. Juni 1537. N. Kb. 113 S. 167.

21. Ottheinrich verdingt an den Organisten Hans Schächinger zu München die Lieferung einer Orgel um 259 fl. Die einzelnen Teile derselben werden aufgezählt und der Preis für jeden einzeln bestimmt. Die Orgel erhält 16 Posaunenpfeifen, die auch äusserlich wie Posaunen aussehen müssen. Die Bezahlung des Meisters selbst (denn der obengenannte Preis betrifft nur die in Neuburg selbst zu giessenden Teile, nicht die für die Konstruktion und Aufstellung) soll Herzog Wilhelm bestimmen. Als Abschlagszahlung für die Lieferung und seinen Lohn erhält Schächinger sofort 200 fl. Auf Peter und Paul 1537. N. Kb. 113 S. 170.

22. Ottheinrich verdingt die „Verfertigung der Fussboden Benk und Gesimbsen" an Bernhardt Danner. Offenbar werden Parkettböden bestellt: Die grosse Stube erhält „139 Vierangen oder Tafeln" für 37 fl. 4 kr. „die clain Stuben daneben" 53 Vierangen für 14 fl. 8 kr. Die Vertäfelung soll vom „Verchin" Holz sein, rings ein gedrehte Seulen in der grossen Stuben für 3 fl. Das „clein Brustgesimbs" für die kleine Stube für 2 fl. Ein „Gesimbs in der Camer neben der kleinen Stube 1½ Schuch braidt, das Fries ein Schuch braidt furniert" 5 fl. Das „Thürgeräst einfassen in derselben kamer an der Schnecken und ain eingefasste Thür an der Stuben 1 fl. „Ein Dafl" in den Gang „wie man in die Zween Gemach geet von Dirangden in Mass wie das Dafl das vor dem clainen stüble neben der runden Stuben gemacht ist umb 7 fl." Summa 69 fl. 42 kr. Am 31. Juli 1537.
Die Lokalitäten im Schlossbau sind gänzlich verändert und nicht mehr zu erkennen, aber die Ausschmückung teilweise erhalten. N. Kb. 113 S. 171.

23. Zu wissen, dass der Durchlauchtigst Fürst unser gn. Herr Herzog Ottheinrich In Obern und Niedern Baiern Martin Hering Steinmetzen nachfolgende Arbeit zu fertigen verdingt hat. Nemlich das er sein fürstl. Gnaden ain Tafel von

Marmelstein und darein das Crucifix sambt allen zugehörigen pildern, der fünffe sind, von Eystetter Stain und die 3 Creutz auch von Marmelstein aufs fleissigst und sauberist machen auch polirn und sleiffen soll, Also das solchs alles zehn werchschuech hoch sein, in massen dann die visyrung, so Er beyhändig hat, ausweisst. Nach solch sein Arbeyt (wo die anderst ordentlich und fleissig verricht wirdet) soll ihm 80 fl. rhein. in Münz auch ein Hofclaid gereicht. Und wann er in teglicher solcher Arbeit ist, wochentlich zwen Gulden zu abslag jetzt berührter 80 fl. bezallt werden. Alles getreulich und ungeverlich. Und des zu urkhundt sind zwen gleichlautende auseinandergeschnitten zedels under Kanzleihandschrift gemacht und jedem Tail eine zugestelt worden am zehenten Tag des Monats Novembris Anno 40. N. Kb. 107 S. 126.

24. Ottheinrich an Hans von Bettendorf Haushofmeister in Heidelberg. Dank für die Anzeige, dass er den Wein und die Fastenspeis besorgt hat, ist in Erwartung derselben. Hat gehört, dass der Bischof von Trier dem Kurfürst Ludwig 2 unerhört grosse Ochsen geschenkt hat. „Dieweil wir nun bisher uns auch mit allerlay seltzamen Tieren versehen und dieselben all abconterfein oder malen lassen und sulche Ochsen auch gern dabei haben wollten, So ist unser gnedigs gesinnen an dich du wollest den grössten unter den obenangezeigten zwayen Ochsen aller Ding wie derselb proportionirt und geschaffen ist, Nemblich die grösse, höch, leng und digk den Hofmaler zu Haidelberg auf ein tuch mit vleiss eigentlich und gerecht abconterfeien und malen lassen." Den Hofmaler will Ottheinrich nach seiner Forderung beza'len.
Das Kaisheim am 1. Tag September 1541. K. Nß. Ottheinrich befund sich also auf der Jagd im Kloster Kaisersheim.

25. Ottheinrich werden angeboten um den Anschlag die „Claider und Tapecereien zu übernehmen und dafür gewisse Schulden zu bezahlen.
Ueberslag der Claider die Ottheinrich überlassen werden wellen. Die 3 gefuetterte Roc'k so Herbrot hat, werden zu 700 fl. einer ungestalm 2400 fl. Ain leberfarbner Sammat mit ain gulden tuch underfüttert 200 fl. Ain rosin farben Sammat mit Silber unterfuettert 200 fl. Ain brauner Karmasin Sammat mit gulden tuech unterfuettert 200 fl. Ain guldiner leberfarben Rogk mit leberfarb Sammat unterfuetert 300 fl. Ain gelb guldin stügk mit rotem Carmasin atlas unterfuettert 150 fl. Ain praun guldin stügk mit gestreiffen Atlas unterfuettert 150 fl. Ain leberfarben guldin stügk auf beiden seiten gerecht 100 fl. Ain pla guldin stügk an beden ortten gerecht 100 fl. Ain schwarz ungerischer Rogk mit vergulten Knöpfen 15 fl. Ain blaer atlaser Rogk mit Luxen futer 50 fl. Ain Lux Rugker Rogk mit Daffat überzogen 30 fl. Ain brauner Sammat mit Jeneten futter 100 fl. Ain alter Rogk mit Aerxten futter 20 fl. Ain Lebenrogk 60 fl. Ain roter damaster rogk mit Leopardenfuetter 100 fl. Ain Alter Maderrogk mit schwarzem dammast. Ain Härmlefueter (Hermelin) 20 fl. Ain leberfarben dammast mit Jenetenfueter 50 fl. Ain blaer dammast mit gulden tuech verbrämt 50 fl. Drei Sammt Reiträgk 100 fl. Ain alter leibfarben dammast mit guldin tuech verbrämt 15 fl. Ain weisser dammast mit gulden tuech verbrämt 50 fl. Ain Aschenfarben dammast mit gulden tuech verbrämt 50 fl. Ain karmasin Sammater Rogk mit silber tuech verbrämt und taffat unterfueter 100 fl. Ain prauner Dammast mit gullden tuch verbrämt 100 fl. Ain roter karmasin atlas mit gulden tuech verbrämt 80 fl. Ain leberfarb Dammast mit guldin tuech verbrämt 50 fl. Ain schwarzer Dammast 50 fl. Ain roter Dammast mit guldin tuch verbrämt 60 fl. Ain swarzer Biber Peltz 59 fl. Ouet Piret, Federn und ander clain waren sein nit angeslagen. Die Tapisserei ist angeslagen wie hernach folgt. Die Tapisserei sammt der degk ob dem Pett und dem ausslag in den Königs gemach 2000 fl. Die tapisserei In den Königs Stuben 150 fl. Die Tapisserei under des Königs gemach in der Camer da der von Helfenstein gelegen ist 1500 fl. Die Tapisserei in der Stuben daneben 150 fl. Die Tapisserei in der Camer an der runden Stuben im Thurm sambt dem Pett und Umbhang 500 fl. Die Tapisserei in dem Gemach do der Herzog zu Mecklenburg gelegen ist 50 fl. Summa der Tapisserei tut 4450 fl. Sumarum 9350 fl.
NB. Sein f. gn. sollen auch dabei unser gn. frauen hochlöblich gedechtnus claider unangeslagen mit folgen.
Neuburg, 30. Oktober 1544. M. H. A. a 1514 Tom III S. 43.

26. 1) Barbara Martini weylundt dess hochgeerten Herrn Johann Königs von Offenburg der Rechten Doctors seligen Hausfrauen verkaufft für sich und alle ihre erben Mit Namen Khatarina Anna und Eva Königin von Offenburg an Ottheinrich „mein aigne mütterliche ererbte Behausung hofraide und gesess zu Haidelberg gegen dem Spitalbronnen über gelegen, Oben an die Grafen von Hohenloe undten an das Rathausgesslin und hindten an das hindergeheuse der herbirch zum hirsch stossendt um ailfthalbhundert fl. Rheinisch Münz zu 15 batzen", die Barbara Martini vor dato dieser briefe von Ottheinrich bezahlt wurden und zwar Auf Freitag Sancti Steffani (26. Dec.) 1544. K. Pfalz spec. Conv. 74 Heidelberg 20 Cammergut.
2) Georg Wielaud von Hagedorf und Otilia geborne von Nippenburg sein eeliche Hausfraw verkaufen an Ottheinrich etc. ihr Haus Hofraid und gesess zu Haidelberg gegen dem Spitalbronnen über gelegen, stosst oben an uns die

Verkäufere unten an Ottheinrich und binden an Erhard Oaue Itz zur Zeit des Churfürsten Friedrich Maler um 500 fl. Reinisch in Münz zu 15 patzen die Ottheinrich vor dato dieses Briefs bezahlt hat. Lasten 3 Heller dem Churfürsten uf den Stegen, 17 Schilling Heller an Sant Jacobs Altar Im Spital zu Haidelberg und nit mer, dergestalt dass unserm abgerorten nebenhaus Nemlich dem Secret Heusslin darzu gehörig an seiner gerechtigkeit nichts genommen werde. Gewähr vor Niclas Geilhausen und Hans Lockenheimer Dat. Heidelberg uf Johann paptist den 24. Juni 1545.

3) Dazu eine Quittung über 200 fl. von Georg Wieland von Hagsdorf und Ottilia geborne von Nippenburg. Sie bekennen von Ottheinrich erhalten zu haben durch dessen Canzleischreiber Hainrich Rüdinger für ihre Behausung gegenüber dem Spitalbronnen 166 fl. in gold und 12 patzen der goldgulden zu 18 patzen = 200 fl Münz.

Haidelberg am Sonndag Peter und Paulus der heiligen Twölfpotentag Anno 1545. K. Pfalz spec. Conv., 74, Haidelberg 20 Cammergut. NB. Diese Quittung beweist, dass Ottheinrich auch das Secret Heusslin angehauft hat. Und das dazwischen liegende der Grafen von Hohenlohe? Vielleicht wurde dieses ebenfalls von Ottheinrich gekauft, so dass er die ganze Front dem Spitalbrunnen gegenüber gehabt hätte. Neben dem Gasthof zum Adler ist noch ein Winkel in welchen Fenster gehen, so dass derselbe vermutlich das alte Rathausgässlein war, das eine Sarkgasse bis zum Hinterhaus des Hirschs gewesen zu sein scheint. Vervollständigt wurde vorstehender Hausbesitz durch nachfolgenden Kauf vom Jahr 1552.

4) Ottilia von Nippenburg weyland Jörgen Wieland von Hagsdorf seligen nachgelassene Wittwe verkauft an Herzog Ottheinrich ihre Behausung, Hofraith und genesse zu Heidelberg bei dem Spitalbronnen über gelegen, ain seyds an weyland Valentin Maurereys seligen erben und andersoits an Ottheinrichs Haus stossend das weyland ihr Ehewirdt an Ottheinrich verkauft hatte, um 300 fl. à 15 batzen, die Ottilia von Nippenburg heut dato empfangen hat. Lasten: 2 Heller ewig Zinss uf die Stegen an Churfürst Friedrich. Der Kandel zwischen dem Haus und Mayereys ist gemelnsam mit Valentin Mayereys sel. Erben in Stand zu halten. Gewähr von Burgermeister Niclans Geilheusser und Wendel Scheidel. NB. Die Namen der Bürgermeister sind in der Urkunde ausgelassen', wurden auf den Umschlag gesetzt und durch „Chaspar zur glocken" bezeugt. Geben zu Heidelberg auf Sonntags nach Bartholomej apostoli den 28. August 1552. K. Pfalz spec. Conv. 75 Heidelberg 21 Cammergut.